西北师范大学中文优势学科建设经费资助

乾嘉幕府与诗歌研究

——以卢见曾、毕沅、曾燠、阮元幕府为个案的考察

侯 冬 著

中国社会科学出版社

图书在版编目(CIP)数据

乾嘉幕府与诗歌研究：以卢见曾、毕沅、曾燠、阮元幕府为个案的考察／
侯冬著. —北京：中国社会科学出版社，2018.10
ISBN 978 - 7 - 5203 - 3215 - 6

Ⅰ.①乾…　Ⅱ.①侯…　Ⅲ.①幕府—影响—古典诗歌—诗歌研究—
中国—清代　Ⅳ.①I207.22②D691.22

中国版本图书馆 CIP 数据核字(2018)第 220458 号

出 版 人　赵剑英
责任编辑　周晓慧
责任校对　无　介
责任印制　戴　宽

出　　　版　中国社会科学出版社
社　　　址　北京鼓楼西大街甲 158 号
邮　　　编　100720
网　　　址　http://www.csspw.cn
发 行 部　010 - 84083685
门 市 部　010 - 84029450
经　　　销　新华书店及其他书店

印　　　刷　北京明恒达印务有限公司
装　　　订　廊坊市广阳区广增装订厂
版　　　次　2018 年 10 月第 1 版
印　　　次　2018 年 10 月第 1 次印刷

开　　　本　710×1000　1/16
印　　　张　15.75
插　　　页　2
字　　　数　227 千字
定　　　价　66.00 元

目　　录

绪论 清代幕府及幕府与文学关系研究现状

第一节 清代幕府研究述评

幕府制度是我国历史上一项重要且影响深远的政治制度。幕者，帐篷也，古时军队出征，施用帐篷，所以称将帅的治所为幕府，后世地方军政大吏的府署亦称幕府。幕府制大概滥觞于周朝，《册府元龟》记载："《周礼》六官六军并有吏属，大则命于朝廷，次则皆自辟除。春秋诸国有军司马尉侯之职，而未有'幕府'之名。战国之际，始谓将帅所治为幕府。"① 由此可知，周朝虽未有"幕府"之名，但却有幕府之实。这一制度在秦汉时期逐步确立，在此后的一千余年里，幕府制度与封建专制体制相始终，历经盛衰。总体来看，两汉至唐末五代，幕府较为兴盛，宋元以后，随着中央集权的加强，幕府辟召有所衰落。明代后期，中央集权开始衰落，幕府又开始复苏，至清代，幕府制度再度兴盛。有清一代，"上自督抚，下至州县，凡官署皆有此席"②，少则几人，多则十几人甚至上百人，普及性之广，影响之大，非历代幕府所能比，所谓"掌督抚司道守令之事，以代十七省出治者，幕友也"③，"衙门必有六房书吏，刑名掌在刑书，钱谷掌在户书。非无谙习之人，而惟

---

① 王钦若等：《册府元龟》，中华书局 1960 年版，第 8511 页。
② 徐珂：《清稗类钞》，中华书局 1984 年版，第 1381 页。
③ 贺长龄：《皇朝经世文编》卷 25，道光刊本。

幕友是倚者，幕友之为道，所以佐官而检吏也"①，这正是幕中情形之写照。此外，雍正元年（1723）三月，皇帝谕吏部曰："各省督抚衙门事繁，非一手一足所能办，势必延请幕宾相助，其来久已"，同时要求"嗣后督抚所延幕客，须择历练老成深信不疑之人"②。而据徐珂《清稗类钞》记载，雍正本人也曾聘用会稽徐某为幕僚③，可见清代幕府规模之大，影响之深也引起了统治者的高度关注。封建制度发展到清代时，中央政权高度强化，职官制度也已经定型，所以"在官制上简直看不出幕职一种的性质"④。在这种情况下，传统的幕府制度（即辟府制）似乎已经失去了存在的可能性，然而，清代独特的政治与社会环境，又决定了幕府是佐治的必要手段，这就使得清代幕府具有自己鲜明的特色，即是一种非官僚行政组织，具有很强的私人性。总体来看，清代无论是政治、经济、军事还是学术文化，乃至整个社会生活都受到幕府广泛而深刻的影响，很有深入研究的必要和价值。对于清代幕府的研究，从20世纪30年代至今，已经取得了丰硕的成果，研究领域逐步拓宽，研究论著大量涌现，呈现出繁盛的局面。具体来看，对清代幕府的研究大体可分为两个阶段。

一 清代幕府研究的第一阶段：1930—1979 年

有清一代幕府盛行，对社会各个方面影响深远，它既是一种政治现象，也是一种社会文化现象。20世纪30年代开始，清代幕府即走进了学者研究的视野。1935年，史学家张荫麟及其弟子李鼎芳发表了《曾国藩与其幕府人物》⑤，这是研究曾国藩幕府的第一篇文章，也是清代幕府研究的开端。后来李鼎芳又编写了《曾国藩

---

① 汪辉祖：《佐治药言》，辽宁教育出版社1998年版，第4页。
② 许同莘：《公牍学史》，档案出版社1989年版，第234页。
③ 徐珂：《清稗类钞》，中华书局1984年版，第1383页。
④ 杜衡：《中国历史上之幕职》，《再生》1948年第216期。
⑤ 《大公报·史地周刊》第63期，1935年5月24日。

及其幕府人物》① 一书。他们二人的研究资料性较强，属于微观研究。20 世纪 40 年代，全增佑发表了题为《清代幕僚制度论》② 的长文，这是第一篇较为全面地从宏观上把握清代幕府制度的文章，此文以"诸论、幕友制度之形成、幕友制度确立之原因、幕友对于主官之制衡作用、幕友制度与人才之调整、人才之地理分布、结论"七个部分对于清代幕友制度的形成、确立及幕友与幕主的关系做了探讨。40 年代末，张纯明发表了《清代的幕制》③，该文从"引论、幕宾的性质、幕的性质、幕与案例、幕的流品及余论"六个方面，比较细致地对于清代幕府的种类、性质等进行了分析，使清代幕制以较为清晰的面目展现出来。

中华人民共和国成立以后，由于种种原因，幕府研究不被大陆研究者重视，20 世纪 50—80 年代，大陆对于清代幕府的研究，目前见到的仅有范朴斋的《略论前清胥吏——对前清"绍兴师爷"和"书办"的介绍》④ 一文，此文对于清代幕制仅有简略的介绍。清代幕府研究的重心转向了台湾、香港地区，研究者们除了进行宏观研究外，对一些具体问题的研究也逐步展开，台湾学者缪全吉《清代幕府人事制度》⑤ 一书对于清代幕府的人事制度进行了全面、系统的研究，考察了幕席类别、幕才培养、游幕方式、游幕条件、幕府生活等方面。缪全吉还发表了相关论文《清代幕府制度之成长原因》⑥《清代幕府之官幕关系与幕席类别》。⑦ 此外还有迟庄《清代之幕宾门丁》⑧，陈天锡《清代不成文之幕宾门丁制度》⑨《清代幕宾中刑名钱谷与本人业此经过》⑩ 等。这一时期港台地区及国外

① 李鼎芳：《曾国藩及其幕府人物》，文通书局 1947 年版。
② 全增佑：《清代幕僚制度论》，《思想与时代》1944 年第 31、32 期。
③ 张纯明：《清代的幕制》，《岭南学报》1949 年第 9 卷第 2 期。
④ 《光明日报》1957 年 1 月 1 日第 3 版。
⑤ 缪全吉：《清代幕府人事制度》，中国人事行政月刊社 1971 年版。
⑥ 《思与言》1967 年第 5 卷第 3 期。
⑦ 《思与言》1969 年第 7 卷第 1 期。
⑧ 《大陆杂志》1967 年第 5 卷第 2 期。
⑨ 《宪政论坛》1967 年第 13 卷第 2 期。
⑩ 《中央图书馆刊特刊》1968 年第 11 期。

的研究中，对于清代地方督抚幕府的研究也开始进入研究者的视野，对晚清社会产生巨大影响的幕府成为焦点，王尔敏《淮军志》① 列专章对于淮军领袖李鸿章幕府做了探讨，就李鸿章幕府的幕僚及影响做了论述。随后，美国学者福尔瑟姆出版了《朋友·客人·同事——晚清的幕府制度》②，此书研究重点也是李鸿章幕府，作者查阅了大量档案、笔记，参考论著达到了 200 余种，并多次采访李鸿章后人，获得了大量一手资料。此书从曾国藩与李鸿章关系、李鸿章幕府的三大支柱、李鸿章的幕友及李鸿章的权力网等方面对李鸿章幕府进行了深入研究。作者认为，1853 年，曾国藩编练湘军是清代幕府制度发展的转折点，曾国藩建立的幕府开始带有近代色彩，而李鸿章继承了曾国藩的衣钵，使清代幕府走向了近代化并发展到了高峰。

这一阶段为清代幕府研究的起步阶段，由上面所述论文来看，这一时期的学者除了对清代幕制进行探讨外，更注重清代幕府中的人事制度。全增佑、张纯明二人的研究已经开始运用现代科学方法，成为研究清代幕府的典范之作，其中的一些论断也被后来的研究者普遍接受，为后来的研究提供了借鉴。

二 清代幕府研究的第二阶段：1979 年至今

20 世纪 70 年代末，伴随着社会动荡的结束，大陆的学术研究也开始复兴，1979 年《社会科学战线》连载了江地的《清代官制概述》③ 一文，这篇文章对于"幕友与书吏"进行了讨论，但限于篇幅，比较简略。自此之后，清代幕府研究成为史学研究长盛不衰的一个热点，这一阶段也是清代幕府研究的发展期。研究清代幕府的论文与专著不断出现，质量也明显提高。据不完全统计，这一时

---

① 此书台湾版由台湾中研院近代史研究所于 1967 年编印发行，大陆版由中华书局于 1987 年出版。

② 此书英文版于 1968 年由加利福尼亚大学出版社出版，中文版由中国社会科学出版社于 2002 年出版。

③ 江地：《清代官制概述》，《社会科学战线》1979 年第 2、3 期。

期发表论文 100 多篇，出版专著十余部。

（一）学术论文

从论文方面看，可以分为宏观研究与微观研究两方面。

1. 宏观方面

从这方面研究清代幕府的文章有 20 余篇，这些论文主要对清代幕制盛行的原因、发展变化、特点、作用和影响等进行了探讨。

（1）清代幕府发展变化与特点研究

20 世纪 80 年代初，郑天挺发表了《清代幕府制的变迁》①《清代的幕府》② 两篇文章，他依据幕府的职能、宾主关系、幕宾地位的变化，将清代幕府的发展分为三个阶段：太平天国之前为第一阶段；太平天国起义至光绪中期为第二阶段；光绪中期至辛亥革命前为第三阶段。这样划分清代幕府的发展阶段，虽然从时间上看很不均衡，但从幕府的职责、作用和影响来看却比较符合实际。郭润涛《清代幕府的类型与特点》③ 一文，根据清代幕府内部关系与活动的性质，将清代幕府划分为四类：第一类为军营幕府，此类幕府主要是指驻防将领的幕府；第二类为行政幕府，此类幕府指地方行政系统官员的幕府，在这类幕府中，最重要的"幕席"就是"刑名"与"钱谷"，而地方行政幕府，又以州县幕府最为完整和发达；第三类为专职幕府，此类幕府主要指清代除督抚司道州县以外的一些直接受中央管辖、在地方办理某一专务官员的幕府，主要有提督学政、盐政、河道总督等，在这些专职幕府中往往聘请有专长的人佐理政务；第四类为艺文幕府，此类幕府指朝中大臣或地方官员为著书、修志等所设立的幕府，这类幕府往往集中了大量的文人、学者。这四种幕府又有一些共同的特点：私人性、平等性、佐治性和隐蔽性。

----

① 《学术研究》1980 年第 6 期。
② 《中国社会科学》1980 年第 6 期。
③ 《贵州社会科学》1992 年第 11 期。

（2）清代幕府兴盛原因研究

郭润涛在《试论清代州县衙门设置幕府的原因》① 一文中总结了四点原因：一是清代州县衙署中官员配备不完备；二是伴随着社会发展、人口激增，行政事务日益繁杂；三是清代州县官以科举出身居多，多不能胜任政务；四是官场中的风气使官员们忙于媚上，无暇顾及政务。朱金甫《论清代州县之幕友》② 就清代幕友制盛行的原因提出了新观点，他认为，清代幕友制的产生与上自皇帝下至各级官员的集权行为有关。这种集权行为在中央表现为皇帝在正式的政府机构以外，又设立非正式机构，选择亲信为其办事，这种方式最典型的就是雍正朝设立的军机处。在地方上，这种方式被地方官员所仿效，以达到集权于个人的目的，该文同时认为，州县幕友在"佐治"这一方面是起了积极作用的。

（3）清代幕府的作用及影响

魏鉴勋、袁闾琨《试论清代的幕僚及其对地方政权的作用》③ 一文肯定了清代幕僚在地方行政机构中的积极效用，认为他们起到了很好的"佐治"作用，帮助了地方官的升迁，繁荣了学术，传播了文化，培养了人才。陆平舟《官僚、幕友、胥吏——清代地方政府的三维体系》④ 一文指出，明清之际，中国绅士的条件和地位得以逐步固定下来，随之，在政治体制中也形成了一种隐性的绅衿支配现象。随着幕友阶层队伍的扩大和游幕制度化，在清代各级地方政府逐渐形成了一个轮廓较清晰的官僚、幕友、胥吏既相互依赖又相互牵制的三维体系。在"异族"统治下，这种隐性的绅衿支配体系虽然具有许多弊害，但在使中国封建社会保持相对稳定方面发挥了重要的作用。肖宗志《控制与失控：清代幕友与国家的关系》⑤ 一文描述了国家与幕友关系的变动，概括了国家对幕友控制的基本

---

① 《学术研究》1990 年第 4 期。
② 《第二届明清史国际学术讨论会论文集》，天津人民出版社 1993 年版。
③ 《史学月刊》1983 年第 5 期。
④ 《南开学报》（哲学社会科学版）2005 年第 5 期。
⑤ 《南华大学学报》2006 年第 4 期。

特点，分析了国家对幕友失控的原因，并从这个角度探讨晚清地方官制改革的必要性。

2. 微观方面

从这方面研究清代幕府的论文较多，有 80 余篇。

伴随着宏观研究的不断深入，学者对于清代幕府制度已经有了比较明确的认识，对一些基本问题，如清代幕府制产生的原因、基本特征、发展阶段以及幕友来源、幕席类别、官幕关系等，都形成了比较一致的看法，对清代幕府制度的研究也越来越细致，选取某一幕府、某一角度或某一人物的游幕生涯作为研究对象的文章不断出现。

（1）对地方大员幕府的研究

这类文章以研究晚清幕府的居多，且主要集中在陶澍、曾国藩、李鸿章、张之洞等人的幕府上。李志茗《陶澍幕府：晚清幕府的先声》① 一文对陶澍的幕府进行了研究，他指出，陶澍幕府实行了改革，采取了兴利除弊的措施，其形态和职能与专为幕主处理琐碎政务的清前期幕府完全不同，显现出新的特征，为当时第一个以经世闻名的新型幕府。陶澍幕府的出现标志着晚清幕府的发轫。张九洲《曾国藩幕府简论》② 对曾国藩幕府的组织、规模、作用、影响等进行了探讨，他认为，曾国藩本人礼贤下士、知人善用、衡才不拘一格是其幕府人才鼎盛的重要原因，而曾国藩幕府的一个重要特点是军事性的加强，曾国藩幕府在镇压太平天国运动中居功厥伟，为国家培养、输送了人才，但也促成了地方割据势力的膨胀，造成了中央与地方，满洲贵族与汉族地主之间矛盾的加深，使清王朝的危机更加深重。尚小明《浅论李鸿章幕府——兼与曾国藩幕府比较》③ 一文认为，曾国藩、李鸿章二人幕府职能的侧重点不同，曾国藩幕府主要在于镇压农民起义，李鸿章幕府早期是镇压农民起义，后来转向发展洋务与处理外交事务。李志茗《规模能量影

① 《福建论坛》（人文社会科学版）2008 年第 8 期。
② 《黄淮学刊》（社会科学版）1990 年第 4 期。
③ 《安徽史学》1999 年第 2 期。

响——李鸿章幕府与曾国藩幕府之比较》① 也对曾国藩、李鸿章二人的幕府进行了对比，他认为，晚清时期幕府的大小与幕主的职权、地位等密切相关。李鸿章的勋望、权势均较其师曾国藩有过之而无不及。然而，李鸿章幕府无论在幕僚的素质，还是在幕府的规模和影响方面都比曾国藩幕府逊色。究其原因，除了时代的差异外，主要在于李鸿章本身的人品、道德、学问不如曾国藩。而这也直接导致了淮系集团的政治势力难与湘系集团相提并论。黎仁凯《张之洞督鄂期间的幕府》② 一文指出，张之洞督鄂之际是其幕府的鼎盛时期。他在湖北创设学堂、厂矿等各种实业、文化机构，通过延聘、札委、奏调的方式，网罗中外各类人才入幕，可谓兼容并包。张之洞对幕府制度实行了改革，总趋势是由幕宾向幕僚转化。他与幕府人员建立起了比较和谐的互动关系，幕府人员对张之洞决策、成就功业做出了重要贡献；同样，张之洞也为幕府人员提供了施展才干的舞台，并为他们的发展升迁开辟了道路。冀满红、李慧《袁世凯幕府与清末立宪》③ 一文认为，在清末立宪活动中，幕府人员帮助袁世凯完成了从漠不关心到积极参与的转变。同时，幕府人员积极参加清末宪政改革，在中央编制了新官制方案、在东三省进行了政治体制改革、在天津试行了地方自治、在直隶进行了司法改革，取得了一定的成效。他们的所作所为有利于中国政治的近代化，同时也有利于袁世凯北洋集团势力的扩张。

（2）对清代幕府与法律、制度关系的研究

清代幕府中最重要的职能就是刑名与钱粮，因此对清代幕府与法律、制度关系的研究，也是清代幕府研究的焦点。宋加兴《略论清朝的刑名幕宾和书吏》④ 一文从清代幕僚制度，尤其是刑名幕僚的负面作用着眼，认为清代各级地方衙署的司法审判工作，形式上由各级衙署的正印官审理，实际上却多半为刑名幕吏所操纵，形成

① 《社会科学》2002 年第 11 期。
② 《史学月刊》2003 年第 7 期。
③ 《晋阳学刊》2005 年第 1 期。
④ 《政治与法律》1984 年第 3 期。

做官的不会办事，会办事的不能做官的特异局面。这是清朝腐败政治制度产生的结果，而反过来这一局面又促使政治制度的进一步腐败。

（3）对清代幕府文事、学术工作的研究

文书、档案工作。清代官员除了依靠幕友佐政外，还要仰赖其办文、立档、分类、排检，孙安全《清代幕宾与文档》① 一文指出，在清代刑名幕友的著作中，保存了怎样办理公文、保存文件、怎样归档的方法与资料，对档案工作者来说是宝贵的资源。吴爱明、夏宏图《清代幕友制度与文书档案工作》② 一文对从事文书档案工作的幕友进行了研究，分为书启、挂号、书禀、墨笔等几类，指出从事文书档案工作的幕友应当精熟律例案，擅长公文撰写，品德良好，熟知官府中事务。同时认为，由于幕友在实际工作中往往互相推诿、上下勾结、弄虚作假，实际上这种做法是弊大于利的。

学术、文化活动。清代幕府除了军戎、政事活动之外，还对清代文化与学术的发展起过巨大的作用和影响，这些学术活动也引起了学者的关注。尚小明《论清代游幕学人的撰著活动及其影响》③ 一文在对大量史实进行考察后指出，学人游幕的兴盛与清代学术的发达有着非常密切的关系。游幕不仅使清代学人有机会接触和利用各地的图书资料，而且对他们的历史地理研究和诗歌创作等也有重要影响。游幕学人还在一些学者型官员的组织下，编纂了一系列大型经史著作，从而成为清代大规模清理以往学术文化成果的重要承担者。

（4）对重要幕僚的研究

刘泱泱《左宗棠在幕府时期》④ 一文对"中兴名臣"左宗棠的幕府生涯做了探讨，左宗棠做过 8 年幕僚，主要在骆秉章湘幕中，在这 8 年中，左宗棠佐理政务，内固疆防，外救邻封，筹饷固械，

---

① 《四川档案》1985 年第 3 期。
② 《历史档案》1994 年第 4 期。
③ 《北京大学学报》（哲学社会科学版）1999 年第 5 期。
④ 《云梦学刊》1986 年第 3 期。

整饬吏治，受到了长官的好评与推荐，他本人也在幕府的历练中成为一代伟人。陈山榜《李塨的游幕生涯》① 一文对颜李学派创始人李塨的游幕生涯进行了考察，作者指出，李塨曾多次应聘入幕，辅助地方官员料理政务。他的游幕活动既解决了其家庭生计问题，又使他开阔了眼界，增长了见识，广交了朋友，同时也使颜李学派的实学思想得以更为广泛传播，并使其政治经济思想或多或少地付诸实践。

（5）关于晚清幕府制度及其影响

刘悦斌《晚清幕府制度略论》② 对清代幕府的发展做了梳理，指出晚清幕府呈现出四大变化：一是晚清幕府恢复了传统幕府的军事职能；二是晚清幕府职能增多，规模很大；三是晚清幕府中幕僚成分比较复杂，如李鸿章幕僚中出现了外国人；四是幕僚的社会地位有所提高，由幕僚而升至高官者已不罕见。黎仁凯《晚清的幕府制度及其嬗变》③ 一文选取鸦片战争至清代灭亡这一时间段的幕府作为考察对象，以曾国藩、李鸿章、张之洞、袁世凯的幕府作为典型，认为晚清幕府的发展变化主要表现在幕府机构的扩充和幕府人员职能的变化、入幕方式的变化、幕主与幕员主从关系的确立和经济关系的分离等上。李志茗《晚清幕府的嬗变与近代社会变迁》④ 一文从正反两方面论述了晚清幕府的作用，认为晚清幕府深刻地影响了晚清政局以及近代中国社会的变迁。晚清幕府造就人才、振兴文教、推动中国早期现代化的发展，客观地促成清王朝的灭亡，对近代中国社会转型起了非常积极的作用。但是，晚清幕府的特定性质，也给近代中国社会的发展带来了不少消极影响。

（6）关于清代幕友日常生活与绍兴师爷

郭润涛《试析清代幕业经济生活状况》⑤ 一文对清代幕僚的收

---

① 《保定学院学报》2009 年第 3 期。
② 《河北师院学报》1996 年第 3 期。
③ 《河北学刊》2004 年第 3 期。
④ 《厦门大学学报》（哲学社会科学版）2007 年第 5 期。
⑤ 《中国社会经济史研究》1996 年第 4 期。

入与生活状况进行了专门探讨。他指出，幕业的收入主要来自于主官给的"脩金""敬礼"以及收徒所得的"幕例"，虽然幕业收入较高，但却难以改变其生活状况，因其支出包括日常花费与捐官的费用，是一种高生活水平上的贫穷。苏位智《清代幕吏心态探析》①一文对幕吏的心理状况进行了探析，将幕吏心态分为动机、情感与意志，指出幕吏往往在从业初期千方百计地追求改变自身地位，而后期则注重追求经济利益。幕吏既有"非官"的自卑感，又有"非民"的优越感及职业安全感，不得意的处境使其具有顽强的意志力。

关于绍兴师爷。20世纪80年代以来，关于绍兴师爷的话题长盛不衰，见于报刊的文章有50余篇，但大多数属于通俗性、普及性文章，学术价值不大，值得注意的有以下几篇。郭润涛《试论"绍兴师爷"的区域社会基础》②一文指出，绍兴师爷兴盛的社会基础有四点：交通便利，为师爷流动提供了方便；人多地狭迫使绍兴人多出外谋生；重文的传统使得当地人文化水平较好；明代书吏多绍兴人，这是一种传统的延续。王振忠《19世纪华北绍兴师爷网络之个案研究——从〈秋水轩尺牍〉〈雪鸿轩尺牍〉看"无绍不成衙"》③一文指出，生存压力大使得绍兴人大批外出游幕，为了在激烈的竞争中立于不败之地，他们将幕学作为传家宝，世代相传，而且通过联姻、结拜、攀附同乡官吏等手段，形成了一个关系网络，对清代政治体制产生了极大的影响。

（二）研究专著

这一阶段出版的关于清代幕府的研究专著有十余部。主要有《曾国藩幕府研究》④《淮系人物列传》⑤《曾国藩和他的幕僚们》⑥

---

① 《山东社会科学》1992年第6期。
② 《中国社会经济史研究》1991年第4期。
③ 《复旦学报》1994年第4期。
④ 朱东安：《曾国藩幕府研究》，四川人民出版社1994年版。
⑤ 马昌华主编：《淮系人物列传》，黄山书社1995年版。
⑥ 史林：《曾国藩和他的幕僚们》，中国言实出版社1997年版。

《学人游幕与清代学术》① 《曾国藩的幕僚们》② 《李鸿章幕府》③
《清代刑名幕友研究》④《朋友·客人·同事——晚清的幕府制度》⑤
《晚清四大幕府》⑥《清代士人游幕表》⑦《明清之交文人游幕与文
学生态》⑧ 等以及 "晚清四大幕府丛书"（包括黎仁凯的《张之洞
幕府》、刘建强的《曾国藩幕府》、牛秋实等的《李鸿章幕府》和
张学继的《袁世凯幕府》）。此外，研究绍兴师爷的著作有同名
《绍兴师爷》⑨ 三种、《中国的师爷》⑩ 《官府、幕友与书生——
"绍兴师爷" 研究》⑪ 与论文集《绍兴师爷与中国幕府文化》⑫。

这些著作或以某一重要幕府为研究对象，或从某一角度对清代
幕府进行研究，这里仅选择具有代表性的几部著作略作评析。

朱东安《曾国藩幕府研究》将曾国藩所设军政办事机构和粮饷
筹办机构均纳入曾国藩幕府，并从研究这些机构的设置、职能、实
施方针、办理成效入手，进一步考察其中办事人员及其活动，该书
还搜集整理了 400 余名曾国藩幕府幕宾的活动资料，从而为进一步
研究曾国藩幕府创造了条件。高浣月《清代刑名幕友研究》以清代
刑名幕友与地方司法活动、刑名幕友和清朝统一的法律体系为主要
对象，剖析了刑名幕友的办案方法以及对清朝法律文化的影响。这
一著作丰富了法律史研究的领域，对中国古代法律文化做了更为深

---

① 尚小明：《学人游幕与清代学术》，社会科学文献出版社 1999 年版。
② 成晓军：《曾国藩的幕僚们》，东方出版中心 2000 年版。
③ 欧阳跃峰：《李鸿章幕府》，岳麓书社 2001 年版。
④ 高浣月：《清代刑名幕友研究》，中国政法大学出版社 2000 年版。
⑤ 此书英文版于 1968 年由加利福尼亚大学出版社出版，中文版由中国社会科学出版社于 2002 年出版。
⑥ 李志茗：《晚清四大幕府》，上海人民出版社 2002 年版。
⑦ 尚小明：《清代士人游幕表》，中华书局 2005 年版。
⑧ 朱丽霞：《明清之交文人游幕与文学生态》，上海古籍出版社 2008 年版。
⑨ 项文慧：《绍兴师爷》，南京出版社 1991 年版；王振忠：《绍兴师爷》，福建人民出版社 1994 年版；郭建：《绍兴师爷》，上海古籍出版社 1995 年版。
⑩ 李乔：《中国的师爷》，商务印书馆 1995 年版。
⑪ 郭润涛：《官府、幕友与书生——"绍兴师爷" 研究》，中国社会科学出版社 1996 年版。
⑫ 朱志勇、李永新主编：《绍兴师爷与中国幕府文化》，人民出版社 2007 年版。

人的探索。尚小明《学人游幕与清代学术》是第一部全面探讨清代幕府中学人游幕与学术关系的专著，开启了清代幕府研究的一个新领域。他将清代重要学人的幕府，分为顺康雍、乾嘉和道咸同光三个时期，分析了每个时期的特点与彼此的传承关系，并将它与整个清代历史和学术文化发展史联系起来；揭示了学人游幕与清代学术文化之间的关系，并对游幕学人在清代清理以往学术成果活动中的作用进行了探讨，确定了清代幕府在文化传承和创新方面的作用。朱丽霞《明清之交文人游幕与文学生态》对于清代文人游幕与文学创作之间的关系这一还未被学者重视的课题进行了研究，清代学术发达，各种文体呈现出全面复兴之局。对于这一文学景观，以往的研究多聚焦于清代政治的汉化政策和文化认同，但文学与文化发达的原因往往是多元的，其中文人游幕即是明清文学繁荣的重要因由之一。作者以徐渭、方文、朱彝尊等人的游幕生涯为例，说明了文人游幕对于文学发展的影响。

综上所述，清代幕府研究已取得了令人瞩目的成就：第一，对清代幕府制度及其影响的研究，越来越受到学者的关注，研究论文与专著不断出现，清代幕府研究也向着纵深发展。第二，研究角度和研究方法的多元化，伴随着研究的不断深入，研究者的研究视角及方法也开始丰富和多元化，尤其是 20 世纪 90 年代以后，学者逐渐打破了传统的思维模式，积极采用新的研究方法，这一阶段的研究范围被拓宽，研究方法也出现多样化，除幕府制本身的研究外，幕府与政治、幕府与官制、幕府与外交、幕府与文化等方面的研究也受到关注。如尚小明《徐乾学幕府研究》①，即从清代幕府与学术文化的关系着眼，指出徐乾学幕府是清代最早出现的以学者型官员为幕主、以著名学者为幕宾的主要从事学术活动的重要幕府。徐乾学幕府的出现，既是清初学术文化发展的产物，又与满洲统治者笼络遗民学者的政策密切相关。它的修书活动在清代学术文化发展史上占有重要地位，对乾嘉时期一系列从事修书、校书活动的重要

① 《史学月刊》1998 年第 3 期。

学人幕府的出现，也产生了巨大影响。凌林煌《曾国藩幕府成员之量化分析》① 则运用统计学的方法，对曾国藩幕僚的籍贯、出身、入幕方式、出幕原因等因素进行了分析，认为广泛聘用幕宾，是曾国藩取得成功的重要原因。此外，对个案的研究也蓬勃发展，曾国藩、李鸿章、张之洞等人的幕府成为研究的热点。而清代幕府与交叉学科的研究也在兴起，并被研究者所关注，如清代幕府与法律、文学之间的互动渐成焦点。第三，评判态度逐渐趋于客观。伴随着时代的发展和研究的深入，人们在清代幕府研究中的评判态度也趋于客观公正。20 世纪 90 年代后发表的论著，以阶级划分对错的标准已被摒弃，无论是对于曾国藩、李鸿章还是左宗棠本人及其幕府，研究者已不以阶级斗争的立场对他们进行抨击，而是客观地研究、评价他们。对于幕友、幕府的研究不再一味地肯定或否定，而是在对史实进行深入考察的基础上做出判断。

　　清代幕府研究总体上已取得了较大的成就，但仍存在一些不足：第一，创新不足，选题重复，研究成果良莠不齐，研究还有待深入。关于清代幕府研究的多数论文未能提出独到的见解，只是吸收和借鉴了别人的研究成果，做了一些修订和整理工作，有些论文甚至内容重复。伴随着宏观研究的深入，人们对于清代幕府制度的基本特点已经有了较为明确的认识。但是，由于清代幕府存在时间长，影响范围大，目前的研究成果还不足以说明清代幕府的整体面貌，仅仅勾勒出一个轮廓，要看清这张"脸"，还需要研究的不断深入。第二，清代幕府的研究格局有失均衡。如对个案的研究主要集中在绍兴师爷与晚清的曾国藩、李鸿章、张之洞等人的幕府上。清代幕府自清朝定鼎中原至辛亥革命始终存在和发展着，但是研究者只关注了几大幕府，这与清代幕府的实际情况是很不相符的，对于其他重要幕府的探究有待在今后的研究中加以拓展。第三，清代幕府研究的范围和视角仍有待开拓。清代幕府制度影响着社会生活的方方面面，而现在的研究主要集中在制度、刑名和钱粮幕友上，

　　① 《思与言》1995 年第 33 卷第 4 期。

对幕府与文学、经济、文化等方面的互动研究还有待展开和深入。此外，对于州县幕府也只有几篇概论性的文章泛泛谈及，但从对社会生活的影响来看，处于基层的州县幕府对社会生活的影响应当是更加直接和深远的，这应当引起研究者的注意。第四，对材料的发掘和整理还不够。清代幕府兴盛，是继唐代之后又一个高峰，但是清代幕府却与唐代不同，唐代幕府属于辟府制，清代却是聘用制，即唐代的幕府属于政府机构，而清代却属于私人机构。正因为如此，清代官方史料中很少有关于幕府情况的描述，关于唐代的幕府资料在《册府元龟·幕府部》中有很多，方便研究者使用。目前，对于清代幕府资料整理的成果还未出现，这无疑是一个缺憾。由于清代幕府昌盛，幕宾、幕友的人数众多，分布极广，要掌握他们的生活状态，特别是研究中下层幕府和幕宾，必须借助于大量史料，如日记、笔记、碑传、地方志和家谱等，这就使得这一课题的研究难度加大。在目前的研究著作中，这种基础性资料的整理仅有尚小明《清代士人游幕表》，该书从各种史料中统计出了 1364 名清代的游幕士人，并几乎将相关资料网罗殆尽，对于研究清代文化史与文学史的人来说，不啻为一本相当全面、实用的工具书。但从研究清代幕府的角度来看这还远远不够。此书考察的是游幕士人，是从文人游幕与学术的角度出发的，而关于清代幕府之中专职习幕，帮助官员处理日常政务的幕宾的资料还没有人进行过发掘和统计。在清代幕府研究中，这些基础性的工作还有待加强。

第二节　清代幕府与文学关系研究概况

从文学的角度研究幕府，相对比较薄弱，但这一领域近年来也逐渐受到了学者的重视，出现了一批成果，如戴伟华《唐代幕府与文学》①《唐代使府与文学研究》②《唐方镇文职僚佐考》③ 等开始

---

① 现代出版社 1990 年版。
② 广西师范大学出版社 1998 年版。
③ 天津古籍出版社 1994 年版。

对文人游幕与文学之间的关系进行专门研究；马茂军《西京幕府作家群的散文创作》① 对宋代幕府与文学之关系也做了探讨；吕靖波《明代文士游幕与文学创作关系初探——以徐渭为个案》② 以徐渭为典型，探讨了明代文士入幕对文学创作的制约与推动作用。

清代是中国历史上幕府发展最兴盛的时期，这一时期幕府与文学、学术之间的关系，成为近年来幕府文学研究的一个热点，主要成果有杨萌芽《张之洞幕府与清末民初的宋诗运动》③，探讨了幕府与文学的关系。作者认为，1895—1906 年，郑孝胥、陈三立、沈瑜庆、陈衍、沈曾植等宋诗派主要成员都曾客张之洞幕，这个时期的诗文酬唱酝酿了宋诗派的理论，加强了诗人之间的联系，扩大了宋诗派的影响，宗宋诗风逐渐成为一种诗学潮流，其余波影响至20 世纪 40 年代。鲍开恺《卢见曾幕府戏曲活动考述》④ 对乾隆时期扬州地区重要的学人幕府——卢见曾幕府中的戏曲活动进行了研究，指出卢幕积极延揽戏曲人才、扶持戏曲创作、投资剧本刊刻、组织戏曲演出，是乾隆时期扬州剧坛的一个缩影，在扬州地区产生了较大影响。倪惠颖《论乾隆时期不同文章流派的冲突与互动——以毕沅幕府为中心》⑤ 指出，毕沅幕府是乾隆中后期最大的艺文幕府，汇聚了当时各派一流的文章家，其中史学派的代表人物章学诚等对以洪亮吉等为代表的骈文派及汉学派展开了激烈的攻击，章氏力主"古文必推叙事"，力挽古文衰落的局面。面对史学派的批评，毕沅幕府以洪亮吉、汪中等为代表的骈文派表现出了打通骈散、兼容并包的倾向。毕沅幕府骈文派的巨大创作成就为后来曾燠、阮元等幕府对骈文理论的建设奠定了基础，也为骈文能够在嘉道之际与桐城派古文相抗衡提供了条件。倪惠颖《毕沅幕宾应酬文刍议》① 一文，以具有代表性的毕沅幕宾为个案，联系毕沅幕宾的时代背景、价值取向、心理因素、写作情境等，深入分析与游幕相关的干谒书、代撰文、润笔之作等应酬文，指出这些应酬文的写作向我们展示了乾隆中后期游幕文人群体的生存状态和文学生态。倪惠颖《从〈吴会英才集〉的编选看乾隆中后期的诗史景观》② 指出，《吴会英才集》便是以毕沅幕宾为主要编选对象的地方诗歌总集，该文通过对这一选本的编选意义、宗旨的分析及其所选黄景仁诗与翁方纲编《悔存诗钞》的比较，展现了乾隆中后期复杂的诗史景观，包括在性灵派冲击下庙堂诗人内部的分化、诗歌传统兼容并包的多元化趋势、诗坛在朝野势力逆转的趋势中难以彻底摆脱庙堂势力的主导等。李瑞豪《乾嘉时期幕主的欧、苏情结与幕府文学》③ 一文指出，乾嘉时期的幕主具有浓郁的欧苏情结，把风雅与为政结合起来，以期像欧、苏一样，播弦歌之雅化，以文章名冠天下，流传后世。他们都有很好的文学素养，在诗文中表达着对欧、苏的赞扬与向往，幕宾们也在诗文中以欧、苏来夸赞幕主。幕主效仿欧、苏，课士爱士，大力提倡风雅，形成了幕府文学的兴盛局面，并留下大量与幕府生活息息相关的诗文。李瑞豪《曾燠幕府与清中期的骈文复兴》④ 一文指出，曾燠幕府对骈文复兴做出了重大贡献，曾燠编选的《国朝骈体正宗》及其幕宾吴鼒编选的《八家四六文钞》是清中期两部优秀的骈文选集，确立了骈文的文体地位，提出了骈散一体的主张。在骈文观念上，幕宾多受曾燠影响，主张骈散同源异流，文体不分骈散。在创作上，以曾燠为首，多宗六朝，风格流丽短小，格调纤新，笔致轻倩，形成了一个创作流派。金敬娥《清代游幕与小说家的视野》⑤ 一文指出，幕友中出现了大量小说家，是清代比较突出的文学现象。清代许多优秀小说作

---

① 《清代文学研究集刊》第 1 辑，人民文学出版社 2008 年版。
② 《苏州大学学报》（哲学社会科学版）2009 年第 4 期。
③ 《北方论丛》2008 年第 5 期。
④ 《中国韵文学刊》2009 年第 3 期。
⑤ 《四川师范大学学报》（社会科学版）2010 年第 2 期。

品的问世，与作家广泛的游幕生活不无关系。

尚小明《学人游幕与清代学术》① 这部著作可以说开了清代文学、学术与幕府关系研究的先河，他着重研究了清代学人游幕的发展变化、清代重要的学人幕府和清代学人游幕及其学术活动三个方面的问题。随后尚小明又出版了《清代士人游幕表》②，以量化分析的形式考察了有清一代士人游幕的状况，为我们研究清代幕府文学打下了良好的基础。此外，还有朱丽霞的《明清之交文人游幕与文学生态——以徐渭、方文、朱彝尊为个案》③，这部著作着眼于明、清几位重要文人的游幕活动，对晚明及清初文人游幕与文学的关系进行了大致的勾勒，有筚路蓝缕之功。

总的来看，清代幕府与文学的关系这一课题虽然越来越受到学者的关注，但研究仍然很薄弱，只是处于起步阶段而已，一些问题还没有受到关注，如清代幕府制度与文人关系如何，文人在幕中怎样生活，规模如何，心态怎样，幕宾与幕主之间的关系如何，幕宾之间地位是否平等等一系列问题都需要进一步深入、细化的研究，这也是今后清代幕府文学研究的一个必然趋势。

---

① 尚小明：《学人游幕与清代学术》，社会科学文献出版社 1999 年版。
② 尚小明：《清代士人游幕表》，中华书局 2005 年版。
③ 朱丽霞：《明清之交文人游幕与文学生态》，上海古籍出版社 2008 年版。

第一章　乾嘉时期的文化政策、幕府状况及幕府与学术、文学之关系

第一节　乾嘉时期的文化政策

乾嘉时期，清王朝在历经了顺治、康熙、雍正三位帝王的苦心经营之后，政权稳固，经济复苏，"文治"亦随"武功"而日益强化，自康熙朝以来，文字狱迭兴，正是统治者加强精神层面控制的具体表现。其实，清朝统治者在以文字狱打击民族情绪的同时，也积极地采取措施，笼络汉人知识分子。乾嘉时期稳定的政局和快速发展的社会经济为文化的繁荣提供了保障。统治者深知仅仅依靠在文化领域的反面举措如文字狱，是不能真正征服汉族知识分子的，因而对汉族知识分子的怀柔政策，是乾嘉时期文化政策的核心内容之一。清代中期文化繁荣，这已是学界的共识。清代统治者以马上得天下，却明白不能以"武功"守天下。在经历了近百年的动荡之后，清朝统治者终于荡平了威胁中央政权的武装，因此对于知识分子的笼络，也就是对思想领域的整治亦随即展开，兴礼乐、立制度、明典章、崇教育等措施在统治者的指导下如火如荼地开展起来，其目的即是"以文教佐太平"①。这一时期，总体来看是一个重知识轻思想的时代。这与统治者的提倡是分不开的。清朝统治者入主中原以后，文化政策基本上是因袭前代之制，崇儒重道，尊孔尊朱是基本的方针。但到了清代中期，统治者的文化政策有了一些

_____

① 《太宗文皇帝实录》，《清实录》，中华书局1985年版，第73页。

变化，具体而言，体现在以下几个方面：

一是大力提倡经学。清代中期理学的发展已不适应当时的社会状况，不唯民间知识分子反对理学，统治者也开始意识到理学空疏误国之弊端，因而统治者对理学采取了明尊暗抑的策略，转而提倡经学，重视实学。康熙皇帝即表现得非常明显，如其云："朕观古今文章风气，与时递迁。六经而外，秦汉最为古茂，唐宋诸大家已不可及。凡明体达用之资，莫切于经史，朕每披览载籍，非徒寻章摘句，采取枝叶而已。正以探索源流，考镜得失，期于措诸行事。有裨实用，其为治道之助，良非小补也。"① 他明确提出研习经史，"有裨实用""为治道之助"，有益于维护封建统治，这是他释放出的崇尚经史之学的信号。康熙十八年（1679），开博学鸿词科，得一时名士 50 人，授翰林院官，入史馆纂修《明史》。又组织修纂了《古今图书集成》《全唐诗》《康熙字典》等大型图书，这些举措对于巩固政权和缓解民族矛盾起到了重要作用，也使清代中期重视实学的风气逐渐形成。

二是重视学校教育。兴学重教，培养人才，是文治的重要内容，康熙指出："致治之道，首重人才。储养之源，由于学校。"② 乾隆皇帝亦很重视学风、士风，强调说：士人以品行为先，学问以经义为重。故士之自立也，先道德而后文章；国家之取士也，黜浮华而崇实学。……为士者当思国家待士之重，务为端人正士，以树齐民之坊表。③ 随着政权的稳固，社会的发展，清朝统治者认识到了教育对培养人才、端正学风和思想控制的重要性，因而开始解禁书院，并大力鼓励发展教育。雍正十一年（1733）正月，世宗上谕云：

> 各省学校之外，地方大吏每有设立书院聚集生徒讲诵肄业者。朕临御以来，时时以教育人才为念，但稔闻书院之设，实

---

① 《圣祖仁皇帝实录》，《清实录》，中华书局 1985 年版，第 1599 页。
② 同上书，第 584 页。
③ 《高宗纯皇帝实录》，《清实录》，中华书局 1985 年版，第 243 页。

有裨益者少，浮慕虚名者多。是以未尝敕令各省通行。盖欲徐徐有待，而后颁降谕旨也。近见各省大吏，渐知崇尚实政，不事沽名邀誉之为，而读书应举者，亦颇能摒去浮嚣奔竞之习。则建立书院，择一省文行兼优之士，读书其中，使之朝夕讲诵，整躬励行，有所成就。俾远近士子，观感奋发，亦兴贤育才之一道也。督抚驻扎之所，为省会之地，著该督抚商酌举行，各赐帑金一千两，将来士子群聚读书，须豫为筹画，资其膏火，以垂永久。其不足者，在于存公银内支用。封建大臣等，并有化导士子之职，各宜殚心奉行，黜浮崇实，以广国家菁莪棫朴之化。则书院之设，于士习文风，有裨益而无流弊，乃朕之所厚望也。①

雍正这道谕旨，明确了对书院的解禁。这是他在对社会发展状况进行全面体察的基础上做出的决定。清初，统治者鉴于明末书院讲学结社形成政治势力干涉朝政、朝臣党争的局面，故而严禁书院讲学。至清中期，社会趋于稳定繁荣，清朝统治者对社会的控制力亦增强，士子文人亦被纳入统治的轨道中，雍正所谓"欲徐徐有待"就是在等待这样的时机，而后他又规定了书院设立的地点、办学方针、性质以及目的，并强调了书院半官办的性质，同时指出，朝廷的大员、封建大臣等"并有化导士子之职"，要求整个权力机构都承担起监督士风、学风的职责。乾隆也采取了多种措施振兴教育，尤其是乾隆年间扩大学额共20次，名额大约有三万名。②并且，乾隆时期大力扶持书院，各地书院得以蓬勃发展。商衍鎏《清代科举考试述录》记载了乾隆时各地书院的情况：

　　是时京师金台，直隶莲池，江苏钟山、紫阳，浙江敷文，江西豫章，湖南岳麓、城南，湖北江汉，福建鳌峰，山东泺

---

① 《世宗宪皇帝实录》，《清实录》，中华书局1985年版，第665页。
② 李世愉：《清代科举制度考辨》，中央广播电视大学出版社1999年版，第157页。

源，山西晋阳，河南大梁，陕西关中，甘肃兰山，广东端溪、粤秀，广西秀峰、宣成，四川锦江，云南五华，贵州贵山，奉天沈阳，各省书院以次设立，其余府、州、县或绅士出资，或地方官筹拨经费，置产置田之创立呈报者亦多。①

可见书院的建设已经覆盖全国各地，这对于人才的培养、学术的繁荣起到了极大的推动作用，《清史稿》云："高宗明诏奖劝，比于古者侯国之学。儒学寝衰，教官不举其职，所赖以造士者，独在书院。其裨益育才，非浅鲜也。"② 书院的蓬勃发展，使更多的士子进入政权掌控的范围之内，这使清代统治者消弭士气、耗蚀士能的文化策略进一步得以实施。

三是征集、整理文献典籍。"盛世修史"是倡导文治最有效、最直观的手段之一，历代莫不如此。乾嘉时期，社会繁荣稳定，帝王需要开展润色鸿业的文化工程。对文献典籍的整理、大型图书的修纂工作在康熙朝就已经展开，至乾隆朝则达到鼎盛。乾隆朝数十年间，官修各种书籍众多，其集大成者就是《四库全书》。这项工程始于乾隆三十八年（1773），至乾隆四十七年（1782）才告竣。乾隆三十七年（1772），乾隆颁布上谕，拉开了纂修《四库全书》的帷幕：

朕稽古右文，聿资治理，几余典学，日有孜孜。因思策府缥缃，载籍极博，其巨者羽翼经训，垂范方来，固足称千秋法鉴。即在识小之徒，专门撰述，细及名物象数，兼综条贯，各自成家，亦莫不有所发明，可为游艺养心之一助。是以御极之初，即诏中外，搜访遗书，并令儒臣校勘《十三经》、《二十一史》，遍布黉宫，嘉惠后学。复开馆纂修《纲目》三编、《通鉴辑览》及"三通"诸书，凡艺林承学之士，所当户诵家

① 商衍鎏：《清代科举考试述录》，三联书店1958年版，第233页。
② 赵尔巽等：《清史稿》，中华书局1976年版，第3119页。

弦者，既已荟萃略备。……今内府藏书，插架不为不富，然古今来著作之手，无虑数千百家，或逸在名山，未登柱史，正宜及时采集，汇送京师，以彰千古同文之盛。其令直省督抚会同学政等通饬所属，加意购访。除坊肆所售举业时文，及民间无用之族谱、尺牍、屏幛、寿言等类，又其人本无实学，不过嫁名驰骛、编刻酬唱诗文，琐屑无当者，均无庸采取外，其历代流传旧书，内有阐明性学治法，关系世道人心者，自当首先购觅。至若发挥传注，考核典章，旁暨九流百家之言，有裨实用者，亦应备为甄择。①

乾隆的上谕明确告诉世人，即将开展大规模的图书征集活动，而内容则涵盖经史、九流百家以及诗文集等，可谓包罗万象。这项活动一直持续了数年，为《四库全书》的编修提供了丰富的资源。当然，《四库全书》的编修是在"寓禁于修"的原则下进行的，因此对于以《四库全书》为代表的图书修纂活动，应当一分为二地看：一方面，这一政策促进了学术的繁荣，尤其是四库馆中汇集了当时知识界的精英，被梁启超称作"汉学家的大本营"，直接为汉学家提供了学术交流的机会、场所，使得考据学成为一时之显学。而《四库全书》保存了中国历代大量文献。所据底本中，有很多是珍贵善本，如宋元刻本或旧抄本；还有不少是已失传很久的书籍，在修书时重新发现的；也有的是从古书中辑录出来的佚书，如从《永乐大典》中辑出的书有 385 种。《四库全书》的编纂，无论在古籍整理方法上，还是在辑佚、校勘、目录学等方面，都给后来的学术界以巨大的影响。另一方面，在"寓禁于修"的指导思想下，许多被认为是有碍于清王朝统治的书籍被禁毁。在《四库全书》的编纂过程中，四库馆臣对不利于清朝统治的书籍，分别采取全毁、抽毁和删改的办法，销毁和篡改了大批文献，据黄爱平《四库全书纂修研究》，"在长达十九年的禁书过程中，共禁毁书籍三千一百种，

---

① 纪昀等：《钦定四库全书总目》卷首，中华书局 1997 年版，第 1 页。

十五万一千多部，销毁书板八万块以上"①，其他未被禁毁但却被篡改的书籍不可计数，从某种程度上看，《四库全书》的修纂又是一场文化遗产的浩劫。因此，乾嘉时期的图书修纂是文化繁荣的表现，但其背后隐藏的政治意图却是不能不注意的。

四是重视网罗人才，以为己所用。清代统治者非常重视延揽人才，以稳固统治。为了不使之去而为患，统治者在清代中期，对科举取士的标准也做出了调整。康熙时，为了笼络汉族知识分子，开博学鸿词科，一时名士多被征辟。雍正也萧规曹随，延续这一政策，十一年（1733）四月，他颁布圣谕云：

> 国家声教覃敷，人文蔚起，加恩科目，乐育群材，彬彬乎盛矣。惟博学鸿词之科，所以待卓越淹通之士，俾之黼黻皇猷，润色鸿业，膺著作之任，备顾问之选。圣祖仁皇帝康熙十七年，特诏内外大臣荐举博学鸿儒，召试授职。一时名儒硕彦，多与其选，得人号为极盛。迄今数十年，馆阁词林，储材虽广，而弘通博雅、淹贯古今者，未尝广为搜罗，以示鼓励。自古文教休明之日，必有瑰奇大雅之材。况蒙圣祖仁皇帝六十余年寿考作人之盛，涵濡教泽，薄海从风。朕延揽维殷，辟门吁俊，端崇实学，谕旨屡颁。宜有品行端醇、文材优赡、枕经菲史、殚见洽闻，足称博学鸿词之选，所当特修旷典，嘉与旁求。除现任翰詹官员无庸再膺荐举外，其他已仕未仕之人，在京著满汉三品以上，各举所知，汇送内阁。在外著督抚会同该学政，悉心体访，遴选考验，保题送部，转交内阁。务斯虚公详慎，搜拔真才。朕将临轩亲试，优加录用。广示兴贤之典，茂昭稽古之荣。应行事宜，著会议具奏。钦此。②

雍正此举，意在效仿其父，诏求博学之士，以显示自己倡导文治、

---

① 黄爱平：《四库全书纂修研究》，中国人民大学出版社1989年版，第78页。
② 徐锡龄、钱泳：《熙朝新语》卷10，上海书店出版社2008年版，第107页。

提倡学术,优待知识分子。至乾隆时期,以"敷文奋武"自居的清高宗,再开博学鸿词科,以驱使士人为国家装点门面,但此时,取士标准已经转变。如乾隆十四年(十一月初二),上谕云:

> 圣贤之学,行本也,文末也。而文之中,经术其根柢也,词章枝叶也。翰林以文学侍从,近年来因朕每试诗赋,颇致力于文章。而求沉酣六籍,含英咀华,究经术之阃奥者,不少概见。岂笃志正学者鲜欤?抑有其人而未之闻欤?夫穷经不如敦行,然知务本则于躬行为近。崇尚经术,良有关于世道人心。有若故侍郎蔡闻之、宗人府府丞任启运,研穷经术,敦朴可嘉。近者侍郎沈德潜,学有本源,虽未可遽目为通儒,收明经致用之效,而视獭祭为工,翦彩为丽者,迥不侔矣。今海宇升平,学士大夫举得精研本业,穷年矻矻,宗仰儒先者,当不乏人。奈何令终老牗下,而词苑中寡经术士也。大学士、九卿、外督抚其公举所知,不拘进士、举人、诸生以及退休闲废人员,能潜心经学者,慎重遴访。务则老成敦纯朴淹通之士,以应精选。①

在这道圣谕中,乾隆明确指出"崇尚经术,良有关于世道人心",这时取士的原则已由"穷究性理"转变为兼重"经术",这样,性理、经术兼重,更有利于文治局面的形成。

五是文字狱迭兴。清朝统治者因汉族知识分子"夷夏大防"的观念,而素有防范士人的传统。清代中期,政权稳固、社会繁荣使统治者能够腾出手来,加强对思想界的控制。有清一代,文字狱颇多,尤以乾隆年间最为集中。对于清代文字狱论者颇多,胡奇光《中国文祸史》说清代文字狱"持续时间之长,文网之密,案件之多,打击面之广,罗织罪名之阴毒,手段之狠,都是超越前代

---

① 徐锡龄、钱泳:《熙朝新语》卷11,上海书店出版社2008年版,第116页。

的"①。这段话准确地概括了清代文字狱的特征。由于汉族知识分子对满族贵族所建立的清王朝，有着天然的、发自内心的离心力，所以清代统治者对于汉族知识分子思想的监控十分严苛，因此一旦发现有碍统治的思想，统治者必然会大兴狱案，杀鸡儆猴，甚至对精神病患者的疯言乱语也不放过，清代中期的文字狱呈现出频繁化、扩大化、溢滥化的特点。② 频繁的文字狱给知识分子心理抹上了浓重的阴影，"避席畏闻文字狱，著书都为稻粱谋"，成为当时知识分子心理的真实写照。在此环境下，士人的学术活动也受到了限制，谢国桢说："在清雍正、乾隆以来，由于文字狱的兴起，钳制了人民的思想，再也不敢谈国家大事，写野史笔记的风气日渐消沉。"③ 史学的发展受到了极大的打击。学术风气的转变也受文字狱的影响，如乾嘉考据学的兴起，文字狱是其中一个因素，梁启超指出："凡当主权者喜欢干涉人民思想的时代，学者的聪明才力，只有全部用去注释古典。"④

以上简要论述了乾嘉时期统治者的文化政策，观其大概，这一时期的文化在统治者的提倡下繁荣昌盛，士人们有了极大的空间游学、著书立说，实现自我价值；同时也应当看到，统治者积极发展文化，其目的除了润色鸿业，为盛世装点门面外，更多的是钳制士人的思想，加强专制，消除汉族知识分子对清王朝的敌对情绪，因此文化怀柔政策是与严酷和高压并存的。

第二节　乾嘉时期的幕府状况

清代中期，尤其乾嘉时期是文人游幕的高峰时期，也是幕府及游幕文人从事文学、学术活动最为兴盛的时期。清代士人游幕并不

---

① 胡奇光：《中国文祸史》，上海人民出版社 2006 年版，第 125 页。
② 漆永祥：《乾嘉考据学研究》，中国社会科学出版社 1998 年版，第 75 页。
③ 谢国桢：《明末清初的学风》，人民出版社 1993 年版，第 99 页。
④ 梁启超：《中国近三百年学术史》，中华书局 1989 年版，第 21 页。

是一开始便很兴盛，而是有一个过程，据尚小明《清代士人游幕表》① 统计，清代士人游幕曾出现了三次高潮，第一次为康熙十三年（1674）至四十二年（1703），第二次为乾隆四十九年（1784）至道光三年（1823），第三次为道光二十四年（1844）至光绪九年（1883）。而第一个高峰出现的原因，是康熙时期为荡平不稳定因素，巩固中央集权而大动干戈，因此这一时期文人入幕的主要作用是参赞军事，出谋划策，文事活动较少。第三个高峰是在道光至光绪年间，这一时期的大清帝国内忧外患日益深重，不仅发生了长达14 年之久的太平天国运动，以及捻军起义和西南、西北等少数民族的起义，而且屡屡发生西方列强侵略中国的战争，这种局面使得士人们纷纷聚于有势力的地方大员的幕府之中，寻求救国之策与安身之所，因此，这一时期幕府的主要活动为军戎、外交、买办等实务，幕府文人文事活动也相对较少。而乾嘉时期是游幕学人、文人从事学术与文学活动最为兴盛的时期。由于帝王提倡"稽古右文"，地方大员们在从事学术文化活动中的自主性大大加强，乾嘉时期出现了一批以主持风雅著称的幕府，周星誉《王君星誠传》云："国家当康熙乾隆之间，时和政美，天子右文，王公大臣相习成风，延揽儒素，当代文学之士以诗文结主知，致身通显者踵趾相错。下至卿相、节镇，开阁置馆，厚其廪饩，以海内之望，田野韦布，一艺足称，无不坐致赢足。"② 此种幕府，府主往往雅好文学、经术深湛，并以爱才好士著称。他们召集名流，极一时诗酒之盛，提携后进，嘉惠士林，对于在恐怖肃杀氛围笼罩中的士人们具有别样的温馨感，起到了一些"怀柔"的作用，同时，这些府主们作为官方意识形态的代表者，以自己的幕府为核心，吸纳贤才，广结文士，形成了一个社交网络，并在此网络中潜移默化地推行官方意识形态，使文学创作归于"雅正"。

自乾隆至嘉庆，数十年间出现了一批以主持风雅著称的学人幕

---

① 尚小明：《清代士人游幕表》，中华书局 2005 年版。
② 转引自缪荃孙《续碑传集》卷 81，《清代传记丛刊》第 119 册，台北明文书局1985 年版，第 667 页。

府，如卢见曾、朱筠、毕沅、谢启昆、曾燠和阮元等人的幕府。这样的学人幕府，汇集了当时大量的学者、诗人，如卢见曾幕府有金农、马曰琯、马曰璐、惠栋、厉鹗、郑燮、全祖望、戴震、王昶等人；朱筠幕府有章学诚、邵晋涵、汪中、王念孙、洪亮吉、黄景仁等人；毕沅幕府有孙星衍、杨芳灿、凌廷堪等人；谢启昆幕府有钱大昭、胡虔、沈德鸿等人；曾燠幕府有黄文旸、郭麐、钱东、胡森、张彭年等人，阮元幕府有程瑶田、段玉裁、焦循、顾广圻、陈文述、方东树、童槐、仪克中、朱为弼、陈寿祺等人。由此可见，乾嘉时期的幕府成为文人渊薮，是学者、诗人的聚集地。这些学人幕府的出现与当时统治者的提倡以及社会风气密不可分。由于统治者重视文治，大力发展文化事业，上行下效，各地地方官员也很重视提倡学术文化活动，"康熙、雍正间，督抚俱以千金重礼，厚聘名流。如张西清、范履渊、潘荆山、岳水轩等，皆名重一时"①。洪亮吉也曾言："人才古今皆同，本无所不有。必视君相好尚所在，则人才亦趋集焉。汉尚经术，而儒流皆出于汉；唐尚词章，而诗家皆出于唐；宋重理学，而理学皆出于宋；明重气节，而气节皆出于明。所谓下流之化上，捷于影响也。"② 并且统治者曾明确要求地方大员承担"化导士子之职"，再加上这些幕府之府主皆雅好文学，有很好的文学、学术素养，其幕府活动也以校书等文化活动为主，因此其幕府对士子们自然有很大的吸引力。如人所言："嘉道之间，承国家极盛之余，海内富庶，名公巨卿类多风流，笃嗜文学，乐与诸贤俊商略往还，不惮屈己之下，而财力赡给又足以佐其优礼，故幕府常极一时之选，而博学高文之士，借恣游览而广著述者，往往栖托其间。"③ 由于乾嘉时期社会经济的发展，文人结社、讲学得解禁，一些财力雄厚的商人也延揽名士，以重声气，袁枚曾言："升平日久，海内殷富，商人士大夫慕古人顾阿瑛、徐良夫之风，蓄积书史，广开坛坫。扬州有马氏秋玉之玲珑山馆，天津有查

---

① 袁枚：《随园诗话》卷 13，凤凰出版社 2000 年版，第 335 页。
② 洪亮吉：《北江诗话》卷 2，《洪亮吉集》，中华书局 2001 年版，第 2260 页。
③ 杜贵墀：《画墁賸稿序》，《桐华阁文集》卷 4，清光绪刻本。

氏心谷之水西庄,杭州有赵氏公千之小山堂,吴氏尺凫之瓶花斋:
名流宴咏,殆无虚日。"① 可见,不唯达官广纳贤才,商人们亦不
甘落后,以求雅名,此乃当时社会风气使然。在此种政策、风气影
响之下,文人幕府的兴盛,就成为标榜文治的一种体现,达官们也
乐于作为羽翼以佐帝王之治,沈粹芬、黄人《国朝文汇》序云:

> 继世列圣,懋学右文,两举词科而骏雄游縠,宏开四库而
> 文献朝宗。贤王硕辅,又致设醴之敬,企吐哺之风,从而提
> 倡。虎观无其备,兔园无其盛,龙门无其广。文运日昌,士气
> 日奋,相率涤雪牢愁,服膺古训,息邪踞波。②

他们描述了当时幕府之盛况,将幕府比作"虎观""兔园""龙
门",可见乾嘉幕府对于士人之接纳,成为"文运日昌"的一个典
型标志。同时沈粹芬、黄人所谓"涤雪牢愁,服膺古训,息邪踞
波",又透露了幕府在维护文治中所起到的"化导士人"的作用。
幕府对于士人的吸纳,对于维护统治是有极大好处的,正如尚小明
所言:"游幕士人大多为家境贫寒或科举受挫者,他们在数量上相
当可观,并且在士林中有相当的影响。这些主要靠书本知识为生而
缺乏其他技能的士人,由于通往仕途之路受阻而成为无组织的社会
'自由流动资源'。这是一股蕴藏着巨大能量的潜在的社会离心力
量,非常不利于统一的政治权威的巩固。而幕府的发达,正好可以
起到吸纳社会自由流动资源以抵消或削弱社会离心力量的作用,因
而对统治者来说是极其重要的。"③ 从这个角度看,幕府的"怀柔"
作用是不可小觑的,而且在封建时代,士阶层人数众多,但不可能
人人都进入仕途,那么许多学有所长的人,即进入幕府以实现自己
的人生价值,如近人黄濬所言:"予尝谓幕客,即士之得志者……

---

① 袁枚:《随园诗话》卷3,凤凰出版社2000年版,第69页。
② 沈粹芬、黄人:《国朝文汇》卷首,《续修四库全书》第1672册,第357页。
③ 尚小明:《学人游幕与清代学术》,社会科学文献出版社1999年版,第41页。

治世，仕宦不能尽容，散而为幕为宾客。"① 尤其是乾嘉时期，教育发达，士子人数亦超越前代，况且，诸多士人考中进士、举人后，也并不意味着马上能够做官，有时还要经过漫长的等待，这种情况在乾嘉时期十分普遍，"雍正时进士有迟至十余年而不能得官者，举人知县铨补，则有迟至三十年外者矣。乾隆年间仅成虚名，廷臣屡言举班壅滞，谋疏通之法。十七年始定大挑制，于会试榜后举行，仅乾隆三十一年、五十二年两科于榜前挑选，大挑六年一次"②。在这样的情况下，即使是进士、举人也不得不谋求生计，而幕府就成为他们的首选，并且，在国家倡导学术的风气下，进入幕府不但可以施展才华，也可以接触更广泛的事物，甚至成为日后进入仕途的捷径和资本，章学诚曾言："今天子右文稽古，三通四库诸馆依次而开，词臣多由编纂超迁，而寒士挟策依人，亦以精于校雠，辄得优馆，甚且资以进身。"③

第三节　乾嘉幕府与学术之关系

乾嘉时期汉学鼎盛，而卢见曾、朱筠、阮元等人的幕府为汉学兴盛起到了推波助澜的作用。对于扭转学术风气，这几位幕主功不可没。识见敏锐，胆略过人，有地位和威望，有经济实力，是这几位幕主共有的特点。在传统的儒家积极入世的思想指导下，众多文人学士选择了游幕。因这些士人不是皆能高中的，大多无法进入仕途，许多怀才不遇之文人，迫于生计，只能栖身幕府来获得安身立命的生存基础，并曲折地实现济世为民的抱负，或潜心著述发挥自己的才干。幕宾来自五湖四海，在交通并不发达的时代，幕府无疑为士人们提供了一个相互交流的舞台，幕宾聚集在幕府之中，进行思想文化的交流，这样的交流既有吸收也有辩难。士人的流动又促进了学术思想的传播。章学诚即游幕于朱筠幕府，后入毕沅河南和

---

① 黄濬：《花随人圣庵摭忆》，中华书局 2008 年版，第 369 页。
② 商衍鎏：《清代科举考试述录》，三联书店 1958 年版，第 95 页。
③ 章学诚：《答沈枫墀论学》，《文史通义》，中华书局 1956 年版，第 308 页。

湖北幕府，并在与幕府成员的交流、争辩中，完善并传播了自己的学术思想。

梁启超在谈及乾嘉考据学时，即肯定了这几位幕主所起到的作用：

> 清高宗席祖父之业，承平殷阜，以右文之主自命，开四库馆，修《一统志》，纂《续三通》、《皇朝三通》，修《会典》，修《通礼》，日不暇给，其事皆有待于学者。内外大僚承风宏奖者甚众。嘉庆间，毕沅、阮元之流，本以经师致身通显，任封疆，有力养士，所至提倡，隐然兹学之护法神也。①

梁启超所言并不为过，将卢见曾、朱筠等人称为乾嘉考据学的"护法"，形象且准确。简要回顾一下汉学兴盛的过程，就可见诸人及其幕府起到了不可忽视的作用。如卢见曾在扬州时，就延揽大批学人入其幕府，研讨学术，刊刻经史著作，卢文弨《新刻大戴礼跋》云：

> 吾宗雅雨先生，思以经术迪后进，于汉唐诸儒说经之书，既遴得若干种，付剞劂氏以刊行，犹以《大戴》者，孔门之遗言，周元公之旧典，多散见于是书，自宋元以来，诸本日益讹舛，驯至不可读，欲加是正，以传诸学者。知文弨与休宁戴君震凤尝留意是书，因索其本，并集众家本，参伍以求其是。义有疑者，常手疏下问，往复再四而后定，凡二年始竣事，盖其慎也如此。②

卢见曾不仅重视以经术启迪后进，还刊刻说经之著作，为汉学张目。其幕府也成为汉学家交流的重要场所，如乾隆二十二年（1757）冬，戴震在扬州两淮盐运使卢见曾幕中结识了经学大师惠栋，惠栋与戴震切磋学问，惠栋尊崇汉学、鄙视宋学的主张使戴震深受启发。戴震又

---

① 梁启超：《清代学术概论》，东方出版社1996年版，第60页。
② 戴震：《戴震全书》第7册，黄山书社2010年版，第277页。

与沈大成同住一屋，据沈大成《亡友惠征君授经图四十六韵》所云：
"淮南卢使君，缁衣礼名贤。萍踪偶邂逅，握手申前欢。兄居屋东
上，余止舍西偏。因得共晨夕，相与绅坟典。"①

朱筠幕府更可称得上汉学家的大本营。朱筠是乾嘉汉学运动的
重要倡导者，其安徽学政幕府乃汉学家的重要聚集场所，云集了章
学诚、邵晋涵、洪亮吉、王念孙、汪中、黄景仁等著名学者、诗
人，其幕府中研讨经史考据的风气对乾嘉汉学之兴盛，影响很大。
洪亮吉曾言："先生去任后二十年中，安徽八府有能通声音训诂及
讲求经史实学者，类皆先生视学时所拔擢。"② 乾隆三十七年
(1772)，乾隆下诏征求遗书，三十八年（1773）汉学领袖、时任
安徽学政的朱筠请于《永乐大典》中缀辑散篇成帙，乾隆因命依经
史子集搜辑汇纂，名为《四库全书》。这项举措既代表了对经史之
学的推重，又成为汉学昌盛的标志。郭伯恭曾说：

> 汉学家由批评经术原文，进而研究字音，于是校勘之学，
> 愈出愈精。彼等既一面研究经史，考订古书，一面复将旧类书
> 中散见之各种古书裒辑成帙，各还原本，故辑佚书之风气，披
> 靡一时；此固研究汉学之需要，但亦足证斯时类书已不适用。
> 康熙时代编纂之《图书集成》，虽可谓伴于清初之文化，然却
> 不足以施之于乾隆时代之学风；质言之，乾隆时代，即类书告
> 终之期，而汉学之研究者，乃进于求读原书之新时代也。此汉
> 学家之新要求，即间接为编纂《四库全书》之一种原动力。③

朱筠促成了学风的转变，如其任学政时，对紫阳书院所作之改革，
吴景贤《紫阳书院沿革考》云：

> 惟以当时宋学残垒，已渐崩溃，朴学风气，日趋优胜地

---

① 沈大成：《学福斋诗集》卷33，《续修四库全书》第1428册，第413页。
② 洪亮吉：《书朱学士遗事》，《洪亮吉集》，中华书局2001年版，第1034页。
③ 郭伯恭：《四库全书纂修考》，上海书店1992年影印本，第2页。

位。此段时期，仅为江、戴学风之初渐。及至督学大兴朱竹君来皖，以江慎修、汪双池品端学粹，著述等身，特录其书，为上四库馆，令有司建木主，入祀紫阳书院，并躬率诸生，展谒其主。一时传诵，以为盛典。自是以后，六邑学者，翕然皆宗汉学，治学皆主考证事物训诂。戴东原、程易畴相踵继起，蔚为一世所宗，后进学者，无不闻风而从。紫阳学风，遂为渐变，乃由狭意之拥朱复宋，而渐驰其范围，臻于广义之研经究古，是为紫阳学风急转突变之时起。①

再看阮元。阮元为乾嘉学术最后之重镇，其幕府规模宏大，于学术影响亦大。他少时即与焦循、凌廷堪、王念孙、刘台拱等人交往密切，相互切磋学问。历官所到之处提倡学术、鼓扬风雅。他曾两任会试副总裁，识拔学者尤多，尤其是嘉庆四年（1799），阮元与朱珪主持会试，王引之、张惠言、陈寿祺、许宗彦、郝懿行、张澍、吴荣光等皆为其识拔，后皆为学界、政界显要，仪征刘寿曾评论曰："学术之兴也，有倡导之者，必有左右翼赞之者，乃能师师相传，赓续于无穷，而不为异说謣言所夺。文达早膺通显，年又老寿，为魁硕所归仰，其学盖衣被天下矣。"②

阮元门生与幕宾对清代后期学风影响甚大。如陈寿祺曾应阮元之邀主讲浙江敷文书院，兼主诂经精舍，后又主讲福建清源书院、鳌峰书院二十余年，对福建地区学术风气的影响很大，经古之学、经世致用之学在陈寿祺的赓续下，逐渐流行。钱仪吉先后主讲广东学海堂和河南大梁书院，为学主张汉宋兼采。吴荣光于道光十三年出任湖南巡抚，效法阮元诂经精舍、学海堂"专勉实学"的精神，要求各书院以经学、训诂校士，并创办湘水校经堂，以经义、治世、词章分科试士。黄以周担任南菁书院院长，以经学校士，倡导

---

① 吴景贤：《紫阳书院沿革考》，《学风》1934 年第 4 卷第 7 期。
② 刘寿曾：《沤宧夜集记》，《刘寿曾文集》卷 1，台湾中研院中国文史哲研究所筹备处 2001 年版。

实事求是，不主门户之见。①

阮元幕府主张调和汉宋、摒弃门户之见的氛围很浓，如焦循曾言："近时数十年来，江南千余里中，虽幼学鄙儒，无不知有许、郑者，所患习为虚声，不能深造而有所得。"② 著名汉学家臧庸，亦表达了对汉学弊端的忧虑："文教日昌，诸先正提倡于前，后起之士精诣独到者，间有其人，而浮薄之徒逞其臆说，轻诋前辈，入室操戈。更有剽窃肤浅之流，亦肆口雌黄，谩骂一切，甚至诃朱子为不值几文钱者。掩耳弗忍闻。此等风气，开自近日，不知伊于胡底。二三十年前，讲学者虽不及今日之盛，而浇薄之风，亦不至是。殆盛极必衰，不可不为人心世道忧也。"③ 阮元于嘉道之际历任要职，其幕府文人众多，对学术风气之转变影响巨大，后人评曰："吾乡太傅阮文达公，由翰林历为主考总裁。洊升督抚，登揆席。丰功伟烈，详于国史及弟子记。其爱才若渴，奖励后进，尤为性命，凡所甄拔，通儒硕彦，指不胜屈。"④ 刘开上书阮元，表达仰慕之情，并请求入其幕府："开闻明公以兴起斯文为己任，堤障颓波，羽翼圣说，拔出英奇而力掖之，为凤为麟，咸受甄育。自士大夫以逮衡茅，凡有一能，罔不宾礼，海内之人识与未识，愿屈下风。开始闻而慕，继而自疑，久乃私喜过望而不能自抑，其响往之诚也。……以开近日之所学如此，而道亦将有成果，可以获知于当世之贤，而明公又切于求士，且无责备之心，是非明公不足以知开，而非开亦不足以辱明公之知矣，此所以私心过望，而不能自抑其响往之诚也。"⑤

不难看出，乾嘉时期学术风气之转变与几大幕府关系密切。汉学之兴盛，卢见曾提倡在先，朱筠鼓扬于后，至阮元乃主张汉宋兼采，乾嘉间学术之流变体现于幕府之学术活动中。

---

① 刘玉才：《清代书院与学术变迁研究》，北京大学出版社 2008 年版，第 139 页。

② 焦循：《与刘端临教谕书》，《焦循诗文集》，广陵书社 2009 年版，第 247 页。

③ 臧庸：《与姚姬传郎中书》，《拜经堂文集》卷 3，《续修四库全书》第 1491 册，第 577 页。

④ 汪鋆：《十二砚斋随录》卷 1，《清人说荟二集》，民国十七年扫叶山房石印本。

⑤ 刘开：《上阮芸台侍郎书》，《孟涂文集》卷 3，《续修四库全书》第 1510 册，第 346 页。

第二章　卢见曾幕府与乾隆初期扬州诗坛

第一节　卢见曾的生平和仕宦经历

卢见曾（1690—1768），字抱孙，号澹园，室名雅雨堂，又号卢雅雨、雅雨山人。山东德州人，出身于书香门第、官宦世家。其曾祖卢世滋为太学士，祖父卢裕为秀才，父卢道悦为康熙九年（1670）进士，曾官陕西陇西、河南偃师等地知县，著有《公余漫草》《清福堂遗稿》等。清朱彭寿《旧典备征·科名佳话》记载："累代甲科：单一家人成进士逾三世以外而世系直接者，山东德州卢道悦（康熙庚戌）、道悦子见曾（康熙辛丑）、见曾孙荫溥（乾隆辛丑）、荫溥孙庆纶（道光辛丑）。"①

卢见曾幼时聪慧颖异，受到了良好的教育。年十五补博士弟子员，康熙五十年（1711）"举于乡"，六十年（1721）"中礼部试，奉廷对，赐进士出身"。雍正三年（1725）出为四川洪雅县知县，卢见曾在任上除积弊，一以勤俭为治。后历任蒙城知县、六安知州、亳州知州、庐州知州、江宁知府、颍州知州等职。因政绩突出，乾隆元年（1736）卢见曾被擢升，"授两淮盐运使，复护理两淮盐政"，既掌理盐运，又巡查盐课，权限极大，卢见曾成为位居三品的一位方面大吏。② 在盐运使任上卢见曾因整饬盐务、维护盐

---

① 朱彭寿：《旧典备征》卷 4，中华书局 1982 年版，第 93 页。

② 卢文弨：《故两淮都转盐运使雅雨卢公墓志铭》，《碑传集补》卷 17，《清代传记丛刊》第 121 册，台北明文书局 1985 年版，第 107 页。

民利益，遭到了贪官污吏和奸商的诬陷，史载"淮商习骄蹇，疾见曾整峻，中以蜚语，遂被吏议"①，"被参一十七款，共诬赃银一千六十两"②，及总督、盐政弹劾其与江苏巡抚邵基为党，乾隆二年（1737）只做了七个月盐运使的卢见曾被革职。据《两淮盐法志》记载，当地盐商勾结官府侵占灶户（盐民）盐池，在所有权问题上，双方久讼不决，盐民深受其害。卢见曾到任后，判决"灶属商亭，粮归灶纳"，并核发文契，维护盐民利益。因此得罪当时贪官污吏及不法盐商，纷纷蜚语诬告，乾隆二年被诬陷下狱。乾隆五年（1740）五月，卢见曾被充军发配到塞外军台效力。沈起元《出塞集序》云："（卢见曾）不十年由县令而府而道，而至两淮运使，有殊绩。淮商习骄蹇，疾其整峻，利不能动，则中以蜚语，至被诬去官，而有坐台之行。"③ 文中所谓"坐台"即发配到塞外军台效力。康熙时为讨伐准噶尔而在前线设置台站49座，后来流放获罪的臣子至台站，是统治者惩罚获罪臣子的一种方式，三年期满后即可返回，卢见曾所云"三年便许朝金阙，万里何辞出玉门"④，即指此。

乾隆九年（1744），卢见曾戍台期满且冤案得以昭雪，被平反赐还，任直隶滦州知州。乾隆十年（1745），任永平府知府。乾隆十六年（1751），任长芦盐运使。乾隆十八年（1753），卢见曾再次升任两淮都转盐运使，回到扬州任职，长达十年。乾隆二十七年（1762），73岁的卢见曾上书请求告老还乡，乾隆皇帝准其致仕。退休后的卢见曾回到老家德州教育后学、颐养天年。乾隆三十年（1765），乾隆皇帝南巡时路过德州，曾赐卢见曾"德水耆英"匾额。⑤ 然而好景不长，乾隆三十三年（1768），卢见曾又被卷入了

---

① 《清史列传》，王钟翰点校，中华书局1987年版，第5838页。
② 卢见曾：《上宰相书》，《雅雨堂文集》卷4，《续修四库全书》第1423册，第498页。
③ 沈起元：《出塞集序》，《续修四库全书》第1423册，第520页。
④ 卢见曾：《出塞留别扬州故人》，《雅雨堂诗集》卷下，《续修四库全书》第1423册，第431页。
⑤ 《清史列传》，王钟翰点校，中华书局1987年版，第5838页。

两淮盐引案，据《清高宗实录》①《清稗类钞》② 等资料记载，乾隆三十三年（1768）新任两淮盐政尤拔世向盐商索贿不果，便上书揭发前任两淮盐政普福贪污盐商所缴纳贮运库银 27.8 万多两。乾隆皇帝密令尤拔世与江苏巡抚彰宝清查，结果查出自乾隆十一年（1746）提引后，20 年来，历任盐政贪污亏空已达 10141769.6 两，同时牵扯出卢见曾娶得商人代办古玩银 16241 两。此案震惊朝野，乾隆皇帝龙颜大怒，将前任盐政高恒、普福革职抄家，将卢见曾解送扬州立案审讯。卢见曾因此被判死刑，关押在苏州，待秋后处斩。然而未及执刑，风烛残年的卢见曾即死在狱中，享年七十九。两淮盐引案为乾隆朝三大案之一，是狱也，盐政高恒、普福，盐运使卢见曾均伏法，刑部郎中王昶，内阁中书赵文哲、徐步云以漏言之罪获严谴，大学士纪昀亦牵连被责戍乌鲁木齐，卢见曾死后三年，大学士刘统勋为见曾剖雪。

卢见曾足智多才，勤于治理，历官政绩卓著。王昶谓其"短小精悍，有吏才"③。其为宦所至，倡学兴教，先后在四川洪雅建雅江书院，在六安建庚飓书院，在永平建静胜书院，在天津建问津书院，任两淮盐运使时复兴扬州安定书院，育才良多。又爱才好客，官盐运时，四方名流咸集，来访者络绎不绝。驻节扬州时，幕中延请惠栋、戴震、卢文弨、沈大成、王昶等著名学者辑录、校勘了大量典籍，尝校刊《乾凿度》《战国策》《尚书大传》《周易集解》等书，又补刊朱彝尊《经义考》，辑有《国朝山左诗钞》60 卷，皆有功于后学。亦为诗，徐世昌称其"诗笔健拔，而词旨深厚"④。著有《雅雨堂诗集》2 卷、《文集》4 卷、《出塞集》1 卷。

---

① 《高宗纯皇帝实录》，《清实录》卷 813、815，中华书局 1985 年版。
② 徐珂：《清稗类钞》第 3 册，中华书局 1984 年版，第 1058 页。
③ 王昶：《蒲褐山房诗话新编》，周维德辑校，齐鲁书社 1988 年版，第 8 页。
④ 徐世昌：《晚晴簃诗话》，傅卜棠编校，华东师范大学出版社 2009 年版，第 420 页。

第二节　卢见曾幕府概况

　　乾隆朝，卢见曾两任两淮盐运使，在任时他的幕府吸纳了大批文士，形成了一个人才交流中心。卢见曾虽为主持盐政的大吏，但他有着很好的文艺素养，他工诗文，通词曲，平生受王士禛、田雯影响，他尝言："余少受声调之传于同里田香城先生。香城受之难兄山薑，而山薑则因谢方山以转叩于渔洋，而得其指授。"① 他在乾嘉诗坛颇有影响，舒位《乾嘉诗坛点将录》将其称为"摸着天卢雅雨"。除此之外，卢见曾"性度高廓，不拘小节"，喜与文人学者交接，他的爱才好士也深得时人赞许和后人褒扬，陈其元《庸闲斋笔记》记载："我朝爱客礼士者，惟德州卢雅雨都转、苏州毕秋帆制府，一时之士奔趋其幕府者，如水赴壑，大都各得其意以去。"② 法式善《梧门诗话》云："卢雅雨见曾都运维扬，招集名流，修葺平山堂。一时川沼泽呈秀，人物争妍，称最盛矣。"③ 王培荀《乡园忆旧录》云："卢雅雨先生留心风雅，一时坛坫之盛，名士宗仰。"④ 李斗《扬州画舫录》亦云："公两经转运，座中皆天下士，而贫而工诗者，无不折节下交。"⑤ 从这些载述我们可以看出，卢见曾有着很好的文学修养，同时又礼贤下士，这使得他的幕府具有浓郁的人文气息。当然，卢见曾幕府之所以"名流毕集，极东南坛坫之盛"⑥，除了卢见曾本人的文学修养与爱才好士之外，还有一个很重要的原因，就是卢见曾所居官职实乃一肥缺。当时全国九个盐区共额定行盐总数为 540 万引，而两淮额引则为 168 万

---

　　① 卢见曾：《赵饴山先生声调谱序》，《雅雨堂文集》卷 1，《续修四库全书》，1423 册，第 461 页。

　　② 陈其元：《庸闲斋笔记》，中华书局 1989 年版，第 181 页。

　　③ 法式善：《梧门诗话合校》，张寅彭、强迪艺编校，凤凰出版社 2005 年版，第 301 页。

　　④ 王培荀：《乡园忆旧录》卷 2，《续修四库全书》第 1180 册，第 566 页。

　　⑤ 李斗：《扬州画舫录》，中华书局 1960 年版，第 228 页。

　　⑥ 袁枚：《随园诗话》，凤凰出版社 2000 年版，第 132 页。

余，占总数的 1/3；全国盐课总额为 982 万两，而两淮课银即达 607 万两，约占总数的 2/3。① 卢见曾既为两淮盐运使，又复护理两淮盐政，权限不可谓不大，其财力亦不可谓不雄厚。清代中期文人游幕兴盛，而文人游幕首先要解决的就是生计问题，所谓"今天下郡无闲田，田无余夫。故游民相率而为士者，势也"②。曾为卢见曾幕宾的金兆燕也感慨曰："鞍马依人，闲置以老，自非经济足以盖世，而爵禄不入于心者，鲜肯曳裾而投足焉。捷宦之径一变而为大隐之乡，时为之也。"③ 因此像卢见曾这样既礼贤下士又身居要职、财力足够雄厚的幕主必然成为游幕文人的首选。正如朱彝尊所言，这样做"束脩之人可以代耕，广誉之闻胜于儋爵。游也，足以扬亲之名；居也，足以乐亲之志"④。而其《经义考》未刊部分正是由卢见曾资助刊刻的。袁枚更是在给卢见曾的一封信中，直言不讳地指出了这一点："枚尝过王侯之门，不见有士；过制府、中丞之门，不见有士。偶过公门，士喁喁然以万数。岂王侯、制府、中丞之爱士，皆不如公耶？抑士之昵公、敬公、师公、仰望公，果胜于王侯、制府、中丞耶？静言思之，未尝不叹士之穷而财之能聚人为可悲也。"⑤ 袁枚毫不留情地说出卢见曾幕府能够聚集人才是由于其财力雄厚，因而慨叹"士之穷而财之能聚人"。其实，正是由于卢见曾的幕府处于乾隆盛世，地居经济发达的扬州，而卢氏本人又求贤若渴，凭借着他两淮都转盐运使的身份，其幕府自然具有号召力，其财力亦允许他组织文人燕集、唱和与刊刻书籍。因此，可以说卢见曾幕府的出现占尽了天时、地利、人和。卢见曾幕府可说

① 孙鼎臣：《论盐二》，葛士浚编：《皇朝经世文续编》卷 43，光绪二十七年上海久敬斋铅印本。
② 袁枚：《与卢转运书》，《小仓山房诗文集》，上海古籍出版社 1988 年版，第 1508 页。
③ 金兆燕：《严漱谷先生七十寿序》，《棕亭古文钞》卷 7，《续修四库全书》1442 册，第 345 页。
④ 朱彝尊：《孙逸人寿序》，《曝书亭集》卷 41，世界书局 1937 年版，第 504 页。
⑤ 袁枚：《与卢转运书》，《小仓山房诗文集》，上海古籍出版社 1988 年版，第 1508 页。

是乾隆初年扬州除马氏"小玲珑山馆"之外，非常重要的文人聚集中心，正如马朴臣所言："先生操如椽之笔，主盟坛坫者三十载。历宦屡擢，其政绩之敏练廉正，播在朝野者不具论。吾第言其诗，夫天之曩时所以位置先生者，未尝不佳且称也。颍川、扬州是庐陵、眉山两公酒香墨沈，流连蕴藉之区，而先生踵之。宦颍而西湖栉沐出焉；宦扬而平山堂气韵森焉。四方名宿、怀文抱道与夫一技一能之士，奔走若赴玉帛敦盘之会，曰欧苏复出矣。先生政事之暇即与诸君击钵刻烛，飞笺撤翰于山亭水榭之间。诸君或欽手慑气，先生故谦让不遑，适馆餐者乐忘归度，无不倾囊倒箧而赠也。"① 由于卢见曾为官方文化人的代表，其幕府对于扬州一带文学风气的转变与复归，影响甚或更大。因此，有必要对卢见曾幕府的文学学术活动及其影响进行深入的考察。

第三节　幕府文人构成

卢见曾爱才礼士，交往既广，影响亦大，此所言"幕府文人群体"，既指客其署内的幕宾，也包括不馆其署而与其有交往的，多次参加其所主办的各种文学唱和活动的诗友们，以期比较全面、深入地揭示出其幕府对于文学生态的影响。

一　布衣、寒士群体

陈章，字授衣，号竹町、绂斋，钱塘人，布衣。乾隆元年（1736）荐举博学鸿词，不就。"幼业香蜡，长赘于扬州，年三十，闻竹韵学诗，骎骎大成。"② 著有《孟晋斋诗集》。其诗"格律严整，原本大历十子，至其古朴恬雅，或出于储太祝、韦左司之间"③。弟皋，字江皋，号对鸥，亦工诗，与兄齐名，号"二陈"。

---

① 马朴臣：《出塞集序》，《续修四库全书》第 1423 册，第 513 页。
② 李斗：《扬州画舫录》，中华书局 1960 年版，第 91 页。
③ 李桓：《国朝耆献类征初编》，《清代传记丛刊》第 57 册，台北明文书局 1985 年版，第 25 页。

少游天津，主查氏，后归扬州。与兄尝为卢见曾上客，"以领袖称"①。

陈撰（？—1758），字楞山，号玉几，鄞县人。乾隆元年（1736）举博学鸿词，不就。陈撰工诗，为毛奇龄弟子。"以书画游江淮间，穷愁寡合，故其诗多凄断怨咽之音。"② 王昶称："楞山为毛西河弟子，又工写生，以墨晕之，若不经意者，而萧疏简远，品格极高，故时人宝之。……嗜吟咏……饶有晚唐人风韵。"③ 著有《陈玉几诗集》。卢见曾官盐运时，陈撰尝为其上客。④

朱稻孙（1682—1760），字稼翁，号芋陂，晚号娱村，浙江秀水人。朱彝尊之孙。天资超敏，诗格遒上，尤工分隶。著有《六峰阁诗》。贡生，乾隆丙辰（1736）举博学鸿词，报罢。稻孙"性刚介，不谐于俗。晚益穷困，犹守曝书亭藏书八万卷，又刊《经义考》过半"⑤。乾隆"乙亥、丙子间，年近七十，游扬州，为卢雅雨运使上客。因出其祖所撰《经义考》后半未刻者，雅雨为刻其全"⑥。

金农（1687—1764），字寿门，又字司农，号冬心先生，浙江钱塘人。乾隆元年（1736）举博学鸿词，不就。中岁好漫游，足迹遍天下。晚寓扬州，以卖书画自给。著有《冬心先生集》四卷、《续集》一卷、《拾遗》一卷，亦能曲，有《冬心自度曲》。《晚晴簃诗话》评其诗云："冬心书画诗皆神妙，固由人品绝俗，尤得力于泽古，善于脱胎。自序其诗谓所好在玉溪、天随之间，不欲斤斤以为规范。"⑦ 金农生平多文友、诗友，丁敬、厉鹗、全祖望等均与之善。尝为卢见曾上客，"与诸名士集卢见曾署中，观虹桥芍药，农诗先成，众为搁笔"⑧。

① 王昶：《蒲褐山房诗话新编》，周维德辑校，齐鲁书社 1988 年版，第 28 页。
② 永瑢等：《四库全书总目提要》卷 184，商务印书馆 1933 年版，第 4087 页。
③ 王昶：《蒲褐山房诗话新编》，周维德辑校，齐鲁书社 1988 年版，第 26 页。
④ 《清史列传》，王钟翰点校，中华书局 1987 年版，第 5838 页。
⑤ 同上书，第 5777 页。
⑥ 王昶：《蒲褐山房诗话新编》，周维德辑校，齐鲁书社 1988 年版，第 27 页。
⑦ 徐世昌：《晚晴簃诗话》，傅卜棠编校，华东师范大学出版社 2009 年版，第 516 页。
⑧ 《清史列传》，王钟翰点校，中华书局 1987 年版，第 5867 页。

　　程廷祚（1691—1767），初名默，字启生，号绵庄，江南上元人。诸生，乾隆元年（1736）举博学鸿词落选，十六年（1751）以江苏巡抚荐举经学，复报罢。平生以经学名世，工诗文及传奇，有《青溪集》及《莲花岛传奇》。尝为卢见曾上客，金兆燕《程绵庄先生莲花岛传奇序》云："戊寅冬，与先生同客两淮都转之幕，先生居上客右，操椠著书。"①

　　沈大成（1700—1771），字学子，号沃田，江苏华亭人。乾隆间诸生。其"博习群书，经史外，于象纬、舆图、律吕、术数及释老之学，靡不切究。诗多和平安雅之音"②。尤以诗古文辞名闻江南，著有《学福斋诗集》《文集》，诗文未尝刻意求工，其诗"初学黄中允之隽，后出入唐宋，不名一体。董浦太史谓'以学人而兼诗人者'信也"③。父卒官后，家道中落，常年游幕异乡，前后四十余年，晚客卢见曾所，交惠栋、戴震等，尝与王昶抄录并校正惠栋著作。④

　　鲍皋（1708—1765），字步江，江苏丹徒人。国子生。乾隆元年（1736）举博学鸿词，以疾辞。幼颖异，工诗善画，尤以诗赋名。著有《海门初集》《二集》《三集》等。其为诗"出入骚选，胎息六朝，而折衷于盛唐诸大家，音节苍劲，有北地、信阳之风，而丰致过之。沈德潜尝称皋及余京、张曾为'京口三诗人'"⑤。客淮阳间，诸大贾争相延为上客，卢见曾延之署中。⑥

　　江昱（1706—1775），字宾谷，号松泉。江都人，诸生。家贫，嗜学，与弟恂著述唱酬，怡然自乐。精《尚书》，通训诂之学，嗜金石文字。工诗，与厉鹗、陈章相唱和，王昶评曰："小玲珑山馆

① 金兆燕：《棕亭古文钞》卷6，《续修四库全书》第1442册，第366页。
② 法式善：《梧门诗话合校》，张寅彭、强迪艺编校，凤凰出版社2005年版，第175页。
③ 王昶：《蒲褐山房诗话新编》，周维德辑校，齐鲁书社1988年版，第69页。
④ 王昶：《惠先生墓志铭》，《碑传集》卷133，中华书局1993年版，第3985页。
⑤ 《清史列传》，王钟翰点校，中华书局1987年版，第5867页。
⑥ 李斗：《扬州画舫录》，中华书局1960年版，第230页。

尝集江浙名流，宾谷数为座客，故诗词亦得午桥、樊榭一体。"①著有《松泉集》，与卢见曾多有往来。

周榘，字于平，号幔亭，江宁人，工诗，有《幔亭集》。幔亭为人"不谐际人事，而瞿瞿然溺苦于古。受知于漕帅杨敏恪公，聘为清河书院师。再受知曲阜衍圣公，馆于府，教其二子"②。与袁枚友善，常探讨金石文字，又善八分书。"多巧思，能于尺绢画江河万里"③。后以诗受知于卢见曾，卢见曾折节拜访之，招来扬州。④

薛廷吉（1720—1795），字霭人，号渔庄，仪征人。少工诗，精于书法，巨幅细行皆臻妍妙，而诗善声调，与方元鹿为诗友。"弱冠时为庄中丞有恭所识，召试二等。卢转运延之幕中"⑤。有《雁花草堂诗集》。

李葂，字啸村，安徽怀宁人。诸生。乾隆初荐举博学鸿词，未遇。"工诗，善山水兼精翎毛花卉，尝为卢雅雨画《虹桥揽胜图》，著称于时。"⑥ 著有《啸村近体诗选》，乃其卒后卢见曾选刻。其诗以近体为胜，《晚晴簃诗话》云："啸村以诗为诸侯客，从卢雅雨游。既卒，雅雨为刻其遗稿，专选近体，盖取其所长也。"⑦ 啸村为卢见曾高足，深为所赏，赵慎畛《榆巢杂识》云："卢雅雨培植后进。李葂以诸生善诗，为先生所赏，延至署中。及葂卒，先生归其丧于家，为置千金产，以育其妻子焉。后沈归愚宗伯选葂诗如《别裁集》，皆先生之力也。"⑧

①　王昶：《蒲褐山房诗话新编》，周维德辑校，齐鲁书社 1988 年版，第 72 页。

②　袁枚：《幔亭周君墓志铭》，《小仓山房诗文集》，上海古籍出版社 2002 年版，第 1708 页。

③　李濬之：《清画家诗史》，《清代传记丛刊》第 76 册，台北明文书局 1985 年版，第 202 页。

④　李斗：《扬州画舫录》，中华书局 1960 年版，第 234 页。

⑤　同上书，第 248 页。

⑥　李濬之：《清画家诗史》，《清代传记丛刊》第 76 册，台北明文书局 1985 年版，第 124 页。

⑦　徐世昌：《晚晴簃诗话》，傅卜棠编校，华东师范大学出版社 2009 年版，第 609 页。

⑧　赵慎畛：《榆巢杂识》，中华书局 2001 年版，第 30 页。

吴玉搢（1698—1773），字籍五，号山夫，淮安山阳人。精于小学，为卢见曾幕友。后入京师。著有《十忆诗》《吴山夫先生遗诗》等。①

王世球（？—1757），字熙文，号贺山，甘泉人。贡生，"乾隆间征荐博学鸿词，自诗古文词及制艺南北曲，无不精善"②。卢见曾延至幕中为经师。③

胡裘錞，字西垞，浙江山阴人。工诗，贫甚。上诗于卢见曾云："驹隙奔驰又岁阑，萧萧身世托江干。布金地暖回春易，列戟门高再拜难。庾信赋成悲老大，孟郊诗在惜孤寒。自怜七字寒无力，封上梅花阁下看。"卢极赏之，与之订交。④

宋若水，字远仲，号兰石，一号澹泉，泾县人，以诗名世。著有《壎篪集》《西峰唱和小草》。卢见曾延之掌两淮国课。⑤

易谐，字奎勋，号松滋，歙县人。工诗，与卢见曾为诗友，著有《抱山草堂诗》，"抱山者，取孟郊好诗恒抱山句也"⑥。

张辂，字朴存，江都布衣。少简静，不修边幅，孤直自喜，有雄才伟略。善草书，工诗，著有《渔山诗稿》。"有《春草诗》云：楼头女儿梦还梦，陌上王孙归未归？江上女子见之而死，其实朴存诗之佳者，非此二句可尽。"⑦ 曾与卢见曾虹桥修禊，卢诗和者殆遍，"惟惠栋不与，辂不和韵，并称于时。辂名由是大起"⑧。

吴均，字公三，号梅查，江都人。有《青棠馆诗集》。曾以诗就正于沈德潜，沈极为叹赏，"以为学人之诗"⑨。《晚晴簃诗话》云："梅查诗过万首，曾为归愚尚书所赏。"吴澹川赠句："神似香

① 李斗：《扬州画舫录》，中华书局1960年版，第231页。
② 阮元：《淮海英灵集》乙集卷4，《续修四库全书》第1682册，第117页。
③ 李斗：《扬州画舫录》，中华书局1960年版，第68页。
④ 同上书，第234页。
⑤ 同上书，第235页。
⑥ 同上书，第231页。
⑦ 阮元：《广陵诗事》卷4，广陵书社2005年版，第51页。
⑧ 李斗：《扬州画舫录》，中华书局1960年版，第233页。
⑨ 阮元：《淮海英灵集》乙集卷4，《续修四库全书》第1682册，第121页。

山句，多于玉局篇。风流布衣老，萧散地行仙。看竹时留咏，当花不肯眠。身贫亦何恨，诗好万人传。"① 吴均与扬州二马多相唱和，卢见曾亦"数招之为诗牌之会"②。

吴敬梓（1701—1754），字敏轩，一字粒民，晚号文木老人、秦淮寓客，安徽全椒人，33 岁时移家白下。诸生，乾隆元年（1736）开博学鸿词，为安徽巡抚所荐，因病不赴，自此不应乡举，后客死扬州。吴敬梓一生生活困顿，多次出入卢见曾幕府，客死扬州后，卢见曾出资殓而归其殡于江宁。③

陶元藻（1716—1801），字凫亭，号篁村，会稽人，贡生。著有《泊鸥山房集》，《晚晴簃诗话》评曰："篁村诗格不高，而才分充足，情味蕴藉，在越中同时足与商宝意相抗，袁简斋倾倒其《良乡题壁》诗。"④ 卢见曾虹桥之会，篁村与之，王昶《蒲褐山房诗话》云："乾隆丁丑，余在广陵时，卢运使见曾大会吴、越名士于红桥，凡六十三人，篁村与焉。有诗云：谁识二分明月好，一分应独照红桥。为时称颂。"⑤

二 中下级官僚

宋弼（1703—1768），字仲良，号蒙泉，山东德州人。乾隆十年（1745）进士，改庶吉士，授编修。历官甘肃按察使。居官廉介，性耿直，不肯随人俯仰。"少以才名雄齐鲁间""诗文皆有法度"⑥，著有《蒙泉学诗草》《思永堂文稿》等。宋弼与卢见曾为同乡，尝寓其所助其纂《山左诗钞》，以"卢雅雨先生主之，而选择则廉访宋蒙泉先生为多，先生名弼，宗法渔洋，所取大都清醇雅

---

① 徐世昌：《晚晴簃诗话》，傅卜棠编校，华东师范大学出版社 2009 年版，第 701 页。

② 李斗：《扬州画舫录》，中华书局 1960 年版，第 233 页。

③ 程晋芳：《文木先生传》，《勉行堂文集》，《续修四库全书》第 1433 册，第 350 页。

④ 徐世昌：《晚晴簃诗话》，傅卜棠编校，华东师范大学出版社 2009 年版，第 554 页。

⑤ 王昶：《蒲褐山房诗话新编》，周维德辑校，齐鲁书社 1988 年版，第 70 页。

⑥ 李桓：《国朝耆献类征初编》，《清代传记丛刊》第 29 册，台北明文书局 1985 年版，第 405 页。

正"①。又成《山左明诗钞》，与雅雨书并行于世。

沈廷芳（1712—1772），字畹叔，号椒园，仁和人。乾隆元年（1736）召试博学鸿词，授编修，官至山东按察使。"少从方苞游，穷极载籍，所为文皆准绳墨。其诗学出于查慎行，而出入汉魏、三唐，有法度。"② 著有《隐拙斋集》。尝为卢见曾宾客。③

张元，字殿传，号榆村，山东淄川人。雍正丙午（1726）举人，曾官鱼台县教谕。张元曾与高凤翰、朱令昭同结柳庄诗社，以吟咏为乐事。沈德潜曾评价其诗，谓有"可参少陵之席者"④。其诗有家学渊源，"平日宗法渔洋。其少即师事伯父昆仑先生。昆仑者，渔洋老友也"⑤。卢见曾任永平太守时，曾延其主敬胜书院，是时"文风丕变，科名蔚起"⑥。后卢见曾转运长芦时得王士禛《感旧集》，延张元至津门佐其校雠，人各系以小传，"考订商榷，先生实司其事"⑦。张元著有《绿筠轩诗》，集诗七百余首。

金兆燕（1719—1789），字钟越，号棕亭，全椒人。乾隆十二年（1747）举人，乾隆三十一年（1736）进士。官扬州府学教授，国子监监丞。幼称神童，与张鹏翀齐名。工诗词，著有《棕亭诗钞》《棕亭文钞》《棕亭骈体文钞》。尤精元人散曲，乾隆二十三年（1758），卢见曾延之署中，自是客两淮运使署十年，"凡园亭集联及大戏词曲，皆出其手"⑧。"在扬州作《旗亭画壁记》，卢雅雨运使刻之。生平不耐静坐，爱跳跃，多言笑，故时人目为'喜鹊'。"⑨

董元度（1712—1787），字寄庐，号曲江，平原人。乾隆十七

---

① 王培荀：《乡园忆旧录》卷2，《续修四库全书》第1180册，第566页。
② 《清史列传》，王钟翰点校，中华书局1987年版，第5819页。
③ 李斗：《扬州画舫录》，中华书局1960年版，第233页。
④ 申士秀：《张元传》，《绿筠轩诗》卷首，《四库全书存目丛书》第280册，第5页。
⑤ 同上。
⑥ 宋弼：《张元墓表》，《绿筠轩诗》卷首，《四库全书存目丛书》第280册，第4页。
⑦ 同上。
⑧ 李斗：《扬州画舫录》，中华书局1960年版，第234页。
⑨ 王昶：《蒲褐山房诗话新编》，周维德辑校，齐鲁书社1988年版，第115页。

年（1752）进士，由庶吉士改任东昌府教授，后主保定莲池书院。著有《旧雨草堂诗》。曲江"寄兴萧疏，不为绳约。改庶常后，乞假南游，来往苏、扬间，寓卢雅雨署中最久。与余同舍，每把盏论诗，断断不倦。于其乡先生王贻上、赵伸符两公，咸所宗仰，未尝有轩轾也。乾隆丙午冬，余以入觐过保定，曲江适主莲池书院，往访之，则已颓然老矣。仕途偃蹇，连蜷而殁，故其诗清婉中多感慨之作"①。寓卢见曾署中时，尝助卢纂成《山左诗钞》。②

王嵩高（1735—1800），字少林，号海山，晚号慕堂，宝应人。乾隆二十八年（1763）进士，官平乐府知府，后主扬州安定书院。著有《小楼诗集》，王昶谓其"门第清华，如楼村殿撰，白田庶子，皆其大父行。文学之传，师承有自，故发于诗者，或幽静而娴止，或奔腾而排奡，皆音节自然，骎骎入前贤之室"③。尝以诸生身份助卢见曾编纂《山左诗钞》，一时"才名大噪"④。

王陆祉，字介祉，江苏虞山人。官教谕。著有《藜石草》。其诗"悼往纪今，能曲折以神赴"⑤。尝为卢见曾上客，年三十三而卒，《海虞诗话》云："王文学陆祉，字介祉，古香刺史子也。客维扬，卢雅雨都转待以上客礼。赠卢七言长律百二十韵，极叹赏之。高宗南巡，献赋行在。未几，卒于望江县舟次"⑥。

张宗苍（1686—1756），字默存，一字墨岑，号篁村，苏州吴县人。乾隆十九年（1754）授户部主事。著有《张篁村诗》《墨岑遗稿》等。善画事，画山水出黄尊古之门。以淮北盐官为卢见曾僚属，与之订交。⑦

---

①　王昶：《蒲褐山房诗话新编》，周维德辑校，齐鲁书社1988年版，第58页。

②　卢见曾：《山左诗钞序》，《雅雨堂文集》卷2，《续修四库全书》第1423册，第466页。

③　王昶：《蒲褐山房诗话》，周维德辑校，齐鲁书社1988年版，第103页。

④　闵而昌：《碑传集补》卷22，《清代传记丛刊》第121册，台北明文书局1985年版，第394页。

⑤　袁枚：《王介祉诗序》，《小仓山房诗文集》，上海古籍出版社2002年版，第1365页。

⑥　钱仲联：《清诗纪事》，凤凰出版社2004年版，第1923页。

⑦　李斗：《扬州画舫录》，中华书局1960年版，第232页。

祝应瑞，字荔庭，镇江丹徒人。为茫稻河闸官。工诗，著有《见山楼集》。尝为卢见曾宾客。①

王又朴（1681—1760），字从先，号介山，直隶天津人。雍正元年（1723）进士，官同知。治经，精易学。诗文亦工，"古文受知于桐城方苞，许以力追秦汉"②。任河工县丞时，以诗学受知于卢见曾，定为诗友。③

张永贵，字静远，号乐斋，广宁人。举于乡。官淮北监掣同知。工诗，与卢见曾多唱和。④

三 扬州儒商代表

马曰琯，字秋玉，号嶰谷，又号沙河逸老。祁门人，以业盐居扬州。乾隆丙辰（1736）举博学鸿词，不就。著有《沙河逸老集》《嶰谷词》。《晚晴簃诗话》评曰："嶰谷与弟半槎以业盐居邗上，尚风雅，广交游，家有小玲珑山馆，藏书最富。与杭堇浦、厉太鸿、陈授衣、姚玉裁诸君为友，枕葄既深，错磨相益，诗萧闲澹远，雅与诸君相近。"⑤ 好结客，有园亭名小玲珑山馆，四方名士过者，辄款留，觞咏无虚日。亦好藏书，见秘本必重价购之，或不惜重金刊之，藏书甲大江南北。《四库全书》馆开，进书776种，优诏褒赏《古今图书集成》一部。卢见曾转运两淮时，常借其藏书观之，赠诗有云："玲珑山馆辟疆俦，邱索搜罗苦未休。数卷论衡藏秘籍，多君慷慨借荆州。"⑥ 弟曰璐，字佩兮，号半槎，秋玉之弟。与兄相师友，俱以诗名，时称"扬州二马"，爱士好客如其兄，与邗上诸诗人相酬唱。《晚晴簃诗话》云："半槎家藏朱碧山银槎，饮仅及其半，遂以自号。藏书好客，与其兄齐名。"⑦ 乾隆

---

① 李斗：《扬州画舫录》，中华书局 1960 年版，第 233 页。
② 《清史列传》，王钟翰点校，中华书局 1987 年版，第 5473 页。
③ 李斗：《扬州画舫录》，中华书局 1960 年版，第 232 页。
④ 同上书，第 235 页。
⑤ 徐世昌：《晚晴簃诗话》，傅卜棠编校，华东师范大学出版社 2009 年版，第 512 页。
⑥ 李斗：《扬州画舫录》，中华书局 1960 年版，第 231 页。
⑦ 徐世昌：《晚晴簃诗话》，傅卜棠编校，华东师范大学出版社 2009 年版，第 513 页。

丙辰年（1736）举博学鸿词，不就。著有《南斋集》《南斋词》。

江春（1721—1789），字颖长，号鹤亭，安徽歙县人。诸生，初为金坛王步青弟子，以五经应试未第，治盐业，徼为总商。尝于扬州城东葺"康山草堂"，以奉高宗南游。后以总理盐务，赐内务府奉宸苑卿，加至布政使衔。卢见曾两淮提引案时受牵连就逮京师，获免。好读书，广结纳，著有《随月读书楼诗集》，《晚晴簃诗话》云："鹤亭业淮盐，六次只候高宗南巡，渥叨恩赉。葺康山草堂，翠华临幸，赐额赐诗，称承平盛世。当时淮南富庶甲天下，鹤亭与卢雅雨都转同好延揽名流，鼓吹风雅，文人学士皆归焉。其文采不敌玲珑山馆马氏昆季，豪举过之。"①

张四科，字喆士，号渔川，陕西临潼人。贡生，官候补员外郎。侨居扬州时，于天宁寺旁筑让圃，与扬州二马为邻，互集诗社，一时诗会频起。与卢见曾友善。著有《宝闲堂集》《响山词》，《晚晴簃诗话》评曰："诗格甚正，意境不凡，虽才力未尽，变化要是雅音。"厉鹗亦云："渔川诗删削靡曼，归于骚雅。"②

四　弃官、罢官文人

高凤翰（1683—1749），字西园，号南村，晚号南阜，胶州人。官安徽歙县县丞，署知县。南阜"早岁知名，尝奉渔洋遗命为私淑门人"③。有《南阜山人诗集》，《四库全书总目提要》评曰："间作诗歌，不甚研炼，往往颓唐自放，亦不甚局于绳尺。然天分高绝，兴之所至，亦时有清词丽句。故少时以诗谒王士禛，极称赏之。"④后其受知于卢见曾，《晚晴簃诗话》云："卢抱经官两淮运使，荐其才于制府。"⑤乾隆二年（1737），高凤翰以卢见曾坐事，

---

① 徐世昌：《晚晴簃诗话》，傅卜棠编校，华东师范大学出版社 2009 年版，第 739 页。
② 同上书，第 557 页。
③ 李濬之：《清画家诗史》，《清代传记丛刊》第 75 册，台北明文书局 1985 年版，第 656 页。
④ 永瑢等：《四库全书总目提要》卷 185，商务印书馆 1933 年版，第 4116 页。
⑤ 徐世昌：《晚晴簃诗话》，傅卜棠编校，华东师范大学出版社 2009 年版，第 555 页。

有指为党者，与卢并谪。出狱后流寓江淮，贫病而死。

程梦星，字伍桥，一字午桥，号茗柯、香溪、杏溪，安徽歙县人，迁居江都。先世业盐荚，家甚富而不慕荣利。康熙五十一年（1712）进士，官编修。五十五年（1716）丁内艰归，不复出。好友朋，"筑筱园并漪南别业，读书偃仰其中。竹西故南北冲途，往来进谒者，文酒流连。主诗坛几数十年，诗法兼唐宋，而雅好在玉溪生"①。著有《今有堂诗集》，与卢见曾多有往来。

郑燮（1693—1765），字克柔，号板桥居士、板桥道人，江苏兴化人。乾隆元年（1736）进士，官山东范县知县，调潍县。以请赈忤大吏，乞疾归。历官有政声。善诗工书画，人以"郑虔三绝"称之。著有《板桥集》。板桥归里后，往还于扬州、兴化间，以鬻书画为生，尝为卢见曾上客，"与公唱和甚多"②。

全祖望（1705—1755），字绍衣，号谢山，鄞县人。乾隆元年（1736）举博学鸿词，成进士，改庶吉士，授知县，后未出仕，专事著述。曾主讲于浙江蕺山书院、广东端溪书院。著有《鲒埼亭集》《鲒埼亭诗集》等。谢山以余事为诗，"与声律当家、流连景物者不同。大抵直抒胸臆，语必有本，质实之过，亦伤芜塞。然其大者，皆足以补史乘、征文献，发潜阐幽，闻者兴起。其次赋物考典，亦可佐雅诂、资韵谈。即题序主注，皆非苟作，不当以字句工拙之间求之者也"③。在扬州时与主政友善，寓小玲珑山馆。后卢见曾延之幕中。④

严长明（1731—1787），字冬友，号道甫，江宁人。乾隆二十七年（1762）召试，赐内阁中书，官至侍读。后遭父母丧，服终，遂不复出。著有《归求草堂诗集》。为诗文用思周密，和易而当于情。尝论文章之事云："士不周览古今载籍，不遍交海内贤俊，不

---

① 王昶：《蒲褐山房诗话新编》，周维德辑校，齐鲁书社1988年版，第3页。

② 李斗：《扬州画舫录》，中华书局1960年版，第232页。

③ 李慈铭：《越缦堂日记说诗全编》，张寅彭、周容编校，凤凰出版社2010年版，第1051页。

④ 李斗：《扬州画舫录》，中华书局1960年版，第92页。

通知当代典章，遂欲握笔撰述，纵使今信，亦难传后。"① 所作诗文为朱珪、毕沅、袁枚所倾倒。《晚晴簃诗话》称其"天才骏迈，思笔奇伟""诗在黄仲则之上，以其学问博也"②。尝入卢见曾幕府，结交惠栋、王昶等人，《蒲褐山房诗话》云："（冬友）为梦文子司农所知，延举于雅雨运使。寓官梅亭最久，益偕四方名士论交，而与余及惠定宇征君、王受铭主事、沈学子贡生，共数晨夕。"③

杭世骏（1696—1773），字大宗，号堇浦，晚号秦亭老民，仁和人。雍正二年（1724）举人。乾隆元年（1736），召试博学鸿词，授翰林院编修。后以言事罢归。乾隆三十一年（1766），主讲扬州安定书院，继主广东粤秀书院。后迎高宗于西湖，赐复原官。三十八年（1773）卒。一生嗜学，博综广览。通经史，尤工诗文，著有《道古堂集》，李慈铭评曰："大宗才情烂漫，诗学苏陆，颇工写景。其刻秀之语，同时如厉樊榭符药林等往往相近，所谓浙派也。其叙事咏古之作，用字下语，亦颇横老，又与同时全谢山为近，盖笔力健举，书卷尤足以副之，自非江湖涂抹辈所及。"④ 大宗与卢见曾友善，来扬州主马氏日，与卢氏多有往来。⑤

汪棣（1720—1801），字辖怀，号对琴，一号碧溪，仪征人。贡生。官刑部员外郎。以父疾乞归。少工诗能文，刘统勋深叹其能，归里后益肆力诗古文词。江浙士大夫皆推为名宿。有《持雅堂集》《对琴初稿》等。沈德潜评其诗云："对琴诗体源于陶、谢，舍筏于王、韦。"⑥ 归里后与卢见曾为诗友，多有唱和，"虹桥之

---

① 钱大昕：《内阁侍读严道甫传》，《嘉定钱大昕全集》第 9 册，江苏古籍出版社 1997 年版，第 630 页。

② 徐世昌：《晚晴簃诗话》，傅卜棠编校，华东师范大学出版社 2009 年版，第 649 页。

③ 王昶：《蒲褐山房诗话新编》，周维德辑校，齐鲁书社 1988 年版，第 101 页。

④ 李慈铭：《越缦堂日记说诗全编》，张寅彭、周容编校，凤凰出版社 2010 年版，第 264 页。

⑤ 李斗：《扬州画舫录》，中华书局 1960 年版，第 93 页。

⑥ 钱仲联：《清诗纪事》，凤凰出版社 2004 年版，第 1780 页。

会，凡业盐者不得与，唯对琴与之。多蓄异书，性好宾客，樽酒不空"①。

戴亨（1690—1760），字通乾，号遂堂，辽阳人。康熙六十年（1721）进士，官齐河知县，以抗直忤上官，解组去任。善诗，与陈景元、长海齐名，时称"辽东三老"。一时名流如袁枚、王昶、法式善、金兆燕等，皆推重之。著有《庆芝堂诗集》，其诗"宗杜少陵，上溯汉魏，卓然名家"②。尝依卢见曾，《蒲褐山房诗话》云："遂堂襟情超迈，诗笔坚刚。自齐河罢官后，率其小妾，漂泊江湖久之，依雅雨运使于邗上。"③ 卢为其刻《辽东三老诗》。

五 名公巨卿

厉鹗（1692—1752），字太鸿，一字雄飞，号樊榭，一号南湖花隐，又号西溪渔者，浙江钱塘人。康熙五十九年（1720）举人，乾隆元年（1736）荐举博学鸿词，报罢，后不就选。著有《樊榭山房集》。"性格孤峭，义不苟合。读书搜奇爱博，钩新摘异，尤熟于宋元以来丛书稗说。"④ 所著《宋诗纪事》《辽史拾遗》等皆博洽详赡，《四库全书》均已著录。厉鹗一生足迹，主要集中于江浙，尤以杭州、维扬为中心。居扬州时，被"扬州二马"延为上客，鹗久客其所。卢见曾转运两淮时，厉鹗曾为卢见曾上客，如王昶所云："运使短小精悍，有吏才……前后任两淮运使各数年，又值竹西殷富，接纳江浙文人，唯恐不及，如金寿门农、陈玉几撰、厉樊榭鹗、惠定宇栋、沈学子大成、陈授衣章、对鸥皋兄弟等，前后数十人，皆为上客。"⑤ 亦曾助卢氏校订《渔洋山人感旧集》，卢见曾《刻渔洋山人感旧集凡例》所记甚详："是集辗转钞写，伪误颇多，宋编修蒙泉尝订正之，复委榆村之孙寀、余子谦以校雠之

---

① 李斗：《扬州画舫录》，中华书局1960年版，第231页。
② 赵尔巽：《清史稿》卷485，中华书局1977年版，第13378页。
③ 王昶：《蒲褐山房诗话新编》，周维德辑校，齐鲁书社1988年版，第9页。
④ 同上书，第6页。
⑤ 同上书，第8页。

役，再三过，尚有阙疑。玲珑山馆藏书充栋，所与稽者，厉樊榭鹗、陈授衣章，皆博雅君子，幸重检阅，而后授梓，勿致有鲁鱼亥豕之伪云。"①

袁枚（1716—1798），字子才，号简斋，一号存斋，世称随园先生，晚年自号苍山居士、随园老人等，钱塘人。乾隆四年（1739）进士，选庶吉士，入翰林院。后官江宁知府等职。乾隆十四年（1749）辞官，居江宁小仓山随园。以后除乾隆十七年（1752）曾赴陕西短暂任职外，绝迹仕途。袁枚主持乾隆诗坛，为性灵派领袖。著述甚丰，有《小仓山房文集》《诗集》《随园诗话》等。袁枚游迹数至扬州，"每逢平山堂梅花盛时，往来邗上"②，数为卢见曾座上客，其《随园诗话》对卢见曾事迹亦多采撷。

钱载（1709—1793），字坤一，一字根苑，号箨石，又号瓠尊，晚号万松居士、百幅老人，秀水人。乾隆十七年（1752）进士，改庶吉士，授编修，官至礼部侍郎。著有《箨石斋诗集》《文集》等。平生肆力诗学，论诗"取径西江，去其粗豪，而出之以奥折。用意必深微，用笔必拗折，用字必古艳，力追险涩，绝去笔墨畦径……力求深造，不堕恒轨，一时遂有秀水派之目"③。与卢见曾友善，尝"居使署一年，多唱和"④。

王昶（1725—1807），字德甫，一字琴德，号兰泉，晚号述庵，江苏青浦人。乾隆十九年（1754）进士。二十二年（1757）召试一等，授内阁中书，官至刑部侍郎。以诗名世，著有《春融堂集》，"与王凤喈、吴企晋、钱晓徵、赵升之、曹来殷、黄芳亭称吴中七子，名传海外。在京与朱笥河互主骚坛，有南王北朱之目。洪北江评其诗如盛服趋朝，自矜风度，所致提倡风雅，执经载酒，户外履满"⑤。兰泉词拟姜、张，古文宗韩、苏，时称通儒。与卢

---

① 厉鹗：《樊榭山房集》，上海古籍出版社1992年版，第1749页。
② 李斗：《扬州画舫录》，中华书局1960年版，第243页。
③ 徐世昌：《晚晴簃诗话》，傅卜棠编校，华东师范大学出版社2009年版，第576页。
④ 李斗：《扬州画舫录》，中华书局1960年版，第234页。
⑤ 徐世昌：《晚晴簃诗话》，傅卜棠编校，华东师范大学出版社2009年版，第586页。

见曾友善，乾隆二十年（1755），卢聘之为课其子及孙，"与程编修午桥、马同知曰瑄、弟徵君曰璐、汪部曹棣、张贡生四科为文酒之会"①。乾隆二十二年（1757），再次寓卢见曾署，卢"嘱撰《红桥小志》，以记筱园、平山堂亭榭花木之盛。明年，入都供职"②。

惠栋（1697—1758），字定宇，号松崖，江苏吴县人，诸生。乾隆十六年（1751）以经学征。自幼笃志于学，于经史、诸子、稗官野乘及七经谶纬之学，靡不津逮。其后经术日深，不复为诗。但其论诗颇具见识，其序吴企晋诗云："诗之道，有根柢有兴会，根柢原于学问，兴会发于性情，二者兼之，始足称一大家。"③ 著有《松崖文钞》。卢见曾重其品，"延至邗上，如《雅雨堂十种》、《山左诗钞》、《感旧集》，皆先生手定焉"④，"居三年，后以疾辞归"⑤。

戴震（1724—1777），字东原，号慎修，江南休宁人。乾隆二十七年（1762）举人；三十八年（1773），荐淹贯之士，充四库馆纂修；四十年（1775），改翰林院庶吉士，后二年以积劳卒于官。戴震为汉儒之学，精于音韵律算，少与江慎修游，得其底蕴。后来扬州，为卢见曾座上客，沈大成、惠栋见之，目为奇人⑥。著述斐然，总名《戴氏遗书》，凡三十余种。

由以上胪列诸人可见，卢氏在盐运使任上广结文人才士，形成了一个以其幕府为中心的文人网络。在此网络中的文士，既有在野的布衣，亦有在朝的官员；既有诗坛名宿，亦有儒雅的盐商；既有渊博的学人，亦有书画名家。他们出身各有不同，遭际迥异，阅历丰富多彩，风云际会，使他们汇聚于扬州。卢见曾爱才好士，隐然以诗坛长老自命，他作为官方代表，以幕府为核心，以诗酒唱和、

① 江藩：《国朝汉学师承记》，钟哲整理，中华书局 1983 年版，第 54 页。
② 同上。
③ 王昶：《蒲褐山房诗话新编》，周维德辑校，齐鲁书社 1988 年版，第 52 页。
④ 江藩：《国朝汉学师承记》，钟哲整理，中华书局 1983 年版，第 29 页。
⑤ 陈黄中：《惠征君栋墓志铭》，《碑传集》卷 133，中华书局 1993 年版，第 3982 页。
⑥ 李斗：《扬州画舫录》，中华书局 1960 年版，第 230 页。

刊刻书籍为手段，将朝野诗人以及盐商连接在一起，增强了他们之间的沟通与理解，成为继王士禛之后，又一位领袖诗坛文苑的代表人物，同时也促成了乾隆初期扬州诗坛的繁荣景象。

第四节　幕府文学活动

卢见曾以诗名于世，因此其幕宾也多为诗人，其初任两淮盐运使时，就"筑苏亭于使署，日与诗人相酹咏，一时文宴盛于江南"①。王昶曾言："运使短小精悍，有吏才，总督那苏图特荐谓其'人短而才长，身小而志大'。尝为四川洪雅县令，故以雅雨自号。素慕其乡王阮亭尚书风流文采，故前后两任盐运使各数年，又值竹西殷富，接纳江浙文人唯恐不及。如金寿门农、陈玉几撰、厉樊榭鹗、惠定宇栋、沈学子大成、陈授衣章、对鸥皋兄弟等，前后数十人，皆为上客。而是地主马佩兮曰璐、秋玉曰琯，及张渔川四科、易松滋谐，咸与扶轮承盖，一时文酒，称为极盛。又校刊《乾凿度》、高氏《张国策》、郑氏《尚书大传》、李鼎祚《周易集解》、《封演闻见记》诸书，又补刊竹垞太史《经义考》，并以国朝山左诗人最盛，属鞠编修逊行、张孝廉元、董庶常元度诸人采辑传世。修小秦淮、红桥二十四景及金焦观楼，以奉辛未、丁丑两次宸游。其爱古好事，百余年来所罕见。"② 由王昶的描述我们可以得知，卢见曾幕府的活动主要有两个方面，一是文人宴集、诗酒唱和；二是整理文献、刊刻典籍，而以前者更为著名，其幕府的宴集活动为其赢得了名声，使其成为当时江南地区的文坛盟主。

卢见曾幕府的兴盛以及个人的兴衰荣辱都与一个地方有关，那就是扬州。他一生两次在扬州任职，又两次因为盐案而遭受牢狱之灾，以致最后死于狱中，他的一生与扬州结下了不解之缘。他在73岁致仕时所作的《告休得请留别扬州故人》中有"为报先畴墓

---

①　李斗：《扬州画舫录》，中华书局1960年版，第228页。

②　王昶：《蒲褐山房诗话新编》，周维德辑校，齐鲁书社1988年版，第8页。

田在，人生未合死扬州"的诗句，没想到竟一语成谶，这样的结局如袁枚所言：

> 卢雅雨先生转运扬州，以渔洋山人自命，尝赋《红桥修禊》四章；一时和者千余人。余俱未见。而先生原唱，余亦不甚爱诵也。及其致仕，《留别扬州》诗，竟成绝调：真所谓欢愉之词难工，感怆之言多妙耶？其词曰："脱却银黄敢自怜？不才久任受恩偏。齿加孙冕余三岁，归后欧公又九年。犬马有情仍恋主，参苓无效也凭天。养疴得请悬车日，五福谁云尚未全？""平山回望更关愁，标胜家家醉墨留。十里亭台通画舫，一年箫鼓到深秋。每看绛雪迎朱旆，转似青山恋白头。为报先畴墓田在，人生未合死扬州。""长河一曲绕柴门，荒径遥怜松菊存。从此风波消宦海，始知烟月足家园。岁时社集牛歌好，乡里筵开鹤发尊。痴愿无多应易遂，杖朝还有引年恩。"呜呼！后公果将杖朝矣，乃竟不得考终。余吊之曰："潘岳闲居竟不终，褚渊高寿真非福。"《列子》云："当生而生，福也；当死而死，福也。"其信然欤！①

卢见曾仕途的高峰是在扬州，其名声的获得也是在扬州，最后罹祸亦与扬州有关，这一切不能不说是冥冥中注定的。

卢见曾是一位诗人型的官员，由于自幼饱读诗书，又受到王士禛的影响，所以他有很强烈的追慕先贤、留名后世的想法，而其所任职的扬州更是给他提供了丰富的文化遗产，以及让他立为榜样的先贤们。

扬州在历史上就是作为一种文化符号而存在的，这种符号来自于历代文人对它的描摹。扬州在历代文人的描述中有所不同，如六朝时鲍照的《芜城赋》用"芜城"来形容饱受兵燹的扬州，此后"芜城"成为这座城市衰败、凋敝时期的象征。而司马光在《资治

---

① 袁枚：《随园诗话》，凤凰出版社 2000 年版，第 302 页。

通鉴》中的记载，又给这座城市增添了奢华、颓废的氛围，隋炀帝曾将扬州改名为江都，其所修建的迷楼苑囿和奢靡颓废成为扬州的另一种象征。而在唐代诗人的笔下，扬州再度成为繁华与名士风流的代表，诗人徐凝用"天下三分明月夜，二分无赖是扬州"来描写扬州，意为天下三分明月扬州独占二分，可见其繁华和美丽，而杜牧所描摹"十年一觉扬州梦，赢得青楼薄幸名"，尤为扬州增添了浪漫情调。唐代诗人笔下的"扬州明月""二十四桥"以及浪漫美丽的女子，成为文人津津乐道的谈资，也成为文人追忆和怀念的对象，在他们之后，扬州成为一个在繁华奢靡中充满了文化气息的地方，扬州又成为邓汉仪笔下的"一代风流地，千秋翰墨场"①，而这一切都为卢见曾的到来做好了准备。

卢见曾来到扬州时，扬州已经从"扬州十日"的伤痛中恢复过来，恢复了往日的繁华。由于盐业的发达及其特有的文化符号，扬州成为文人墨客向往的地方，在卢见曾之前很多具有声誉的文学名人光顾扬州，使得扬州成为文人学士及游宦们向往之所。此时的扬州，正如在卢见曾之前任职扬州的孔尚任所言，"为天下人士之大逆旅，凡怀才抱艺者，莫不寓居广陵，盖如百工之居肆焉"②。许多爱好风雅的盐商，如马曰琯昆季、江宾谷春等人，常常组织文人雅集，据《扬州画舫录》记载："扬州诗文之会，以马氏小玲珑山馆、程氏筱园及郑氏休园为最盛。"③不但如此，在扬州任过职的先贤也成为卢见曾效仿的对象，这些人包括欧阳修、苏轼以及卢见曾的山东同乡王士禛。作为文学巨匠和扬州的地方官，欧、苏和渔洋在扬州时的事迹被人们津津乐道，他们自身的名气与扬州的浪漫气息相融合，使得他们成为那些寻求类似社会和文化地位的人的完美典范。因此，卢见曾任职扬州时，也是以欧、苏和渔洋自命的，

---

① 邓汉仪：《金长真太守兴复平山堂落成宴集纪事》，《平山揽胜志》卷5，广陵书社2004年版，第101页。

② 孔尚任：《与李畹佩》，《孔尚任诗文集》，中华书局1962年版，第540页。

③ 李斗：《扬州画舫录》，中华书局1960年版，第480页。

袁枚曾说:"卢雅雨先生转运扬州,以渔洋山人自命。"① 而时人也乐意将卢见曾与诸位先贤相媲美,将卢见曾看作当代的欧苏、渔洋,如沈起元所作的《运使卢雅雨七十寿序》就给予卢见曾这样的评价:"公雅好吟咏,盖其才之俊逸,不以政事妨减矣也。今扬州古称佳丽,欧阳公建平山堂,东坡三过其地,赋诗志怀。而本朝渔洋先生,司里于此,四方名士咸集红桥,冶春唱和之什布海内。近岁翠华再幸,亭榭水木之观,视昔有加。公于是盐政多暇,凡名公巨卿,骚人词客至于其地者,公必与选佳日,命轻舟,奏丝竹,游于平山堂下,坐客既醉,劈笺分韵,啸傲风月,横览古今,人有欧苏、渔洋复起之恭。"② 在这篇序文中沈起元描述了卢见曾幕府的一时风雅,并且刻意地将卢见曾与欧阳修、苏轼以及王士祯相提并论。法式善《梧门诗话》亦云:"卢雅雨见曾都运维扬,招集名流,修葺平山堂。一时川沼呈秀,人物争妍,称最盛矣。都运诗《一起》云:'冶春宴罢风流长,画船系遍平山堂。大雅不作山林寂,寒号枉自搜枯肠。'隐然以诗坛长老自命。故嵇拙修相国和诗有'半山襄阳不可作,国朝最数王渔洋。雅雨后出掩前辈,独以古调传欧阳'之句。香树先生亦有诗云:'广陵春水碧粼粼,三月莺花到眼新。六十年中谁管领,推官都转两诗人。'自注:渔洋山人官司李,时至今六十年。王、卢皆济南郡人。"③ 这些评价很显然与前任给予王士祯的评价极为相似,如宋荦就在王士祯的墓志铭中描述了王在扬州任职时的情形:"扬当孔道,四方舟车毕集,人苦应接不暇,公以游刃行之,与诸名士文宴无虚日。"④ 可见,在当时扬州官场和文坛上,卢见曾都是数一数二的人物,他凭借自己爱才好士的名声以及雄厚的财力,俨然以文坛大佬自居,他也时刻以

---

① 袁枚:《随园诗话》,凤凰出版社 2000 年版,第 302 页。

② 沈起元:《运使卢雅雨七十寿序》,《敬亭文稿》卷 8,《四库未收书辑刊》第 8 辑第 26 册,第 277 页。

③ 法式善:《梧门诗话合校》,张寅彭、强迪艺编校,凤凰出版社 2005 年版,第 301 页。

④ 宋荦:《资政大夫刑部尚书王公士祯暨配张宜人墓志铭》,钱仪吉:《碑传集》,中华书局 1993 年版,第 581 页。

欧苏、渔洋作为榜样，甚至希望别人把他看作能够与这几位先贤并称的人物。他通过抬高欧苏、渔洋的方式，表达自己对先贤的仰慕与追随，同时也是暗示众人，希望别人能给予他同样的评价，例如他改建了"三贤祠"，在祠中祀欧阳修、苏轼和王士祯，据《平山堂图志》记载："三贤祠，故编修程梦星筱园旧基，运使卢见曾购得之，以界奉宸苑卿汪廷璋，改建为祠，见曾自为记，刻之石。先是，邑人祀宋韩琦、欧阳修、刁约、王居卿、苏轼等诸人于平山堂后真赏楼，而以本朝之王士祯、金镇、汪懋麟为配。后学臣胡宫庶润，为士祯辛未所得士，邑人有三贤之请而未果行，至是，始专以士祯并祀欧、苏，而诸贤从祧矣。"[1] 并且，卢见曾的幕宾郑燮为祠堂撰写了碑文："遗韵满江淮，三家一律；爱才如性命，异世同心。"[2] 显然，卢见曾是刻意提升他们在扬州的形象的，他出资购买地方为三人建立祠堂，并且以王士祯作为祭祀的重点，他对于自己的这位同乡是礼敬有加的。除此之外，他还刊刻了王士祯的《渔洋山人感旧集》，他购得书稿后，立即延请诗人张元至署，加以整理，并为之补传，然后在马曰琯的协助下刊刻。[3] 实际上他是想通过这种方式来为自己赢得更高的声誉，他在努力追随王士祯，努力塑造他的社会身份，不断追求自己与王士祯之间的认同。

　　像欧阳修、苏轼和王士祯一样，卢见曾也以倡导聚会而闻名，在他的使署以及一些著名的景点，卢见曾主办了诸多这样的聚会，在这样的聚会上主客相得甚欢。卢见曾举办的这些聚会，使他结识了诸多扬州的名流与在野的诗人，他极喜与文人交往，可说相识满天下。他初任盐运使仅七月即获罪，而他被遣出塞是在乾隆五年（1740），这期间他大部分时间是在扬州听候发落，虽为去职之人，他还是参加了许多的文学活动，结交了诸多文人。其"坐台"出塞时，扬州的文士们还曾为其送行，可见其在扬州文坛已经颇有声

---

① 赵之璧：《平山堂图志》卷2，广陵书社2004年版，第21页。

② 李斗：《扬州画舫录》，中华书局1960年版，第53页。

③ 卢见曾：《刻渔洋山人感旧集序》，《雅雨堂文集》卷2，《续修四库全书》第1423册，第465页。

望。其时，高凤翰为其绘《雅雨山人出塞图》（现藏故宫博物院），并题诗《丈夫行送雅雨翁赴军台》，下署"乾隆五年，岁在庚申，夏四月高凤翰拜左手书具呈本"。高凤翰字南阜，晚年病臂，以左手作书。卢见曾曾哭之曰："再散千金仍托钵，已残一臂尚临池。"他是卢见曾山东同乡，卢见曾转运两淮时，荐其才于制府，后有人指其与卢见曾为党，并卢谪戍。其诗集中还有《为雅雨山人题〈出塞图〉》《即日再别雅雨公》《闻鸡再送雅雨山人出塞图》等诗，表达自己的惜别之情。卢见曾在画端亦题诗一首，诗后有题识云："承恩出塞，南阜绘图送行，扬州故人将赋诗以赠，口占留别，即用自题。庚申夏五月，雅雨山人卢见曾并识。"图上题诗相送者还有十余位，如马曰琯、郑板桥、程梦星、杨开鼎、闵廷容、王藻、马位、马朴臣、马苏臣、方原博、闵华、符曾、钱陈群、吴廷采、周榘、李葂、江昱以及《儒林外史》的作者吴敬梓。吴敬梓《奉题雅雨大公祖出塞图》云："玉门关外狼烽直，氆帐穷庐犄角立。鸣镝声中欲断魂，健儿何处吹羌笛。使君衔命出云中，万里龙堆广漠风。夕阳寒映明驼紫，霜花晓衬氍袍红。顾陆丹青工藻绘，不画凌烟画边塞。他日携从塞外归，图中宜带风沙态。披图指点到穷发，转使精神同发越。李陵台畔抚残碑，明妃冢上看明月。天恩三载许君还，江南三度繁花殷。繁花殷，芳草歇，蔽芾甘棠勿剪伐。"① 诗中"蔽芾甘棠勿剪伐"，是概括《诗经·甘棠》"蔽芾甘棠，勿剪勿伐，召伯所茇"诗意的。《甘棠》一诗原为怀念召伯德政而作，后来称颂有德政、泽及人民的地方官员常用"甘棠遗爱"一词，吴敬梓早年出游淮扬，就曾得到卢见曾的资助。郑板桥《送都转运卢公》曰："一从吏议三年谪，得赋淮南百首诗。""吹嘘更不劳前辈，从此江南一梗顽。"② 可见卢见曾为盐运使时曾对郑燮厚爱有加。马曰琯《题雅雨先生出塞图》曰："先生家世隐嵩山，少室三花旧往还。何事清诗赋于役，风衣雪帽向榆关。闻说燕然重

---

① 《吴敬梓诗文集》，人民文学出版社2002年版，第113页。
② 卞孝萱编：《郑板桥全集》，齐鲁书社1985年版，第70页。

纪功，暂驱匹马过崆峒。三年恩诏南归后，黑水虹亭一梦中。小山
丛桂动离思，几载淹留董相祠。莫忘闲情对烟月，殷勤一寄塞垣
诗。"① 卢见曾热衷于文化事业，与"扬州二马"性情相投，多有
交往，他曾赠马曰琯诗曰："玲珑山馆辟疆俦，求索搜罗苦未休。
数卷论衡藏秘籍，多君慷慨借荆州。"② 可见卢见曾多次出入"二
马"之"小玲珑山馆"借阅图书，由此可以想见，卢见曾在马氏
家中必然结识了不少文士，而由我们所考索的其幕府文人来看，其
幕宾及文友几乎可以说是"小玲珑山馆"文人群体的官方版本。

　　卢见曾召集文人雅集的地方很多，公事之余扬州的亭台楼阁、
水榭画舫都成为他雅集的场所。卢见曾还在官署中建苏亭作为宴集
的场所，《扬州画舫录》云："署中文宴，尝书之于牙牌，以为侑
觞之具，谓之牙牌二十四景。"③ 马曰琯《沙河逸老小稿》卷六有
《四月七日雅雨先生雨中招集苏亭》、江昱《松泉诗集》卷五有
《四月七日雅雨使君招燕后园》。宴集的主题也是花样繁多，修禊、
佳节和赏花、赏月以及文友的迎来送往都可以令众人诗兴大发、歌
酒流连。如张世进《清明日卢雅雨观察招同泛舟红桥》所言："令
节最宜文字饮，闲情不废管弦声。冶春故事年年续，未许琅琊独擅
名。"④ 杭世骏《清明日卢运使见曾招游湖上二首》其一亦云："华
觞合唤新声劝，佳节欣招旧雨陪。"⑤ 对扬州旧景致的恢复也是卢
见曾很重视的，竹西亭的重建即是一例。卢见曾认为，"兹地因樊
川之句以为亭，因欧苏之流连于是亭而益重于世"⑥，因此其初为
运使时就有志重建竹西亭，其《重建竹西亭记》云："唐杜牧之诗

---

　　① 马曰琯：《沙河逸老小稿》卷1，《丛书集成新编》第72册，台湾新文丰出版公
司1985年版，第70页。
　　② 卢见曾：《扬州杂诗》，《雅雨堂诗集》卷上，《续修四库全书》第1423册，第
423页。
　　③ 李斗：《扬州画舫录》，中华书局1960年版，第228页。
　　④ 张世进：《著老书堂集》卷八，《四库禁毁书丛刊》第168册，北京出版社1997
年版，第631页。
　　⑤ 杭世骏：《道古堂诗集》卷22，《续修四库全书》第1427册，第179页。
　　⑥ 卢见曾：《重建竹西亭记》，《雅雨堂文集》卷3，《续修四库全书》第1423册，
第492页。

云'谁知竹西路，歌吹是扬州'。建亭者之以竹西名，盖出于此。宋欧阳文忠公有《竹西亭诗》，苏文忠公诗有《过广陵择老相送竹西亭下》，亭之重于扬州旧矣。……余于时慨然有修复之志。"① 后来卢见曾复任运使时，竹西亭已为程梦星等人所修复，卢见曾因此地与欧苏之关系也经常召集同人于此地唱和。如马曰琯《沙河逸老小稿》卷六有《春日陪雅雨先生登竹西亭》，江昱《松泉诗集》卷五有《竹西亭落成陪雅雨使君燕集》。卢见曾本人有《竹西亭落成》，曰："歌吹古扬州，樊川胜概留。诗传才十字，亭立已千秋。佛寺廊间碣，仙桥月下舟。落成当我辈，眺赏转清幽。"② 该诗对于竹西亭的重建颇为自赏。像这样的聚会还有很多，翻检卢见曾幕宾和文友的集子，我们可以看到很多这样的记载，如严长明的诗作中，乾隆二十年有《卢雅雨观察招游平山堂，酒间赵损之有作因次其韵》、乾隆二十二年有《雪中和雅雨先生自金山放船至焦山韵》、乾隆二十五年有《雅雨先生召集江颖长水榭观荷分韵得霁字十四韵》《雅雨先生出德州罗氏钦瞻家酿饮客杭堇浦、蒋秋泾、江宾谷、陈授衣各赋罗酒歌，余亦继作》，江昱乾隆二十年作《陪雅雨使君泛舟至平山堂看梅归燕筱园分赋》《雅雨使君招同襄平戴遂堂鲁郡牛真谷两冥府云间沈学子同游真州南园》《真州返棹同雅雨使君暨沈学子游江村作》，乾隆二十一年作《丙子冬日雅雨使君放舟红桥题署两亭榭纪事四首》。在频繁的规模或大或小的雅集、唱和的过程中，卢见曾被越来越多的人认可，诸多文士将其看作一代风雅的总持，这样的描述不胜枚举，如"大雅扶轮自足矜，风流宏奖至今称"③"大雅扶轮巨望巍，耆英高会世应希"④"风骚留胜地，

---

① 卢见曾：《重建竹西亭记》，《雅雨堂文集》卷3，《续修四库全书》第1423册，第492页。

② 卢见曾：《雅雨堂诗集》卷上，《续修四库全书》第1423册，第433页。

③ 沈大成：《奉怀卢雅雨使君即次石芝园原韵四首》，《学福斋诗集》卷32，《续修四库全书》第1428册，第409页。

④ 杭世骏：《卢运使招集瑞芍亭即事》，《道古堂诗集》卷22，《续修四库全书》第1427册，第182页。

湖海半耆英"①。

在卢见曾所举办的聚会当中，平山堂和红桥的聚会尤为突出和引人注目，因为王士禛也在这两个地方与野逸文士举行宴集与修禊活动，这在《平山堂图志》中有记载："山人官扬州，地号繁巨，公事毕，则召宾客泛舟红桥、平山堂，酒醋赋诗，断纨零素，墨沈狼藉。吴梅村先生云：'贻上在广陵，昼了公事，夜接词人。'盖实录也。"② 卢见曾在这两个地方主办的聚会也极为频繁和重要，尤其是乾隆二十年（1755）和乾隆二十二年（1757）的三月三日，卢见曾举行的红桥修禊，不能不说是清代诗坛的盛事，为其赢得了极大的声誉。其实，卢见曾选择平山堂和红桥这两个名胜与景点作为修禊、聚会的场所，也是为了彰显自己与欧苏、渔洋之间的联系，以这种"取法乎上"的做法来标榜自己的风流儒雅。卢见曾初任运使时就举办过这样的聚会，如他所言："乾隆丙辰，余为都转盐运使驻此，与同年程太史梦星大会名士于平山堂。"③ 平山堂是扬州著名的旅游景点，由欧阳修任扬州太守时兴建，程梦星《平山堂小志》记载："宋庆历八年二月，庐陵欧阳修守扬州时，为堂于大明寺之坤隅，江南诸山拱揖槛前，若可攀跻，故名曰平山堂。"④ 平山堂可说是因为欧阳修而享誉天下，如沈括所言："后人之乐慕而来者不在于堂榭之间，而以其为欧阳公之所为也。由是平山之名盛闻天下。"⑤ 平山堂因欧阳修而驰名，同时它也成为后人凭吊与怀念欧阳修的重要场所，所谓"过其地者，莫不仰止遗风，流连歌咏，而不能已"⑥，而对于卢见曾这样的人来说，平山堂无疑是一个绝佳的聚会场所，其《平山堂雅集》诗云："蜀岗高依碧霄寒，学士遗堂历劫残。江气混茫遥向海，山光低亚近平栏。空余咏啸酬

---

① 王昶：《雅雨运使招寿门、曲江、东有小集》，《春融堂集》卷6，《续修四库全书》第1437册，第403页。

② 王士禛自撰《年谱》，《平山堂图志》卷10，广陵书社2004年版，第81页。

③ 卢见曾：《重建竹西亭记》，《雅雨堂文集》卷3，广陵书社2004年版，第492页。

④ 程梦星：《平山堂小志》，《平山堂图志》卷1，广陵书社2004年版，第2页。

⑤ 沈括：《扬州重修平山堂记》，《平山揽胜志》卷四，广陵书社2004年版，第65页。

⑥ 汪应庚：《平山揽胜志》卷1，广陵书社2004年版，第1页。

嘉会,未解繁华负美官。还棹竹西歌吹路,红桥灯火月明看。"
"选胜应输此地豪,江山雄丽称风骚。花簪第四名犹重,亭表无双
韵自高。一石清才频代谢,三分明月又吾曹。衙官屈宋分明在,虚
左逢迎未惜劳。"① 诗中云"一石清才频代谢,三分明月又吾曹",
俨然是以欧阳修自比,对自己提倡风雅颇为自许,在另一首与友人
登临平山堂所作的诗作中,他写道:"冶春宴罢流风长,画船系遍
平山堂。大雅不作山灵寂,寒号枉自搜枯肠。"② 更是隐然以文坛
大佬自居,其幕宾也为其鼓扬吹嘘: "都转能留客,秋官最
好文。"③

  而卢见曾在红桥举行的宴集为其赢得了极大的声誉,他曾在乾
隆二十年(1755)和乾隆二十二年(1757)举行了大规模的修禊
活动。这样的修禊也是卢见曾在效法王士禛,甚至可以说他举行的
修禊能够达到如此规模、为其赢得如此的声誉,都是借助了王士禛
的影响。王士禛曾自言:"予尝与袁昭令、杜于皇诸名宿宴于红桥,
予自为记,作词三首,所谓'绿杨城郭是扬州'是也。昭令酒间作
南曲,被之丝竹。又尝与林茂之、孙豹人、张祖望纲孙辈修禊红
桥,予首倡《冶春》诗二十余首,一时名士皆属和。予既去,扬州
过红桥多见忆者,遂为广陵故事。"④ 的确,扬州自欧阳修之后,
历代官员中雅好文学、提倡风雅的人也不在少数,而元明以降,尤
其是入清以来,能够担得起"大雅扶轮"这样评价的人,王士禛当
之无愧。因此,对王士禛的追慕与效法使卢见曾极力想把自己塑造
成当代的王渔洋,而红桥正好成为这样的纽带,卢见曾经常召集同
人在红桥聚会,如王昶客居卢见曾使署时就参加过这样的雅集,其
诗集中《卢运使雅雨见曾招同张补山庚、陈楞山撰、朱稼翁稻孙、

  ① 卢见曾:《雅雨堂诗集》卷上,《续修四库全书》第 1423 册,第 423 页。
  ② 卢见曾:《春日陪姬尚佐司农钱香树司寇游平山堂步司农寄到原韵》,《雅雨堂
诗集》卷上,《续修四库全书》第 1423 册,第 434 页。
  ③ 金兆燕:《读戴遂堂先生与钱香树司寇卢雅雨都转平山堂登高之作次韵二首》,
《棕亭诗钞》卷 5,《续修四库全书》第 1442 册,第 139 页。
  ④ 王士禛:《渔洋诗话》,《平山堂图志》卷 10,广陵书社 2004 年版,第 82 页。

金寿门农、张渔川四科、王载扬藻、沈学子大成、陈授衣章、董曲江元度及惠定宇、江宾谷诸君泛舟红桥，集江氏林亭观荷分得外字三十八韵》① 描述了聚会的情形："上客延陈遵，名流偕郭泰""设席陈羊腔，行厨出鲈脍"。乾隆二十年（1755）三月三日上巳，卢见曾在红桥举行修禊，四月，他又召集名士二十余人，再集红桥观芍药。卢见曾《芍药》诗云："花开对面向西东，主客筵分缱绻同。"② 以并蒂芍药形容主客相得甚欢，参与此次聚会的有郑板桥、金农、黄慎等人。黄慎作有《卢雅雨盐使简招，并示〈出塞图〉》："东阁重开客倚栏，醉中出示《塞图》看。玉关天迥驼峰耸，沙碛秋高马骨寒。经济江淮新筦月，风流邹鲁旧衣冠。只今重对扬州月，笑索梅花带雪餐。"③《随园诗话》记载，金农在此次聚会中作《观红桥芍药赴卢雅雨之招》甚合卢意："卢招人观红桥芍药，诸名士集二十余人，独布衣金司农诗先成，云：'看花都是白头人，爱惜风光爱惜身。到处百杯须满饮，果然四月有余春。枝头红影初离雨，扇底狂香欲拂尘。知道使君诗第一，明珠清玉比精神。'卢大喜，一座为之搁笔。"④ 乾隆二十二年（1757）上巳，卢见曾再次主持红桥修禊，此次修禊规模极大，参与者极多，王昶、郑燮、陶元藻等63人参与了此次修禊，亲历此会的王昶记载了当时的盛况："乾隆丁丑，余在广陵时，卢运使见曾大会吴、越名士于红桥，凡六十三人，篁村与焉。有诗云：'谁识二分明月好，一分应独照红桥。'为时称颂。"⑤ 卢见曾此会作《红桥修禊并序四首》曰："扬州红桥自渔洋先生冶春唱和以后，修禊遂为故事。然其时平山堂废，保障湖淤。篇章虽盛，游览者不能无遗憾焉。乾隆十六年辛未，圣驾南巡始修平山堂御苑，而濬湖以通于蜀岗。岁次丁丑，再

---

① 王昶：《春融堂集》，《续修四库全书》第 1437 册，第 394 页。

② 卢见曾：《芍药》，《雅雨堂诗集》卷下，《续修四库全书》第 1423 册，第 445 页。

③ 黄慎：《蛟湖诗钞》卷 3，《扬州八怪诗文集》，江苏美术出版社 1987 年版，第47 页。

④ 袁枚：《随园诗话》卷 3，凤凰出版社 2000 年版，第 72 页。

⑤ 王昶：《蒲褐山房诗话新编》，周维德辑校，齐鲁书社 1988 年版，第 70 页。

举巡狩之典。又濬迎恩河潆水以入于湖。两岸园亭标胜景二十……
翠华甫过，上巳方新，偶假余闲，遂邀胜会得诗四律：'绿油春水
木兰舟，步步亭台邀逗留。十里生香新阆苑，二分明月旧扬州。已
怜强酒还斟酌，莫倚能诗漫唱酬。昨日宸游亲侍从，天章捧出殿东
头。''重来修禊四经年，熟识红桥顿改前。潆汉畅交灵雨后，浮
图高插绮云巅。雕栏曲曲迷幽径，嫩柳纷纷拂画船。二十景中谁最
胜，熙春台上月初圆。''溪画双峰虹栈通，山亭一眺尽河东。好
来斗茗评泉水，会待围河受野风。月度重栏香细细，烟笼远树雨蒙
蒙。莲歌渔唱舟横处，俨在明湖碧涨中。（渔洋《冶春词》：邗沟
来似明湖好，名士轩头碧涨天。彼一时也。）''逦迤平冈艳雪明，
竹楼小市卖花声。红桃水暖春偏好，绿稻香寒秋最清。合有管弦频
入夜，那教士女不空城。冶春旧调歌残后，格律诗坛试一更'。"①
此次宴集影响极大，可说是乾隆诗坛的一段佳话，据李斗记载：
"和修禊诗者七千余人，编次得三百余卷。"② 袁枚《随园诗话》亦
载："卢雅雨先生转运扬州，以渔洋山人自命，尝赋《红桥修禊》
四章；一时和者千余人。"③ 李葂为之作《红桥揽胜图》，袁枚、金
兆燕等都纷纷参与了和诗。当时参加修禊的郑板桥有和诗多首，
《和雅雨山人红桥修禊》曰："甘泉羽猎应须赋，雅什先排禊帖
中。""词客关河千里至，使君风度百年清。"④《再和卢雅雨四首》
曰："才子新诗高白傅，故园名酒载青州。（公山东人）""张筵赌
酒还通夕，策马登山直到巅。""关心民瘼尤堪慰，麦垄青葱入望
中。""皂吏解吟笺上句，舆台沾醉柳边城。"⑤ 郑板桥将这次修禊
看作一次盛举，对卢见曾大加颂扬，这其中固然有溢美的成分，但
卢见曾提倡风雅、招纳贤良，使扬州再度成为文人雅士向往之地，
这是不可否认的。因而通过这些宴集，卢见曾也确实确立其当代欧

---

① 卢见曾：《雅雨堂诗集》卷下，《续修四库全书》第 1423 册，第 434 页。
② 李斗：《扬州画舫录》卷 10，中华书局 1960 年版，第 228 页。
③ 袁枚：《随园诗话》卷 12，凤凰出版社 2000 年版，第 302 页。
④ 郑燮：《郑板桥全集》，卞孝萱编，齐鲁书社 1985 年版，第 129 页。
⑤ 同上书，第 130 页。

苏、渔洋的地位，时人更是这样评价他的，很多人都把他与欧阳修、苏轼和王士禛相提并论，如董元度《扬州》诗描述并评价了这次盛会，诗云："吴头楚尾名贤聚，卢后王前雅宴同。歌散红桥春寂寂，花残琼观雨蒙蒙。"① 袁枚听说了此次盛会后亦有和诗四首，盛赞了卢见曾"大雅扶轮"的大君子风度和修禊的盛况，其诗曰："天子停銮留胜迹，大夫修禊采南风。""人间此后论明月，未必扬州只二分。""欧苏当日擅风流，重整骚坛五百秋。""凭公好取芜城赋，画作屏风寄鲍照。"② 未能与会的金兆燕亦有《丁丑夏自都门南归，舟过邗江，独游湖上，见壁间雅雨都转春日修禊唱和诗，漫步原韵即用奉呈四首》《又次卢雅雨都转红桥修禊韵四首》③，可见，卢见曾继王渔洋之后，再度"重整骚坛"，使红桥修禊和扬州再次成为文人雅士津津乐道的话题，也成为乾隆朝"文治"的一个典型象征。

第五节　卢见曾幕府对乾隆初期扬州诗坛的影响

扬州人文在乾嘉两朝的兴盛，使它一度成为当时的文化中心，除了经济的复苏、商业的推助之外，盐运使卢见曾的扶持也功不可没，其幕府招贤纳士、广纳贤才，名士趋之若鹜，对于引领风气、鼓扬风雅所起的作用不容忽视。

卢见曾任盐运使时，为扬州营造了良好的人文环境，这首先表现在他恢复了扬州的景致上，为文人雅士吊古感怀、游宴唱和提供了场所，他曾说："平山堂废，保障湖淤。篇章虽盛，游览者不能无遗憾焉。"④ 因此，对于扬州旧景点的恢复是其营造人文环境的一个方面，也正是因为如此，卢见曾到来后扬州才再度繁华起来，正如袁枚所言："扬州四十年前，平山楼阁寥寥，沟水一泓而已。

---

① 董元度：《旧雨草堂诗》卷8，《四库未收书辑刊》第10辑第13册，第770页。
② 袁枚：《小仓山房诗文集》，上海古籍出版社1988年版，第272页。
③ 金兆燕：《棕亭诗钞》卷8，《续修四库全书》第1442册，第157页。
④ 卢见曾：《雅雨堂诗集》卷下，《续修四库全书》1423册，第434页。

自高、卢两榷使，费帑无算，浚池篝山，别开生面，而前次游人，几不相识矣！刘春池有句云：'两堤花柳全依水，一路楼台直到山'。"① 卢见曾复任盐运使时，乾隆皇帝曾两次南巡，他借此机会为扬州锦上添花，王昶云："（卢见曾）修小秦淮红桥二十四景及金焦楼观，以奉辛未、丁丑两次宸游，其爱古好事，百余年来所未见。"②《扬州画舫录》亦载乾隆乙酉年（1765），卢见曾于扬州北郊建红桥览胜、冶春诗社等20景。③ 李斗此处记载应有误，因卢见曾乾隆二十七年（1762）已经致仕还乡，不可能于乾隆三十年（1765）兴建这20景。然而卢见曾《红桥修禊》诗序言中说曾兴建红桥揽胜等20景，则此20景为其修建无疑。卢见曾通过对城市的建设，提升了扬州城的格调，使文人雅士们有了归属感。

其次，卢见曾极具人文情怀，其嘉惠士林、提倡风雅也是有目共睹的，得到了大家的认可。郑板桥就对卢见曾的知遇之恩感激涕零："窃念本朝风雅一席，自新城王公以后，六十年来，主者无人，广陵绝响，四海同嗟。天降我公，以硕德峻望，起而继之，且又居东南之胜地，掌财赋之均输，书生面目，菩萨心肠，爱才如命，求贤若渴。宜海内文士，天下英奇，来归者如晨风之郁北林，龙鱼之趋薮泽也。我公玉尺在手，因材而量，凡有一艺之长，不使无门向隅，登之座上，洗其寒酸，世有大贤，士无屈踬。"④ 严长明《送雅雨先生予告归德州》赞扬卢见曾："卅载贤劳拥传行，敢因多病乞归身。同朝久识先生老，圣代能全达者名。""一代河渠书犹就，万家盐荚利维均。丹青会继三贤躅，禊饮谁酬隔岁春。"⑤ 袁枚亦赞曰："繁星托孤月，东海汇群潮。非公扶大雅，我辈何由遭。""三贤在何处，一贤今在兹。"⑥ 其幕府的文学创作活动，也转变了

---

① 袁枚：《随园诗话》卷6，凤凰出版社2000年版，第150页。
② 王昶：《蒲褐山房诗话新编》，周维德辑校，齐鲁书社1988年版，第8页。
③ 李斗：《扬州画舫录》，中华书局1960年版，第228页。
④ 郑燮：《与卢雅雨》，《郑板桥外集》，郑炳纯辑，山西人民出版社1987年版，第86页。
⑤ 严长明：《严东有诗集》卷5，《续修四库全书》第1450册，第634页。
⑥ 袁枚：《小仓山房诗文集》，上海古籍出版社1988年版，第3122页。

一地的风气，扬州成为一个具有文化氛围和文学气息的风会之地，各地的文士来其幕府畅谈、切磋，如卢见曾诗中所言："幕府开江外，行台驻此州。宴游频共月，迎送亦同舟。"① 幕府也成为一个平台，为幕宾提供了相识的机会，如袁枚和郑燮原本神交已久但却无缘见面，直到在卢见曾幕府相见才了此心愿，《随园诗话》载："兴化郑板桥作宰山东，与余从未识面，有误传余死者，板桥大哭，以足踢地。余闻而感焉。后廿年，与余相见于卢雅雨席间。板桥言：'天下虽大，人才屈指不过数人。'余故赠诗云：'闻死误抛千点泪，论才不觉九州宽'。"② 就是这样，卢见曾以其幕府为核心，鼓励并影响着文人雅士的创作，也影响着扬州风气的转变，而其幕府的文学活动，也成为一段文坛佳话被后人所传唱、追思。数年之后，诗人赵翼不无伤感地感叹道："红桥修禊客题诗，传是扬州极盛时。胜会不常今视昔，我曹应又有人思。"③

值得注意的是，卢见曾具有文人和官员的双重身份，他既是一个爱好风雅的儒雅之士，同时又是被乾隆皇帝所重用的大吏，因此其幕府文学活动除了文人雅士之间的诗酒流连之外，不可避免地带有官方的色彩，或多或少传达着最高统治者的意图。卢见曾幕府鼎盛之时，已是乾隆盛世，清王朝定鼎中原已过百余年，根基已固，内忧外患也已基本平定，统治者此时开始注重"文治"。其实，从康熙五十年（1711）戴名世的"《南山集》案"到乾隆二十年（1755）胡中藻"《坚磨生诗》案"，这段时间恰恰是清王朝文字狱最严酷的时期。这是一个不需要个性，也不许有不和谐声音的时代，统治者要求文学创作"凡其指归，务期于正"。实际上卢见曾也是以其幕府为中心来沟通朝野文士的，让"清雅""醇正"成为文学创作的主流。卢见曾便是这样一位总持风雅、引领风气的官方代表。卢见曾贵为三品大员，曾为戴罪之人又能复职，可见乾隆皇

① 卢见曾：《题亢汾溪榷关即景图小照》，《雅雨堂诗集》卷下，《续修四库全书》第1423册，第436页。

② 袁枚：《随园诗话》卷9，凤凰出版社2000年版，第237页。

③ 赵翼：《瓯北集》卷29，上海古籍出版社1997年版，第635页。

帝对他还是比较信任的，可以想见，卢见曾本人必定也能够领会乾隆皇帝的意图，因此，其幕府文学活动从某种意义上讲已经超越了单纯的文人宴集。

除了文人之间惺惺相惜之外，卢见曾幕府的文学活动究竟有着什么样的深层含义？我们不得不思考这一问题。不可否认，卢见曾交结文士、提携寒俊，对于扬州一地文学气息、文化氛围的培养是功不可没的，但他同时作为官方文化的代表，也以其幕府为媒介，传达着统治者的意图，转变着文学风气，正如袁枚所言："当明公未来时，其所谓士者，或以势干，或以事干，或以歌舞、卜筮、星巫、烧炼之杂技干，未闻有以诗干者。自公至，士争以诗进，而东南之善声韵者，六七年间亦颇得八九。盛矣哉！大君子之转移风气，固如是哉。"① 卢见曾虽然没有明确的文学主张，但却很好地传达着统治者的意图，认为应当鼓吹休明、有益于风俗教化，他曾说："自古一代之兴，川岳钟其灵秀，必有文章极盛之会，以抒泄其菁英郁勃之气。其发为诗歌，朝廷之上，用以鼓吹休明。"② 甚至对于一般士大夫所不重视的戏曲创作，卢见曾也表现出了极大的热情，并且以有益于人心教化为标准来评判，他在《旗亭记序》中就明确表达了这样的意思："顾人情厌故，得坊间一新剧本，则争相购演，以致时下操觚，多出射利之徒。导淫者既流荡而忘返，述怪者又荒诞而不经。愚夫愚妇及小儿女辈，且艳称之，将流而为人心风俗之害，心甚非之而无以易也。"③ 对于不合人伦教化的作品，卢见曾嗤之以鼻，因此其幕宾的创作就受到了他的直接干预，《随园诗话》也记载了一事，可见所谓"大君子"对文学创作的制约："予在转运卢雅雨席上，见有上诗者，卢不喜。"④ 由此，我们可以

---

① 袁枚：《与卢转运书》，《小仓山房诗文集》，上海古籍出版社 1988 年版，第 1508 页。

② 卢见曾：《刻渔洋山人感旧集序》，《雅雨堂文集》卷 2，《续修四库全书》第 1423 册，第 465 页。

③ 卢见曾：《旗亭记序》，《雅雨堂文集》卷 2，《续修四库全书》第 1423 册，第 480 页。

④ 袁枚：《随园诗话》卷 3，凤凰出版社 2000 年版，第 58 页。

看到，幕府中的幕宾虽名为宾客，实则需仰人鼻息，以顺主人之意，卢见曾也就是通过这种方式影响幕宾创作的，达到了转移风气的目的。

此外，卢见曾在其幕府的一些宴集活动中还刻意突出了官方的背景，如乾隆二十二年（1757）的红桥修禊。这次修禊使卢见曾获得了极大的声誉，若考察背景我们不难发现其意义：这次修禊实际上是为"润色鸿业"，彰显乾隆皇帝的"文治"而举行的。这一年乾隆皇帝再次南巡，驻跸扬州。就在卢见曾红桥修禊的前一天，他曾亲自陪同圣驾，其诗云："昨日宸游亲侍从，天章捧出殿东头。"① 卢见曾在此时举行盛会，其政治意义不言而喻。这次修禊规模既大，和诗亦多，恐怕与乾隆南巡不无关系。卢见曾举行这次盛会显然讨好了乾隆皇帝，不仅为乾隆南巡锦上添花，而且成为乾隆所看重的"十全盛世"的最好注解。再考察其幕府文人群体我们又可以发现，其幕府文人中很多都参加了乾隆八年至十四年的韩江雅集，是"小玲珑山馆"的座上客，而这些人大都有隐痛，或多或少地表露过与朝廷的疏离心迹。卢见曾多与这些人相交结，或延为幕宾，或结为文友，除爱才好士之外，消除他们与朝廷的隔阂，将他们的创作归于"雅正"，恐怕也是卢见曾的一个目的，或者如近人黄濬所言，不想这些人去而为患："古人凡当一方面者，无不妙选幕僚，其作用有二，一则如今所谓专家治事；一则罗致有声名气节能力之才人，资其见识以救匡疏失，丰其俸养，勿使去而为患。"②

我们不妨将卢见曾幕府的文学活动与马氏昆仲"小玲珑山馆"做一个对比，从中可见卢见曾幕府实乃扬州文坛风气转捩之一大关键。首先，马氏昆仲和卢见曾都举办了诸多的雅集、宴游活动，其内容也无非是些咏古咏物，流连花酒节令，但在人文关怀和意义旨归上却大不相同，马氏"小玲珑山馆"在那个文网高张的时代，无

---

① 卢见曾：《红桥修禊》，《雅雨堂诗集》卷下，《续修四库全书》第 1423 册，第 437 页。

② 黄濬：《花随人圣庵摭忆》，中华书局 2008 年版，第 362 页。

疑起到了养护士心、蔽避风雷的作用，正如严迪昌先生所言："究其实，小玲珑山馆中虽则'玩物'，并不'丧志'。雅集登临之类乃该群体日常人文生活形态，'听到夜分唯掩泣'则乃马氏兄弟及馆中骨肉之交的夜半心惊世事的真实心态。"① 马氏兄弟在那个风雨飘摇的时代中，为这些与朝廷离心者提供了庇护，使他们能够"绝俗"，在一定程度上使他们能够在创作和人格上保持独立，如沈德潜所言："今韩江诗人，不于朝而于野，不私两人而公乎同人，匪矜声益，匪竞豪华，而林园往复迭为，宾主寄兴咏吟，联结常课并异乎。兴高而集，兴尽而止。"② 而卢见曾所举办的雅集，就少了这样的气氛，虽然也是登高望远、春花秋月，但我们从这些诗作中看到最多的就是对卢见曾的歌颂，和对所谓盛世的赞美。卢见曾作为官方的代表，很享受这样的赞美，同时他也希望为盛世唱赞歌。其实卢见曾对当时的政治环境不是不清楚，严酷的文字狱就发生在他的身边，而且他曾为远戍边陲的罪人，他不能不去讨好最高统治者，去笼络更多的人为统治者唱赞歌。其次，马氏昆仲与出入"小玲珑山馆"的文士们结下了深厚的友谊，此种情谊使他们与兄弟无异，杭世骏为《南斋集》作序时就说："君真能推兄弟之好以为朋友，而岂世之务声气、矜标榜所可同日而语哉？"③ 可见，在杭世骏等人的眼里，马氏昆仲与文友们是可以称为兄弟的，其地位也是平等的。而在卢见曾的幕府当中，除了少数人之外，其他人都不可能与卢见曾地位平等或以兄弟相称，卢见曾有意无意地总是要维护官方威严的，因此，在其幕府中也就少了那么一些温情，并且他对文艺的干涉，也是非常直接的，如袁枚曾为卢见曾荐士，而后其人却因文章不合卢氏心意而被逐出幕府，并且卢氏告诫袁枚日后

---

① 严迪昌：《往事惊心叫断鸿——扬州马氏小玲珑山馆与雍乾之际广陵文学群体》，《文学遗产》2002 年第 4 期。

② 沈德潜：《韩江雅集序》，《韩江雅集》，乾隆十二年刊本。

③ 杭世骏：《南斋集序》，《丛书集成新编》第 72 册，台湾新文丰出版公司 1985 年版，第 93 页。

不要再为其举荐。① 曾出入卢氏幕府的全祖望也有"疏狂容易犯科曹，幕府谁能恕折腰"②的诗句，其不平与委曲溢于言表。而其爱才好士是否出自真心也值得我们思考，《批本随园诗话》批语有云："雅雨为人，目空一切，江南才薮，其许可者寥寥。"③若此言为真的话，那么卢见曾爱才好士也许只是一场文化表演。《随园诗话》还记载了卢氏两则轶事："山阴胡西垞素行诡激，落魄扬州，屡谒卢转运不可得，乃除夕投诗云：'驹隙奔驰又岁阑，萧萧身世托江干。布金地暖回春易，列戟门高再拜难。庾信赋成悲老大，孟郊诗在惜孤寒。自怜七字寒无力，封上梅花阁下看。'雅雨先生见之，即呼驺往拜，馈朱提数笏。"④"宋维藩字瑞屏，落魄扬州。卢雅雨为转运，未知其才，拒而不见。余为代呈《晓行》云：'客程无晏起，破晓跨驴行。残月忽堕水，村鸡初有声。市桥霜渐滑，野店火微明。不少幽居者，高眠梦不惊。'卢喜，赠以行资。"⑤这里面似乎有了些许表演的成分，也少了些温情。总之，卢见曾在扬州任职时，与诸多文士相交接，一方面是渴望得到像王士禛那样的声望，另一方面，卢氏想转移文学风气。乾隆二十年（1755），马曰琯、程梦星、全祖望等韩江雅集的中流砥柱分别谢世，预示着"小玲珑山馆"那个可以安其惊魂、敞其心扉、展其才学、抒其积郁的时代已经结束，卢见曾此时应运而为"扶轮大雅"者，以其幕府为核心，主持扬州人文几达十年，成广陵诗史另一番格局。

① 袁枚：《与卢转运书》，《小仓山房诗文集》，上海古籍出版社1988年版，第1508页。
② 全祖望：《同馆出为外吏者，率以书诉困悴，戏答三绝》，《全祖望集汇校集注》，上海古籍出版社2000年版，第2057页。
③ 袁枚：《随园诗话》卷1，凤凰出版社2000年版，第637页。
④ 袁枚：《随园诗话》卷3，凤凰出版社2000年版，第72页。
⑤ 袁枚：《随园诗话》卷5，凤凰出版社2000年版，第106页。

第三章　毕沅幕府与乾隆后期诗坛

第一节　毕沅的生平经历

毕沅（1730—1797），字纕蘅，一字湘衡，号秋帆，又号弇山，因从沈德潜学于苏州灵岩山，又自号灵岩山人，镇洋（今江苏太仓）人。乾隆二十年（1755）以举人补内阁中书，入值军机处。二十五年（1760）进士，廷试第一，状元及第，授翰林院编修。三十六年（1771），任陕西按察使司，三十八年（1773）擢陕西巡抚，抚陕甚久。五十年（1785）官河南巡抚，第二年擢湖广总督。嘉庆元年（1796）赏轻车都尉世袭，督剿白莲教。二年（1798）病逝于湖南辰州官署，赠太子太保，赐祭葬。死后二年，因案牵连，被抄家，革世职。

毕沅幼而失怙，承母教，母张藻授以《毛诗》《离骚》，过目成诵，10岁明声韵，资性颖悟，15岁能诗。从沈德潜、惠栋游，学业益进，又学诗于其舅氏张凤孙。著有《灵岩山人诗集》40卷、《灵岩山人文集》40卷。甫弱冠，与张凤孙客直隶总督方观承幕，学为章奏，方观承有"国士"之目[1]，后为裴日修所知，会试出蒋溥门下，明通阔达，兼有裴、蒋之长。毕沅治学范围颇广，经史小学金石地理之学，无所不通，易宗夔《新世说》云："毕秋帆性好著书，铅椠不去手。谓经义当宗汉儒，故有《经传表》之作。谓文

---

[1]　李桓：《国朝耆献类征初编》卷438，《清代传记丛刊》第183册，台北明文书局1985年版，第626页。

字当宗许氏，故有《经典辩证》及《音同意异辨》之作。谓编年
之史莫善于涑水，乃博稽群书，考证正史，始宋迄元，为《续资治
通鉴》二百二十卷。谓史学当究流别，固有《史籍考》之作。谓
史学必通地理志，故于《山海经》、《晋书·地理志》皆有校正。
诗文下笔即成，不拘一格，要皆自运性灵，不违大雅之旨。"① 由
此载述可见，毕沅经学乃笃守汉儒家法，史学则考辨精审，金石小
学，亦深于时人。

　　毕沅又好客爱士，一时文学之士，归其幕府者甚多，陈其元
《庸闲斋笔记》云："我朝爱客礼士者，惟德州卢雅雨都转、苏州
毕秋帆制府，一时之士奔趋其幕府者，如水赴壑，大都各得其意以
去。"② 王昶亦云："秋帆制府少得师法于其舅张郎舟少仪。登大
魁，入词垣，爱才下士，海内文人咸归。幕府凡有吟咏，信笔直
书，天骨开张，无绘句缔章之习。又好刻书，惠定宇征君所著经
说，奚为剞劂。生平有干济之才。在陕重建省城，又修华阴太白祠
及泾渠。在豫开贾鲁河，修桐柏淮源庙。金川用兵，凡军装骡匹陆
续协济。故深受主知，取其所撰《关中胜迹图志》三十二卷，录入
四库馆书中……出领封疆，入参侍从，亦节使中所罕见也。"③ 毕
沅于乾隆后期历任陕西巡抚、河南巡抚、湖广总督等职，为封疆大
吏者20余年，其间文士、学者入其幕者不计其数，其幕府学术活
动兴盛，钱坫、孙星衍为纂《关中胜迹图志》30卷，章学诚、洪
亮吉、凌廷堪为纂《史籍考》，陈燮为编《吴会英才集》24卷，江
声为审订《释名疏证》刊行，其他如《经传表》《续资治通鉴》
320卷，亦得力于幕中文士。公事之余，时与幕宾相酬唱，对乾隆
后期文学、学术之发展影响颇深。

---

① 易宗夔：《新世说》，上海古籍书店1982年版，第38页。
② 陈其元：《庸闲斋笔记》，中华书局1989年版，第181页。
③ 王昶：《蒲褐山房诗话新编》，周维德辑校，齐鲁书社1988年版，第84页。

第二节 毕沅幕府的发展阶段

一 陕西巡抚幕

毕沅乾隆三十六年（1771）授陕西按察使司，实兼巡抚之职，三十八年（1773）擢陕西巡抚，至乾隆五十年（1785）调任河南巡抚，居陕达十余年，此一时期乃毕沅幕府最兴盛之阶段。陕西是我国历史上建都朝代较多和时代较长的省份之一。大约在前28世纪，传说夏部落的始祖黄帝、炎帝在陕西活动过，为中华民族的创立和发展做出了丰功伟绩。前21世纪至前16世纪的夏朝时期，陕西就有褒国、扈国、骆国出现。前11世纪，周武王灭商，在咸阳建都。此后，又有秦、西汉、西晋、隋、唐等朝代先后在西安建都，时间长达千年。此外，还有刘玄、赤眉、黄巢、李自成四次农民起义在此建立政权，尤其是盛极一时的汉、唐王朝为关中大地留下了诸多名胜古迹，为汉学家考索经史提供了实物资料，也留下了许多文人骚客的风雅韵事，为后世学者墨客泼墨挥毫、吟咏古今提供了素材。毕沅驻节关中，即延揽才士入幕，幕府极一时之盛。其幕僚多为乾嘉名士，如程晋芳、严长明、钱坫、孙星衍、洪亮吉、王复、吴泰来、赵魏等。

毕沅陕西巡抚幕府学术活动兴盛，为繁荣关中乃至西北地区的学术、文化起了极大的作用。首先，毕沅致力于关中名胜古迹及碑刻的考证、访查与整理，保护和抢救了大量珍贵资料，并以此为契机，推动了关中地区朴学的发展。乾隆三十七年（1772），毕沅召集幕僚，对陕西名胜古迹进行考察，著成《关中胜迹图志》。毕沅及其幕僚走访了大量古迹，并以图志的形式详加描绘，以弘扬陕西一地之历史文化。书中对陕西境内之碑刻、故城及城邑名胜皆做了勘察与记载，“或停车驻节，凭吊遗墟，或邮亭候馆，咨询胜躅，而于往圣前哲之制作发明、英风伟烈，尤多致意”①。毕沅又出于

① 毕沅：《关中胜迹图志序》，《关中胜迹图志》卷首，民国二十三年重刊本。

汉学家本色，组织幕宾编刻《关中金石记》八卷，毕沅认为，"关中为汉唐旧都，金石之文，富甲天下"①，而惜其大半湮没，乃组织搜访，并将大部分藏于碑林，并对 797 件访得金石进行考证，其结晶即为此书。又重视舆地之学，于任内大力提倡纂修地方志，毕沅尝自言："余自壬辰岁开府西安于关中，州县之志皆次修与。"②在毕沅提倡下，其幕宾分别佐其修纂了《西安府志》80 卷首一卷，严长明主之；《礼泉县志》14 卷、《直隶邠州志》25 卷、《三水县志》11 卷，孙星衍主之；《长武县志》12 卷、《淳化县志》30 卷，洪亮吉主之；《澄城县志》20 卷，洪亮吉、孙星衍主之。洪亮吉对舆地之学颇为重视，他曾说："亮吉于金石之学，素寡究心，而舆地之嗜，几于成癖。"③ 他在毕沅的支持下纂成《东晋疆域志》四卷，此书极受钱大昕推崇，为其作序云："能补苴罅漏，抉摘异同，搜骊乐之逸文，参沈魏之后史，阙疑而慎言，博学而明辨。"④ 毕沅幕府的这些学术活动无疑推动了关中一地朴学的发展。

其次，毕沅抚陕后，有感于陕西文化发展的落后，非常重视人才的培养，提倡办学兴教，史善长《弇山毕公年谱》云："公器量宏深，惟以维持风教、激扬士类为己任，天下翕然归之。关中旧有书院，为冯慕定先生讲学地。公莅任后咨访名师，必取博通古今、品行方正者主之。妙选俊髦，潜心教学，共相观摩。后与司道按月轮课，亲赴书院泽加甲乙，并饬各府州县书院皆实心延访通人，其姓名籍贯及更换开馆日期具报府藩衙门察核，责成本道访查有不称职者更之。以收实效、励人才。"⑤ 毕沅不但重修关中书院，亲自延访学者为讲席，也从制度上完善人才培养的机制，甚至亲自为士子授课，可见他对"移风易俗，教化为先"的重视。

---

① 毕沅：《关中金石记序》，《关中金石记》卷首，清道光丁未重刊本。
② 毕沅：《淳化县志序》，《淳化县志》卷首，清道光丁未重刊本。
③ 洪亮吉：《中州金石记后序》，《洪亮吉集》，中华书局 2001 年版，第 351 页。
④ 钱大昕：《东晋疆域志序》，《东晋疆域志》卷首，清道光丁未重刊本。
⑤ 史善长：《弇山毕公年谱》，《北京图书馆藏珍本年谱丛刊》第 106 册，北京图书馆出版社 1999 年版，第 171 页。

毕沅开府关中，地处古都胜邑，名胜繁多，又有太华终南之胜景，兼之幕中文人汇集，文学氛围浓郁，一时诗酒流连，为人所称道，徐世昌云："秋帆少从归愚游，以能诗闻，天性和易，笃于故旧。开府西安时，爱才下士，老友如吴竹屿、严冬友、程鱼门，门人如邵二云、洪稚存、孙渊如、钱十兰诸人，咸招至幕中，一时名流翕集，流连文酒，殆无虚日。又性好游览山水，为诗益多且工。"① 毕沅在公事之余与幕中文友时相唱和，于署内辟"终南仙馆"为唱酬之所。毕沅幕府文人唱和频繁，诗作日多，毕沅即将幕中文人唱和所得诗结集为《乐游联唱集》刊行，"终南仙馆"一时间声名鹊起，有海内龙门之目，杨芳灿为《乐游联唱集》作序，即描绘了当时之盛况：

> 原夫桂苑之游，篇章并美；兰台之聚，文笔皆工。荆潭有酬和之诗，汉上有题襟之集。命俦啸侣，则凤德有邻；散采摛华，则鸿文无范。斯并矜奇藻府，擅誉词坛者焉。至于联唱以成章，尤属谐声之至妙。汉代则植梁兆轨，宋年则曲水扬波。缔章绘句，梁说何刘；洪笔壮词，唐推韩孟。自兹而降，少有专长，盖胜地难逢，良知罕见。咫闻自拘何以皋牢，五际幺弦，独抚亦难。挥绰三雍，其有材全能钜，体大思精，舍万弃以吐辞，包众妙以为质。鹑分虎位河山，则三辅之雄靡扬，翰飞才睃，则一都之会于以激扬声律，抒轴襟灵宜乎。迈古无前，冠时独出矣。《乐园联唱集》者，我弇山夫子与同僚诸公之所著也。夫子文章圭臬，神化丹青，东阁琴尊，南楼风月，每诗酒流连之会，适筹谋闲暇之初，捧袂言欢，旧手原推莫敌，倾襟得侣，逸才更是无双。金函瑶笈，森陈于精思之亭，刍角鸡香，翔步于乐贤之馆。当甫开花落叶，早雁初飞，选胜张筵……古体今体、五言七言，标骨气之端翔，极音情之顿挫……考遗经于太学，尚有残碑；寻故物于昭陵，惟余石马。

---

① 徐世昌：《晚晴簃诗话》，傅卜棠编校，华东师范大学出版社 2009 年版，第 635 页。

温泉荒址，骊宫旧墟，韦曲风花，灞桥烟水，莫不陈之华馆纬以雄辞。①

杨芳灿在序文中描述了毕沅幕府雅集的情形，"终南仙馆"环境雅致，格调高雅，无丝竹之乱耳，无案牍之劳形，"金函瑶笈，森陈于精思之亭，豸角鸡香，翔步于乐贤之馆"，俨然一幅超然尘世的画面。又陕西一地古迹景物众多，所到之处亦皆能入诗，所谓"温泉荒址，骊宫旧墟，韦曲风花，灞桥烟水，莫不陈之华馆纬以雄辞"，成为唱和之题材。而毕沅幕府雅集、创作之繁盛，也为时人所瞩目，杨芳灿将毕沅幕府比作西汉之梁园，东晋之兰亭，可见其幕府雅集影响之大。其实，毕沅幕府内文学雅集名目繁多，幕宾之创作亦多样，既有抒写怀抱、赠答友人，古人所谓缘情之作，又有逞才竞艺，具有文学较才性质的诗艺竞赛，张绍南《孙渊如先生年谱》中即记载了孙星衍在毕沅幕府中参与这种唱和时的情境："是时节署多诗人，约分题赋诗，各题拟古共数十首。同人诗成，君未就，与同人赌以半夕成之，但给抄胥一人，约演剧为润笔。既而闭户有顷，抄胥手不给写，至三更出诗数十首，有东坡生日诗在内，即文不属稿之作也。中丞叹为逸才，亟为演剧。"② 同人们不但约定了题目、体裁，还带有惩罚措施，为幕府唱和增添了斗艺的成分，也为幕宾们互相切磋诗艺增加了乐趣，无形中使诗人们更加注重对诗歌创作技巧的追求。此外还有节令之消遣雅集，也是其幕府唱和必不可少的一项活动，"消寒"雅集即是其一。毕沅幕府中文人为熬过漫长、无聊的严冬，即于冬日举办消寒之会，如乾隆四十八年（1783），毕沅与幕中文士举行消寒之会，酬唱吟咏，所得诗歌成《宫阁围炉诗》。史善长《弇山毕公年谱》乾隆四十八年云："公以去岁关中年丰人乐，因与吴舍人及幕中文士为消寒之会。自

---

① 杨芳灿：《乐游联唱集序》，《芙蓉山馆全集》卷4，《续修四库全书》第1477册，第197页。

② 张绍南：《孙渊如先生年谱》，《北京图书馆藏珍本年谱丛刊》第119册，北京图书馆出版社1999年版，第457页。

壬寅十一月十七日始，每九日一集，至癸卯二月二日止，分题拈韵，成《宫阁围炉诗》二卷。"① 此外，值得注意的是，毕沅幕府雅集有一项重要的活动，就是每年 12 月 19 日，毕沅必召集同人为苏公寿，诸人饮酒作诗，对 700 年前这位大文学家、政治家进行缅怀，表达对他的敬仰之情。毕沅自幼即熟读苏诗，因此于古人中对苏轼情有独钟，初任陕抚后，毕沅即因苏轼曾任凤翔府签书判官，有感于"览乎遗文，嗟不并世，求其宦迹，近在于兹"②，而于衙署内招幕友祀苏轼生日，自此之后，几乎每年毕沅都会在 12 月 19 日举行盛会纪念这位前贤。毕沅与幕宾、文友们拜祭苏轼毕，即以苏公为题诗酒唱和，这也是中国文化史、诗歌史上的盛举。据史善长记载，毕沅任陕抚十年后的乾隆四十七年（1782），毕沅即将历年为苏公寿所作《东坡生日设祀诗》结为一帙，序而刊之。这项活动毕沅坚持了近 30 年，并凭借其幕府的影响力，将这一活动所蕴含的诗学旨归广泛地传播出去，对乾嘉之际乃至嘉道以后宗宋诗风之兴起到了推动作用。

毕沅陕西巡抚幕府，正处于乾隆盛世中期，虽然社会矛盾日益凸显，不安定因素日益增多，但相对于其河南、湖北幕府而言，仍算处于承平之世，故毕沅陕西幕府文学、学术活动相对较多，成就也较为突出。这一阶段是其幕府活动的鼎盛时期。

二 河南巡抚幕

乾隆五十年（1785），毕沅于春季由陕赴京觐见乾隆皇帝，进行述职。回陕途中接到圣谕，命其调补河南巡抚。当时河南"河工连年漫溢，卫辉一带，屡被旱灾"③，三年不雨，又加上黄河决口，

① 史善长：《弇山毕公年谱》，《北京图书馆藏珍本年谱丛刊》第 106 册，北京图书馆出版社 1999 年版，第 178 页。

② 毕沅：《十二月十九日为东坡先生生辰，集同人设祀于终南仙馆赋诗纪事，敬题文衡山画像之后并序》，《灵岩山人诗集》卷 31，《续修四库全书》第 1450 册，第 293 页。

③ 史善长：《弇山毕公年谱》，《北京图书馆藏珍本年谱丛刊》第 106 册，北京图书馆出版社 1999 年版，第 182 页。

民不聊生。乾隆皇帝忧心如焚，面对"八十郡县二麦俱无，民食草根木皮殆尽"① 的局面，他想到了抚陕已经 13 年的毕沅。当时的河南无异于一个烂摊子，毕沅在关中物阜民丰，诗酒流连，必然有畏难情绪，乾隆帝谕其曰："论恒情，则陕要于豫，论目前则豫要于陕，汝自知之，无俟多谕，一切勉之可也。"② 毕沅到达河南即看到了旱灾与水患所造成的饿殍满地、户室皆空的场景，这让他不禁潸然泪下。他在陕西时也曾看到这样的场景，他的诗作有记录："传闻第一惊心语，斗麦今过五百钱。""小车推挽半逃亡，儿妇随行泣路旁。""偶因吠犬知孤堡，悄不闻鸡过五更。"③ 而到达河南时，灾情更加严重，"频年苦亢旱，井底无滴水""室家遭荡析，河流横不已"④ 是灾难的真实写照。毕沅看到这一切，深感责任重大，不能不殚精竭虑去应对，于是他积极与乾隆皇帝沟通，采取了一系列措施来解决民生问题，他作诗云："予非学稼人，农事心亦究。"⑤ 其《豫州纪恩述政诗十首》记录了他所采取措施，包括截漕粮、祷时雨、蠲丁婚、给口粮、借籽种、疏汴河、免地租、设粥厂、种番薯、归售田等举措，这一系列措施极大地缓解了河南的灾情，使农业生产有了一定的恢复，毕沅尝言："沅去春承恩命移抚豫州，豫州比岁以黄河为患，旱暵成灾，民仓拮弊据，政务丛脞。莅任数月复有卢氏、柘城、伊阳等案，巡役贱官或劫财聚众，皆须亲自稽研，迅加清理，兼荷勘灾区，运筹赈饷，仆仆而来，刻无宁晷。"⑥ 除此之外，毕沅还为柘城肃清了盗贼 300 余人，并且于乾

---

① 李桓：《国朝耆献类征初编》卷 438，《清代传记丛刊》第 183 册，第 623 页。

② 史善长：《弇山毕公年谱》，《北京图书馆藏珍本年谱丛刊》第 106 册，北京图书馆出版社 1999 年版，第 183 页。

③ 毕沅：《榆林绥德沿边郡县秋来被霜成灾，亲赴勘恤，触景感怀》，《灵岩山人诗集》卷 32，《续修四库全书》第 1450 册，第 304 页。

④ 毕沅：《捕蝗》，《灵岩山人诗集》卷 35，《续修四库全书》第 1450 册，第 338 页。

⑤ 毕沅：《田家杂兴诗》，《灵岩山人诗集》卷 1，《续修四库全书》第 1450 册，第 11 页。

⑥ 毕沅：《豫州纪恩述政诗》，《灵岩山人诗集》卷 36，《续修四库全书》第 1450 册，第 339 页。

隆五十三年（1788）黄河决堤时，积极组织抢修堤坝，最终使堤
坝合龙，大部分收成得以保全。毕沅《塞黄河决口诗序》记录了这
一壮举：

> 乾隆丁未夏五，河决于睢州孙路口，口门宽三百丈，大溜
> 掣东南行，淹及归德、宁陵、亳州等境，由涡入淮。沅衔命同
> 大学士阿公总河，兰公议堵塞，相度经营鸠工集料，百日而大
> 功告葺。河自已为后几十年，无岁弗决。天子发帑数千万，勿
> 稍靳惜。胥吏乘机舞弄，横征掊克，豫民大困。沅痛惩积弊，
> 尽革旧章，慎重公帑，力除民累。乡城远迩晏然，安堵河，复
> 古道归，遘危病残，腊始苏。雪夜不寐，披衣剪烛，爰纪以诗
> 章，事悉手裁，词旨征实，聊备讽喻之旨。所云言者无罪，闻
> 者足戒也。后来司河防者，庶谅予之苦衷焉。①

毕沅不但全力救治黄河水患，而且严厉打击徇私舞弊之官吏，革除
弊制，救黎民于倒悬，可说是鞠躬尽瘁。

毕沅由陕赴豫，忙于政事，幕府文学与学术活动较陕西巡抚幕
中有所衰落，"豫省方积旱，又河工填委，不复有关中唱酬之乐
矣"②，然其雅好文学，公事之余，仍不废吟咏，时与幕宾唱和。
他的府邸即是西汉梁园故址，他在这里修筑了宴客之所，名之曰
"嵩阳吟馆"，他在河南期间所作诗即名为《嵩阳吟馆集》。其河南
巡抚幕府当中亦颇聚文人，洪亮吉、孙星衍、吴泰来等旧友在毕沅
调任河南后，先后入其幕府，钱泳、方正澍、章学诚等人亦慕名而
来，乾隆五十二年（1787），章学诚因毕沅门生周震荣之介绍与启
发，至河南见毕沅，欲借其力编《史籍考》。其《上毕制府书》
云："爱才如阁学，而不得鄙人过从之踪；负异如鄙人，而不入阁

---

① 毕沅：《塞黄河决口诗六章》，《灵岩山人诗集》卷36，《续修四库全书》第
1450 册，第 348 页。
② 吕培：《洪北江年谱》，《北京图书馆藏珍本年谱丛刊》第 116 册，北京图书馆
出版社 1999 年版，第 395 页。

下裁成之度，其为缺陷奚如。"后十年还追述此事云："镇洋太保人伦望，寒士闻名气先壮。戟门长揖不知惭，奋书自荐无谦让。公方养疴典谒辞，延见卧榻犹嫌迟。解推递释目前困，迎家千里非逶迤。宋州主讲疑缘夙，文章词堂权庙祝。潭潭深院花木绕，侨家忽享名山福。"① 可见毕沅待章学诚甚厚，乾隆五十三年（1788），章学诚在毕沅支持下，开局编《史籍考》，凌廷堪、洪稚存、武亿、邵晋涵、孙星衍等与其事，时相酬唱、论学。而孙星衍与孔广森之结识，也是于毕沅中州节署。吴鼒《国朝八家四六文钞》孙星衍原序记载："岁乙巳，余客中州节署，值霁轩以公事至。时秋帆中丞爱礼贤士，严道甫侍读、邵二云阁校、洪稚存奉常皆在幕府，王方川编修亦出令来豫，极友朋文字之乐。"② 据《梅溪先生年谱》记载，钱泳"九月启行，十月到开封，至巡抚节署。时同在幕中者，为吴竹屿泰来、孙渊如星衍、洪稚存亮吉、章硕斋学诚、冯鱼山敏昌、方子云正澍、凌仲子廷堪、徐阆斋嵩，皆一时名宿也"③。洪亮吉《北江诗话》亦记载了毕沅河南巡抚幕中延揽了许多当世学者，"前客河南抚署，亦有赠尚书诗曰：'管下名山皆有岳，座中奇士尽谈经。'时邵学士晋涵、孙兵备星衍、钱州判坫及余皆在幕中耳"④。后来陈文述的诗作也描述了毕沅河南幕府雅集之情形：

> 珠履宾朋侍绛纱，曾闻幕府丽情赊。银灯夜赋梁园雪，玉勒春游杜曲花。别馆琴尊真洒落，后堂丝竹自豪华。只今联唱珍遗集，名世诗篇入大家。⑤

---

① 赵誉船：《章实斋年谱》，《北京图书馆藏珍本年谱丛刊》第 109 册，北京图书馆出版社 1999 年版，第 13 页。

② 张绍南：《孙渊如先生年谱》，《北京图书馆藏珍本年谱丛刊》第 119 册，北京图书馆出版社 1999 年版，第 460 页。

③ 胡源、褚逢春：《梅溪先生年谱》，《北京图书馆藏珍本年谱丛刊》第 122 册，北京图书馆出版社 1999 年版，第 213 页。

④ 洪亮吉：《北江诗话》卷 4，《洪亮吉集》，中华书局 2001 年版，第 2288 页。

⑤ 陈文述：《忆旧》，《碧城仙馆诗钞》卷 6，嘉庆十年刻本。

毕沅移镇河南后，仍不忘每年为苏轼祝寿，钱泳《履园丛话》记载："毕秋帆自陕西巡抚移镇河南，署中筑嵩阳吟馆，以为宴客之所。先生于古人中最服苏文忠，每到十二月十九日，辄为文忠作生日会。悬明人陈洪绶所画文忠小像于堂上，命伶人吹玉箫铁笛，自制迎神送神之曲，率领幕中诸名士及属吏、门生衣冠趋拜，为文忠公寿，拜罢张宴设乐，即席赋诗。和者数百家，当时称为盛事。"① 此外，毕沅喜爱观戏，他在陕西时就蓄有伶人，至河南后，虽然公务繁忙，仍时时搬演，钱泳云："（毕秋帆）家蓄梨园一部，公余之暇，便令演唱。余少负戆直，一日同坐观剧，谓先生曰：'公毋得奢乎？'先生笑曰：'吾尝题文山遗像，有云：自有文章留正气，何曾声妓累忠忧。所谓大德不逾闲，小德出入可也。'"② 对于毕沅之观戏，钱泳颇有微词，认为面对饿殍满地、民不聊生的景象，毕沅不应当再纵情声色。毕沅则以文天祥为例，认为政事之余无伤大雅。严长明更是非常厌恶毕沅醉心梨园。是非暂且不论，毕沅之爱好风雅由此可见一斑。其实，毕沅在河南救灾还是很得力的，乾隆皇帝就曾赞扬毕沅抚豫之政绩："如此尽心，民瘼或邀天佑，朕为彼一方民慰幸也。"③ 毕沅赈灾于河南，关心民生，这也是其幕府唱和的重要内容，袁枚《随园诗话》记载，毕沅看到久旱的中原大地终于甘霖普降后，喜不自胜，召集同人作《喜雨》诗，毕沅所作尤为翘楚："诗有气象。乙巳、丙午间，毕秋帆尚书抚河南，以亢旱得雨，集同人为《喜雨》诗，诗多佳者。先生一联云：五更骤入清凉梦，万物平添欢喜心。词气自与诸人不同。"④ 方正澍在幕中作《河南新乐府六章》记毕沅之功绩，史善长云："目击旱荒之苦，故举政发令，民无不感泣者。新安方上舍正澍，在公幕中为作《河南新乐府六章》，一请漕粮，二靖柘城，三开沙河，四

---

① 钱泳：《履园丛话》，中华书局 1997 年版，第 611 页。
② 同上书，第 149 页。
③ 史善长：《弇山毕公年谱》，《北京图书馆藏珍本年谱丛刊》第 106 册，北京图书馆出版社 1999 年版，第 183 页。
④ 法式善：《梧门诗话合校》，凤凰出版社 2005 年版，第 71 页。

赐诗扇，五种蕃芋，六设粥厂，公之事颇详。"① 《请漕粮》云："丹书黄纸摛宸翰，廿万粮仍增十万。帖帖风帆来画船，村村板屋炊香饭。"《开沙河》云："百姓熙熙皆喜色，百丈河工一日程。"② 其幕宾冯敏昌也作诗赞扬他的功绩云："公先抚秦后抚豫，边无烽警河收工。"③

三　湖广总督幕

乾隆五十三年（1788），毕沅赴湖广总督任。此后，毕沅除乾隆五十九年（1794）被弹劾疏于防范白莲教起义而短期降任山东巡抚外，皆在湖广总督任上，直至嘉庆二年（1797）病卒于湖南辰州官舍。

乾隆五十三年（1788）九月，毕沅擢湖广总督。洪亮吉、汪中、毛大瀛、方正澍、章学诚先后至武昌节署。《北江年谱》记载："八月，毕公擢督两湖，先生偕行，以九月五日抵武昌节署。时杨进士伦亦主讲于此，时与先生出游晴川、黄鹤诸胜，唱和甚多。岁暮，毕公甫自荆州堤工回署，汪明经中、毛州判大瀛、方上舍正澍、章进士学诚亦先后抵署，谈燕之雅，不减关中。"④ 章学诚在武昌节署继续主持编纂《史籍考》，并纂修《湖北通志》。方正澍、严观在洪亮吉、凌廷堪、武亿之后，也参加了《史籍考》的编纂。这一时期，毕沅幕府又吸纳了一批学人，主要有江声、梁玉绳、汪中、史善长、胡虔、臧庸、邓石如等。这批学人在毕沅幕府中开展了一系列的学术活动：江声协助毕沅完成《释名疏证》；梁玉绳为毕沅编订《吕氏春秋》；汪中客游武昌时，毕沅礼延入幕，在幕中为毕沅作《黄鹤楼铭》及《吕氏春秋序》等；邓石如与幕

---

① 史善长：《弇山毕公年谱》，《北京图书馆藏珍本年谱丛刊》第106册，北京图书馆出版社1999年版，第183页。

② 方正澍：《河南新乐府六章》，《子云诗集》卷6，清乾隆刻本。

③ 冯敏昌：《送毕中丞秋帆沅节制全楚》，《冯敏昌集》，广西民族出版社2010年版，第160页。

④ 吕培：《洪北江年谱》，《北京图书馆藏珍本年谱丛刊》第116册，北京图书馆出版社1999年版，第398页。

中学人时为文酒之会，和毕沅《黄鹤楼》诗，并为毕沅之子书《说文字原》一编。

毕沅出任湖广总督时，已至乾嘉之际，清王朝盛极而衰，颓势已现，社会矛盾加剧，各地起义不断，毕沅幕府文学学术活动也受到了很大影响，如钱泳所言，毕沅"总督两湖之后，荆州水灾即罢，苗疆兵事又来"①，尤其是后几年，"武备不遑文事"②，书籍刊刻不得不搁置下来。乾隆五十九年（1794），毕沅降为山东巡抚，章学诚不得已自湖北返乡，《史籍考》不得卒业，《湖北通志》也未能刊行。另外，毕沅倾注心血的《续资治通鉴》由邵晋涵校订完毕后，交于毕沅刊刻，毕沅病卒时，这部书只雕版了一半，其余直到嘉庆六年（1801）才得以刊行。

毕沅的最后十年，基本上是在湖广总督任上度过的，虽然社会环境急剧恶化，但其幕府之中的酬唱雅集却没有停止过。乾隆五十六年（1791），毕沅大会名流于武昌，祀苏轼生日。乾隆五十八年（1793），王文治、王宸、史善长、严观、杨揩集毕沅署中，观杨潮观所作《吟风阁杂剧》。聂铣敏《蓉峰诗话》云："毕秋帆尚书，节制两湖时，袁简斋、王梦楼、洪稚存诸前辈，俱客署中，一时风雅特盛。先生公余吟咏，大雅不群，奄有渔洋风味。"③ 徐珂亦云："太仓毕尚书沅开府武昌，幕下宾僚，多一时风雅之士。会重修黄鹤楼成，江都汪中为之铭，歙县程瑶田书石，嘉定钱坫篆额。过客登楼，叹为三绝。"④ 只是这样的雅集已经式微，难现昔日的盛况了。

第三节　毕沅幕宾

一　陕西巡抚幕

程晋芳（1718—1784），字鱼门，号戢园，安徽歙县人，著名

---

① 钱泳：《履园丛话》卷6，中华书局1997年版，第149页。
② 章学诚：《上朱中堂世叔书》，《章氏遗书》卷28，清道光刻本。
③ 钱仲联：《清诗纪事》，凤凰出版社2004年版，第1444页。
④ 徐珂：《清稗类钞》第3册，中华书局1984年版，第1385页。

经学家。乾隆二十八年（1763）南巡，召试第一，赐中书舍人。三十六年（1771）成进士，历官吏部文选司主事、翰林院编修、武英殿分校官、会试同考官。晚年为债累所迫，乾隆四十八年（1783）冬入毕沅陕西幕府，四十九年夏病卒。著述甚丰，有《蒇园诗》30 卷、《勉和斋文》10 卷、《群书题跋》6 卷、《礼记集释》《诸经答门》12 卷、《春秋左传翼疏》32 卷、《诗毛郑异同考》10卷、《尚书古文解略》6 卷、《尚书今文释义》40 卷、《周易知旨编》30 余卷。

吴泰来（1722—1788），字企晋，号竹屿，江苏长洲人。乾隆二十五年（1760）进士，官内阁中书，不赴。毕沅任陕西巡抚时延至关中书院，后又随毕沅至河南，主讲大梁书院，与毕沅幕中文人洪亮吉、钱泳等人饮酒赋诗无虚日。著有《砚山堂集》《净明轩集》。

严长明（1731—1787），字冬有（一作冬友），一字道甫，江苏江宁人。幼有奇慧，年十一，李绂典试江南，大奇之，嘱从方苞学。寻假馆扬州马氏，尽读其藏书。乾隆二十七年（1762）高宗南巡，以诸生献诗，召试赐举人，授内阁中书。旋入值军机处，博学多智，又工奏牍，大学士刘统勋最奇其才。累官至内阁侍读。历充《通鉴辑览》《一统志》《熟河志》《平定准噶尔方略》纂修官。乞归后，筑归求草堂三楹，藏书 2 万卷，金石文字 3000 卷，日咏其中。间游秦中、大梁，居毕沅所，为定奏词，撰次《西安府志》80 卷、《汉中府志》40 卷。著有《归求草堂诗文集》《西清备对》《毛诗地理疏证》《文选课读》《文选声类》《尊闻录》《献徵余录》及《知白斋金石类签》等。

张埙（1731—1789），字商言，一字商贤，号瘦铜，又号吟乡，别号石公山人、小茅山人，江苏吴县人。乾隆三十四年（1769）进士，官内阁中书，后入四库馆。著有《西征集》《竹叶庵文集》32 卷。曾客毕沅陕西巡抚幕，主纂《兴平县志》《扶风县志》《吉金贞石录》。

吴文溥（1736—1800），字博如，一字冻帆，号澹川，浙江嘉兴人。贡生，工诗。尝西入关中毕沅幕府，后又入毕沅湖广总督幕府，参赞军事，诗格益上。阮元督学浙江，见其诗，誉为浙中诗士之冠。因招入幕中，使校订輶轩录稿。元尝出其先大父征苗刀示之，文溥走笔作歌，震夺一席。尤精韬略，曾佐湖北巡抚幕，论两湖戎事，了如指掌。乾隆五十一年（1787）课榕城，随学使襄校各郡。翌年来台，客台湾道幕，掌教海东书院，一以严取与、务躬身行为勖诸生。课一艺，评点讲解，务令习者欢欣以去，台湾士风顿起。文溥之古文骈体，能集六朝、唐、宋之大成。著有《南野堂笔记》12 卷，及《南野堂集》《师贞备览》《所见录》《闽游篇》并传于世。

庄炘（1736—1818），字景炎，一字似撰，号虚庵，江苏武进人。生于清世宗雍正十三年，卒于仁宗嘉庆二十三年（1818），年八十四。幼聪颖，大父尝以珍玩赐诸孙。炘独乞旧本兰亭，大父器之。既与洪亮吉、孙星衍、赵怀玉、张惠言共为汉学，于声音训诂尤深。乾隆三十三年（1768）副贡生。由州判补陕西咸宁知县。累迁榆林府知府，政务宽静，民感其德。炘诗文有法度，著有《宝绘堂集》《小濠梁吟草》《师尚斋诗集》，生平著述没于水，仅存文 6 卷，诗 700 余首，尝入毕沅陕西巡抚幕佐平苏四十三之乱。

钱坫（1744—1806），字献之，号小兰、十兰，自署泉坫，江苏嘉定人。钱大昕之侄。乾隆三十九年（1774）举人，累官知乾州、兼署武功县。生平考经史、精训诂、明舆地，尤工小篆，晚年偏废，左手作篆尤精绝，兼善铁毫。间亦作画，其墨梅有寒瘦清古之致。尝入陕西巡抚、河南巡抚幕，与洪亮吉、孙星衍等人讨论训诂舆地之学。著有《十经文字通正书》《汉书十表注》《圣贤冢墓志》《十六长乐堂古器款识考》《浣花拜石轩镜铭集录》《篆人录》等。

洪亮吉（1746—1809），初名莲，又名礼吉，字君直，一字稚存，号北江，晚号更生居士。江苏阳湖人。乾隆五十五年（1790）科举榜眼，授编修。嘉庆四年（1799），上书军机王大臣言事，极论时弊，免死戍伊犁。次年诏以"罪亮吉后，言事者日少"，释还。居家十年而卒。文工骈体,与孔广森并肩,学术长于舆地。长随毕沅左右,入其陕西、河南、湖北幕府,与孙星衍等为毕沅校勘古籍,编纂方志。著有《卷施阁诗文集》《附鲒轩诗集》《更生斋诗文集》《北江诗话》及《春秋左传诂》等。

王复(1747—1797),字敦初,一字秋塍,浙江秀水人。工诗,喜搜刻金石文字,乾隆四十八年(1783)至毕沅陕西巡抚幕。著有《树萱堂》《晚晴轩》二集,毕沅选入《吴会英才集》。

黄景仁(1749—1783),字汉镛,一字仲则,号鹿菲子,江苏阳湖人。四岁而孤,家境清贫,少年时即负诗名,为谋生计,曾四方奔波。一生怀才不遇,穷困潦倒,后授县丞,未及补官即在贫病交加中客死他乡,年仅三十五。诗负盛名,为"毗陵七子"之一。诗学李白,所作多抒发穷愁不遇、寂寞凄怆之情怀,也有愤世嫉俗的篇章,七言诗极有特色,亦能词,著有《两当轩全集》。毕沅任陕西巡抚时,得见黄景仁《都门秋思》诗,认为可值千金,即延之入幕,后黄景仁客死山西,毕沅经纪其丧。

史善长(1750—1804),字仲文,一字诵芬,号赤崖,又号赤霞,江苏吴江人。诸生。尝从父客游秦陇,后应聘入王昶、毕沅幕府,一时名士如孙星衍、洪亮吉、王芑孙等均与之友善。在毕沅湖广总督幕六年,毕沅卒后,为撰《弇山毕公年谱》。

孙星衍(1753—1818),字渊如、伯渊,号季逑,江苏阳湖人。与杨芳灿、洪亮吉、黄景仁等以文学见长,袁枚称他为"天下奇才"。又于经史、文字、音训、诸子百家,皆通其义。乾隆五十二年(1787)进士,授翰林院编修,充三通馆校理。乾隆六十年(1795)授山东兖沂曹济道,次年补山东督粮道。嘉庆十二年(1807)任山东布政使。博极群书,勤于著述。乾隆四十五年(1780)入毕沅幕府,居抚署五年,为毕沅校勘古书及惠栋著作,又纂修方志数种。

徐镳庆(1758—1802),字朗斋,室名玉山阁,江苏金匮人。乾隆五十一年(1786)举人。历官黄梅、崇阳知县,蕲州知州。少游秦陇、伊凉。与杨芳灿兄弟齐名,仕宦川楚,为大帅倚重,毕沅亦赏识之。著有《玉山阁古文选》四卷、《玉山阁诗选》八卷。

二 河南巡抚幕

章学诚（1738—1802），字实斋，号少岩，浙江会稽人。乾隆四十三年（1778）进士，官国子监典籍。曾主讲定州定武、保定莲池书院，并为南北方志馆主修地方志。章学诚倡"六经皆史"之论，治经治史，皆有特色，所著《文史通义》为世所重。章学诚乾隆五十二年（1787），入毕沅河南巡抚幕，得沅之力，主讲归德文正书院，并主持编纂《史籍考》，后毕沅为湖广总督，复往依之，主修《湖北通志》，又协助毕沅编《续资治通鉴》，著有《章氏遗书》等。

方正澍（1743—?），一名正添，字子云，安徽歙县人。国子生。寓居金陵。正澍学诗于何士客，闭门索句，与袁枚激扬风雅，争长诗坛，于时词客，罕有颉颃。枚论诗绝句，与士客、陈毅并称为金陵诗人。毕沅选《吴会英才集》，以正澍为第一，谓其："忘情仕进。乐志衡门，今之贾阆仙、罗昭谏也。工于体物，一联一语，唐人得之，皆可名世。"其推挹如此。所著有《伴香阁诗》。乾隆五十年（1785），方正澍入毕沅河南巡抚幕，与幕中文人唱和颇多。

冯敏昌（1747—1806），清广东钦州人，字伯求，号鱼山。年十二，补诸生，乾隆四十三年（1778）进士，改翰林院庶吉士，散馆，授编修。大考改官主事，补刑部河南司主事。性至孝，父丧，服阕，遂不复出。尤笃于师友，钱载、张锦芳卒，哭至咯血。生平遍游五岳，足迹半天下。前后主讲端溪、越华、粤秀三书院，学者称鱼山先生。敏昌工诗，由昌黎、山谷上宗李、杜，力追正始，俨然为一大宗，与张锦芳、吴亦常齐名，称"岭南三子"。古文受之朱筠、钱大昕；又嗜金石，与孙星衍、邢澍尝就订正《寰宇访碑录》。曾客毕沅河南巡抚幕，为撰《孟县志》。著有《小罗浮草堂诗集》40卷。

杨芳灿（1754—1816），字才叔，号蓉裳，江苏金匮人。工诗文，少即华赡，学使彭元瑞大异之。由拔贡应廷试，得补甘肃伏羌县知县。以功擢知灵州。会仲弟揆授甘肃布政使，例回避，顾不乐外吏，入赀为户部员外郎，与修会典。公余拥书纵读，益务记览。旋丁母忧，贫甚，鬻书以归。尝主讲衢杭、关中、锦江三书院，又入蜀修《四川通志》。芳灿好为诗，取法于工部、玉溪，填词亦兼有梦窗、竹山之妙，尤工骈体。著有《翼率斋稿》14 卷、《芙蓉山馆诗词稿》14 卷，及骈体文 8 卷。尝入毕沅河南巡抚幕，与洪亮吉、孙星衍等为文酒之会。

凌廷堪（1755—1809），字仲子，一字次仲，安徽歙县人。少赋异禀，读书一目十行，年幼家贫，弱冠之年方才开始读书。稍长，工诗及骈散文，兼为长短句。仰慕其同乡江永、戴震学术，于是究心于经史。乾隆五十四年（1790）应江南乡试中举，次年中进士，例授知县，自请改为教职，入选宁国府学教授。之后因其母丧到徽州，曾一度主讲敬亭、紫阳二书院，后因阮元聘请，为其子常生之师。晚年下肢瘫痪，毕力著述十余年。乾隆五十二年（1787）至开封毕沅幕府，与洪亮吉、武亿等人参与编纂《史籍考》，与幕中文士多有唱和。

钱泳（1759—1844），初名鹤，字立群，号梅溪，江苏金匮人。以诸生客游毕沅、秦震钧、张井诸大僚幕府者 20 余年。精通金石碑版之学，工书法、善画。著有《梅花溪诗草》四卷、续一卷、《履园丛话》24 卷。曾为毕沅校《关中金石记》，编《经训堂帖》。

三 湖广总督幕

王宸（1720—1797），字子凝，一字紫凝，一作子冰，号蓬心，一作蓬薪，又号蓬樵，晚署老蓬仙、蓬樵老、潇湘翁、柳东居士、莲柳居士，自称蒙叟、玉虎山樵、退官衲子，江苏太仓人。乾隆二十五年（1750）举人，由内阁中书历官湖南永州知府。罢官后，贫不能归，遂往武昌毕沅节署依之。著有《蓬心诗钞》。

江声（1721—1799），字叔沄，号艮庭、鳄涛。原籍安徽休宁，侨寓江苏元和（今吴县）。一生未仕。中年师事"吴派"著名学者惠栋，于经学、文字学，均有建树。治学宗汉儒成法，长于旁搜博引。深研古训、精治《说文》，以为经、子古书之准绳。又受惠栋、阎若璩影响，认为梅赜所献《古文尚书》为伪，故集汉儒之说，参与己见，成《尚书集注音疏》，另撰有《论语质》《恒星说》《艮庭小慧》《六书说》等。毕沅任湖广总督时闻其名，延至家校《释名》。能诗文，著有《艮庭文集》《艮庭词》。

王文治（1730—1802），字禹卿，号梦楼，江苏丹徒人。曾随翰林侍读全魁至琉球。乾隆三十五年（1770）进士，授编修，擢侍读，官至云南临安知府。罢归，自此无意仕进。工书法，以风韵胜。年未五十，即究心佛学。有《梦楼诗集》《快雨堂题跋》。尝入毕沅湖广总督幕。

王嵩高（1735—1800），字海山，号少林，江苏宝应人。乾隆二十八年（1763）进士，历湖北利川、武昌、汉阳、应城等县知县，直隶河间、天津两府同知，官至广西平乐知府。在官尽心狱讼，痛惩豪猾。有《小楼诗集》。尝入毕沅湖广总督幕，参赞军事。

毛大瀛（1735—1800），字海客，江苏宝山（今属上海）人。少以能诗名，为"练川十二才子"之一。由附监生充四库馆誊录，用州同，发陕西，累为河南巡抚毕沅、山东巡抚惠龄调用。大兵征廓尔喀，惠龄督四川，办理济陇粮务，檄大瀛赴西藏差遣，事竣，留川补用。借补潼川府经历，以军功擢授中江县知县。嘉庆五年（1800）死于剿匪之役。

马宗琏（？—1802），字器之，又字鲁陈。安徽桐城人。马瑞辰之父。嘉庆六年（1801）中进士，曾历任合肥、休宁、东流教谕。马宗琏生性敦实，无他嗜好，唯以著述为乐，精通古训及地理之学。马宗琏年少即跟随其舅姚鼐学习诗与古文词，文采沉博绝丽。因在科举乡试中解释《论语》过位、升堂合乎古制而深得大学士朱珪举荐。后跟从邵晋涵、任大椿、王念孙游历，其学问大进。毕沅修《史籍考》延为分纂。著有《毛郑诗诂训考证》《周礼郑注疏证》《穀梁传疏证》《说文字义广注》《战国策地理考》《南海郁林合浦苍梧四郡沿革考》《岭南诗钞》《崇郑堂诗》，共数十卷，惜世存不多。

钱伯坰（1738—1812），字鲁斯，号渔陂，又号仆射山樵，江苏阳湖人。尝游学京师，从桐城刘大櫆受古文义法，以师说称颂于其乡恽敬、张惠言，遂有阳湖派古文之目。伯坰亦工诗，著有《仆射山庄诗集》行于世，尝入毕沅湖广总督幕。

邵晋涵（1743—1796），字与桐，一字二云，号南江，浙江余姚人。乾隆三十六年（1771）进士，选庶吉士，授编修，历官广西乡试正考官、侍讲学士，充文渊阁直阁事、日讲起居注官。精于明末野史，承浙东刘宗周、黄宗羲之学。博闻强志，涉猎百家，无书不读，尤能追本求源，实事求是。他长于经学，精《三传》及《尔雅》，以郭璞《尔雅》为宗，兼采汉人旧注，撰《尔雅正义》20卷，为研究训诂学的重要著作。此外，还有《旧五代史考异》《南江札记》《孟子述义》《南江诗文钞》《韩诗内传考》《穀梁正义》《皇朝大臣事迹录》《方舆金石编目》及《輶轩日记》等著作传世，尝入毕沅湖广总督幕，协助《续资治通鉴》的编纂。

邓石如（1743—1805），初名琰，字石如，避嘉庆帝讳，遂以字行，后更字完白，因居皖公山下，又号完白山人、笈游道人、凤水渔长、龙山樵长，安徽怀宁人。少好篆刻，客居金陵梅镠家八年，尽摹所藏秦汉以来金石善本。遂工四体书，尤长于篆书，以秦李斯、唐李阳冰为宗，稍参隶意，称为神品。性廉介，遍游名山水，以书刻自给。乾隆五十六年（1791）因刘墉之荐，入毕沅幕府，与幕中文人时为文酒之会，有和毕沅《岳阳楼诗》《黄鹤楼诗》，居三年，辞归。

汪中（1745—1794），字容甫，江苏江都人。乾隆四十二年（1777）拔贡，后绝意仕进。遍读经史百家之书，卓然成家。能诗，工骈文，所作《哀盐船文》，为杭世骏所叹赏，因此文名大显。精于史学，曾博考先秦图书，研究古代学制兴废。著有《述学》《广陵通典》《容甫遗诗》等。尝入毕沅湖广总督幕，为撰《黄鹤楼铭》《吕氏春秋序》。

武亿（1745—1799），字虚谷，一字小石，自号半石山人，河南偃师人。少从大兴朱筠游。士大夫慕其学,与之;然亿性简傲真率,非其志,掉臂不之屑意。乾隆四十五年（1780）进士,授博山知县,大学士和珅遣番役捕盗,横行州县,亿执而杖之,坐罢官。家贫,教授齐、鲁间以终。亿工考据,尤好金石,著作有《授经堂诗文集》及《钱谱》《群经义证》《经读考异》《读史金石集目》《金石三跋》《金石文字续跋》等。在毕沅湖广总督幕中协纂《史籍考》。

梁玉绳（1745—1819）,字曜北,号清白士,浙江钱塘人。家世显贵,尝入毕沅湖广总督幕,为毕沅校刻《吕氏春秋》。

吴照（1755—1811）,字照南,号白庵,江西南城人。乾隆五十四年（1789）拔贡,官大庾教谕,旋弃官卖画自给。通六书,画竹得金错刀法,兼善山水、人物,亦能画兰。意气豪宕,嗜饮,罗,聘尝为绘石湖深耕图,并联吟、饭牛诸图。有《说文字原考略》《听雨斋诗集》。曾与邓石如同客毕沅湖广总督幕。

第四节　毕沅幕府宾主之间的情感认同

毕沅幕府是清代中后期影响最大的诗人幕府,存在了 20 余年,乾隆后期重要的诗人、学者几乎都入其幕府或与其有往来。他爱才下士,虽寒微之士也能推礼相接,故幕中人才济济。在幕宾的佐助下,毕沅做到了著作等身。其幕府雅集也颇能反映乾隆后期诗学之演变。

毕沅为人随和,性格有些懦弱。史载毕沅"性畏懦",洪亮吉云:"公生平之学,其得力处,在能事事让人,然公遭际实亦半由此。"[1] 毕沅懦弱的性格使其在为政上并无特别的建树,其本人亦不得善终,《清史稿》云:"（毕沅）以文学起,爱才下士,职事修举;然不长于治军,又易为属吏所蔽,功名遂不终。"但他的性格却使其得到幕宾的爱戴。毕沅以爱才著称,他"并不恃高位以召天

---

[1]　洪亮吉:《书毕宫保遗事》,《洪亮吉集》,中华书局 2001 年版,第 1036 页。

下才士"①，往往待人以诚，对幕宾也无盛气凌人之感，其幕宾赞曰："公之爱士，出于至诚。孔既傲吏，郦亦狂生。"② 毕沅身居高位，开府一方，能够真诚对待幕宾、接济寒俊，实属难能可贵。当然，毕沅作为"纱帽"诗群的典型代表，使诗文创作"务期于正"，乃是其幕府创作中应有之义，如严迪昌所论："达官大僚以权势、才学、名望、财力等诸种因素综合而成的优势广揽人才，'结佩相交'，并非只是一种纯文学的风雅韵事。在具体历史条件下，他们所起的作用是使'务期于正'的指归得以贯彻于实践，从而净化着高层次人才圈的氛围。"③ 诚如斯论。然而，从毕沅与幕宾的交往来看，毕沅之礼贤下士、延揽寒士确实是"出于至诚"，于"务期于正"之指归之外，确是少了很多权术心机的功利性，而多了一些宾主之间的情感认同，如毕沅之待客即颇为人所称道，徐珂《清稗类钞》记毕沅礼遇程晋芳云："毕秋帆尚书得士优异，程鱼门舍人晋芳亦尝入幕。勖以宜多读书，程谓行箧无书，毕立呼阍人至，谕曰：程老爷若买书，当为给值。程由是得博观群书。"④ 程晋芳乃乾嘉大儒，家本豪富，然其不善理财，后家道中落，贫不自给，晚年入毕沅幕府，毕沅待其甚厚，如徐珂所记。后程晋芳患疾，毕沅亲自侍奉汤药，不三月而卒。程晋芳死后，毕沅又经纪其丧，赡其遗孤。若非出于待客之至诚，不会有此作为。《清代野史》对毕沅之爱才出于本心亦有所记载，《毕秋帆制军轶事》云："毕秋帆制军沅，好儒雅，敬爱文士，人有一艺一长，必驰币聘请，唯恐不来，来则厚资给之。开府秦豫，岁以数万斤遍惠贫士。以故江左名流，及故人之罢官无归者，多往依之。其时孙星衍、洪亮吉辈，留幕府最久，后皆擢第始散去。星衍喜谩骂人，一署中疾之若仇，严侍读长明等辄为公揭逐之，末言如有留孙某者，众即卷席大散。公见之不悦曰：我所延客，诸人能逐之耶？必不欲与共处，则

---

① 严迪昌：《清诗史》，浙江古籍出版社 2002 年版，第 702 页。
② 洪亮吉：《祭毕尚书师文》，《洪亮吉集》，中华书局 2001 年版，第 400 页。
③ 严迪昌：《清诗史》，浙江古籍出版社 2002 年版，第 657 页。
④ 徐珂：《清稗类钞》第 3 册，中华书局 1984 年版，第 1386 页。

亦有法。因别构一室处衍，馆谷倍丰于前。诸人益不平，亦无如何也。后移节两湖，其爱姬某，善音律，解吟咏，与幕客某孝廉潜通。公闻之亦不愠，徐遣骑士持百斤，追而赠之于途，二人拜受，感泣而去。其豪旷如此。公殁，符葆森挽诗有云：杜陵广厦今谁继？八百孤寒泪下时。盖道实也。"① 由上述事例可见毕沅之庇养寒士之功。

毕沅雅好文学，"性好著书，铅椠不离手"，公事之暇，常与幕宾吟咏唱和，在相互唱和过程中，达到了精神上的共鸣和情感上的认同。首先，毕沅幕府提倡风雅，优待士人，极一时诗酒流连之盛的氛围，让心态处于惊悸和抑郁之中的士人们，感到了别样的温馨和归属感。毕沅幕宾多为寒士，时运不济，让这些人的生活倍感艰辛，毕沅幕府能够接纳、礼遇他们，让他们有了栖身之所，并且能够继续钻研学问、潜心著述，因此幕宾对毕沅心存感激。毕沅所处之乾隆盛世，优待文士，以稽古右文而著称。实则是乾隆帝所采用的文化怀柔政策，尤以《四库全书》的编纂为代表，这项规模庞大的工程汇集了当时全国最富学识的 360 余位学者，其他如《一统志》《续三通》等大型书籍的编纂，也汇集了诸多学者之力，这种官方组织财力而进行的学术文化活动，一方面促进了学术的繁荣，另一方面也为大批士子提供了就业机会。许多怀才不遇之士，纷纷以此为契机，渴望为帝王家所用来实现自我的价值。在这样的社会环境下，"学者恃其学足以自养，无忧饥寒"②，梁启超曾论及这一情形：

> 兹学盛时，凡名家者，比较的多耿介恬退之士。时方以科举笼罩天下，学者自宜十九从兹途出。大抵后辈志学之士未得第者，或新得第而俸入薄者，恒有先辈延主其家为课其子弟。此先辈亦以子弟畜之，当奖诱以增益其学；此先辈家有藏书，

---

① 辜鸿铭、孟森等：《清代野史》第 7 辑，巴蜀书社 1987 年版，第 365 页。
② 梁启超：《清代学术概论》，东方出版社 1996 年版，第 54 页。

足供其研索；所交游率当代学者，常得陪末座以广其见闻，于是所学渐成矣。得第早而享年永者，则驯跻卿相；否则以词馆郎署老。俗既俭朴，事畜易周，而寒士素贯淡泊，故得与世无竞，而终其身于学。京官薄书期会至简，惟日夕闭户亲书卷，得间与同气相过从，则互出所学相质。琉璃厂书贾，渐染风气，大可人意，每过一肆，可以永日，不啻为京朝士大夫作一公共图书馆，凌廷堪佣书于书坊以成学，学者滋便焉。其有外任学差或疆吏者，辄妙选名流以充幕选，所至则网罗遗逸，汲引后进，而从之游者，既得以稍裕生计，亦自增其学。其学成名著而厌仕宦者，亦到处有逢迎，或书院山长，或各省府州县修志，或大族姓修谱，或有力者刻书请鉴定，皆其职业也。凡此皆有相当之报酬，又有益于学业，故学者常乐就之。①

梁启超的论述从整体上观照了乾嘉时代，帝王提倡稽古右文，方面大员亦从旁鼓吹，推动文化事业的发展，为士子们提供了诸多机会，让他们能够一展才华，解决生计问题。不可否认，清朝统治者采用的文化怀柔政策，大大减低了文士们对异族统治者的敌对情绪，同时也促进了乾嘉考据学风的形成，考据之学因此成为显学，统治者以此等怀柔之策，想要达到禁锢士人思想，将文化发展纳入统治轨道中的目的。这实际上只是问题的一个方面，而另一个方面则是冷酷的压制。

乾嘉号为盛世，实则是朝廷怀柔与控扼两种手段相结合而成就的。如果怀柔之策以康熙朝十八年（1679）博学鸿词科为开端，那么铁血的控扼则是以康雍乾三朝惨烈的文字狱为代表。毕沅所处的乾隆朝，乃是清代文字狱之顶峰，又以毕沅开府西安后的乾隆四十年（1775）至五十年（1785）年的十年间为高发期，《清朝文字狱档》记载了这十年间影响较大的几起狱案：乾隆四十年（1775）澹归和尚《遍行堂集》案；乾隆四十三年（1778）徐述夔《一柱

---

① 梁启超：《清代学术概论》，东方出版社1996年版，第59页。

楼诗集》案，沈德潜因为其作序，撤其谥号及御笔题碑；陶汝鼐
《荣木堂文集》案；陶煊、张灿《国朝诗的》案；乾隆四十四年
（1779）李麟《虬峰集》案；石桌槐《芥圃诗钞》案；乾隆四十五
年（1780）戴孝移《碧落后人诗集》案；王仲儒《西斋集》案；
乾隆四十七年（1782）卓长龄等诗文集案。乾隆帝借文字狱案打
击了汉族文化精英，想要消灭汉族知识分子的民族意识。清统治者
认为，汉人民族意识一日不消灭殆尽，清廷一日不得巩固，而汉人
民族意识的阐扬者、传播者，主要是汉族的知识精英——士阶层，
而这些人乃是舆论的发纵指示所在，因此一方面使这一阶层中的某
些人为己所用，另一方面引导士人走上考据之道路，避免其与社会
现实发生接触，最后一些不为所用者、不愿合作者就面临了残酷的
镇压，这些士人们往往因言获罪，殃及亲朋。这是统治者传递的一
个信号，一切不合统治者心意，有碍满族贵族统治的言论必须全部
扼杀。乾嘉之际的李祖陶曾言："今人之文，一涉笔唯恐触碍天下
国家……人情望风觇景，畏避太甚。见蟮而以为蛇，遇鼠而以为
虎，消刚正之气，长柔媚之风，此于世道人心，实有关系。"① 由
此可见乾隆盛世，尤其是乾隆后期文化氛围是多么的肃杀。在这样
的文化政策下，帝王要求士风、学风都与盛世相呼应，不谐盛世景
象之声音，都被淹没。然而，恰恰有大批的博学之士，或未能进入
庙堂，或不愿埋首于故纸堆中，从而游离于朴学之外，遁迹草野、
息影山林，表现出与统治者意愿相背离的趋势。对于这些谪宦迁
客、布衣匹夫来说，梁启超所谓"士子稍读书者，即不忧贫矣"②，
却与自己无关，由于与统治者倡导之思想有偏差，或者于"盛世"
中保持自我意识与冷静的思考，这些士人往往不得意于仕途、沉沦
下僚，以毕沅幕宾为例，洪亮吉与黄景仁和邓石如即为典型。

　　洪亮吉仕途颇为不顺，乾隆四十六年（1781）他 35 岁时，应
顺天府乡试，中式第 57 名举人。然后应礼部试，名落孙山，以后

---

　　① 李祖陶：《与杨蓉渚明府书》，《迈堂文略》卷 1，《续修四库全书》第 1672 册，
第 250 页。
　　② 梁启超：《清代学术概论》，东方出版社 1996 年版，第 62 页。

的十年之中共参加了五次会试，屡试不售，久困场屋。乾隆四十七年（1782）36岁时，应陕西巡抚毕沅之招入其幕府，在其幕达七年之久。洪亮吉为人耿直，对于当时学者皓首穷经，不问时事之学风颇为反感，他提倡经世致用之学，这在他的诗文中有所反映，他说："盖闻理无所宜，必求实效，用各有适，无贵虚名。"① 表明了他重视实用的观点，又不喜考据之学，作诗言："不作章句儒，平生慕奇节。曲太日系肘，取与日用切。"② 他的这种实用主义的观点要求士人关注现实，这显然与官方的指导思想不相符，因此久困场屋难登仕途，待其通籍后，也因思想的边缘化而被外放。嘉庆四年（1799），又出于对社会现实的关切，深感国家多乱而无直言之士，写了近六千言的《乞假将归留别成亲王极言时政启》，嘉庆皇帝因文中有"朝事太晏""小人荧惑"等语而震怒，即交军机大臣及刑部严加审问，以"大不敬"治罪，拟斩立决。后奉旨免死，遣戍伊犁百日赦还，编入地方监管。可见如洪亮吉此类关注现实，敢于直言的人，于"盛世"之中乃是异类，其言行对统治者来说，无异于抹黑盛世，挑战统治者的权威，其遭受打击也就不足为奇了。

黄景仁诗负盛名，为"毗陵七子"之一。他诗名早著，才华为当世所赏，然而他却未能步入仕途，一生连举人也未中，短暂的一生多在游幕中度过。乾隆四十一年（1776），应乾隆帝东巡召试名列二等（生员应召试，二等无功名，但得充各馆誊录），仅得充四库馆誊录，混口饭吃。乾隆四十三年（1778），受业于鸿胪寺少卿王昶门下。家境日贫，在北京充伶人乞食，粉墨登场，入陕西巡抚毕沅幕府，毕沅替他捐补县丞。乾隆四十八年（1783），黄景仁35岁，为债家所迫，乃北走太行，抱病赴西安，至山西解州运城，病逝于河东盐运使沈业富官署中。毕沅嘱洪亮吉持其丧以归。黄景仁以诗名于世，本来在那个重视文化的社会氛围中可以生活得很好，然而其诗歌创作却是与"盛世"格调格格不入，有违统治者之

---

① 洪亮吉：《连珠》第25首，《洪亮吉集》，中华书局2001年版，第270页。
② 洪亮吉：《偶成》，《洪亮吉集》，中华书局2001年版，第468页。

"指归"的。在那个文网高张，要求以诗饰世的时代，黄仲则却在诗歌中表现出了自己的个性，以诗鸣不平，揭露浮华掩盖下的社会现实，如其《悲来行》云：

> 我闻墨子泣练然，为其可黄可以黑，又闻杨朱弃歧路，为其可南可以北。嗟哉古人真用心，此意不复传于今。今人七情失所托，哀且未成何论乐。穷途日暮皆倒行，更达漏尽钟鸣声。浮云上天雨坠地，一升一沉何足计。周环六梦罗预间，有我无非可悲事。悲来举目皆行尸，安得古人相抱持。天空海阔数行泪，洒向人间总不知。①

黄景仁笔下展现出了一个不知礼义廉耻为何物，人情险恶，人皆如行尸走肉般丧失自我意识的世界，这显然与统治者所鼓吹的"承平"是背道而驰的，这在当时的诗坛上是非主流的，包世臣曾言："仲则先生性豪宕，不拘小节，既博通载籍，慨然有用世之志，而见时流龌龊猥琐，辄使酒咨声色，讥笑讪侮，一发于诗。而诗顾深稳，读者虽叹赏而不详其意之所属，声称噪一时，乾隆六十年间，论诗者推为第一。"② 可见黄景仁诗才之高，亦可见其"狂狷"之性格以及仗义执言、不粉饰太平之诗风。然而他所处的是一个不需要个性、不需要不同声音的时代，因此其才虽高，却命运多舛，一生潦倒，难入主流。即便诗文为当道所赏，却难以进入庙堂。

邓石如一生以布衣终老，17 岁时便开始以刻印为生，他自己说："我少时未尝读书，艰危困苦，无所不尝，年十三四，心窃窃喜书，年二十，祖父携至寿州，便已能训蒙。今垂老矣，江湖游食，人不以识字人相待。"③ 邓石如 30 岁左右时，在安徽寿县结识了循理书院的主讲梁巘，又经梁巘介绍至江宁，成为举人梅镠的座

---

① 黄景仁：《两当轩集》，上海古籍出版社 1998 年版，第 193 页。
② 黄葆树等：《黄仲则研究资料》，上海古籍出版社 1986 年版，第 202 页。
③ 穆孝天、许佳琼编：《邓石如研究资料》，人民美术出版社 1988 年版，第 181 页。

上客。邓石如在江宁大收藏家梅镠处八年，"每日昧爽起，研墨盈盘，至夜分尽墨，寒暑不辍"。不久得到曹文埴、金辅之等人的推奖，书名大振。乾隆五十五年（1790），乾隆皇帝八十寿辰之际，户部尚书曹文埴六月入京都，邀其同往，石如不肯和文埴的舆从大队同行，而是戴草帽，穿芒鞋，骑毛驴独往。至北京，其字为书法家刘文清、鉴赏家陆锡熊所见，大为惊异，评论说："千数百年无此作矣。"后遭内阁学士翁方纲为代表的书家的排挤，被迫"顿踬出都"，经曹文埴介绍至兵部尚书两湖总督毕沅节署做幕宾，有和毕沅《黄鹤楼诗》《岳阳楼诗》，并为毕沅子教读《说文字原》。张惠言、包世臣都曾向他学习书法。邓石如一身傲骨，不趋炎附势，因而生活困顿，在毕沅武昌节署时，看到时人阿谀奉承之丑态，甚为不齿，自己依旧"布衣徒步"。他在给徐嘉毅的信中道出了自己无法同流合污以获利的苦衷："羁旅关心，而地主之谊阙然，不加之罪，可谓古道照人矣。琰不能数致书问，则楚中之况味可知矣。来此坐食无事，日见群蚁趋膻，阿谀而佞，此今之所谓时宜，亦今之所谓捷径也。得大佳处，大抵要如此面孔，而谓琰能之乎？日与此辈为伍，郁郁殊甚，奈何奈何！琰将弃此而归。不罪疏阔，裁书叙心，峕候旅福，草草不备。"① 其铮铮傲骨可见一斑。

毕沅于乾隆后期为方面大员 20 余年，其幕府吸纳了大批文士，诸如黄景仁、邓石如、洪亮吉等不入俗流的寒士皆为其接纳。洪亮吉曾言："亮吉夙蒙国士之知，久处宾僚之位，狂瞽时陈，而公不怼。"② 可见毕沅待幕宾之宽容。他得知黄景仁之才名与窘况后，派人持金延其入幕府，又为黄景仁捐得县丞一职。黄景仁客死他乡后，也是他资助归葬。邓石如辞归时，他命人制精铁砚一方，又赠金帛让邓石如置田产，又对邓之绝世而独立的品行赞赏有加，《清稗类钞》记曰："邓石如后入毕秋帆尚书幕，吴中名士，多在节署，裘马都丽。山人独布衣徒步。居三年，辞归，毕强留之，不

---

① 邓石如：《复徐嘉毅》，穆孝天、许佳琼编：《邓石如研究资料》，人民美术出版社 1988 年版，第 181 页。

② 洪亮吉：《祭毕尚书师文》，《洪亮吉集》，中华书局 2001 年版，第 400 页。

可。乃为置田宅为终老计，而觞其行，曰：'山人，吾幕中一服清凉散也，今行矣，甚减色'。四座惭沮。"① 毕沅以真心待客，不以名位压人，得到了幕宾的认同，幕宾们纷纷对毕沅表达感激之情，吴照诗云："不将名位压逢掖，直宽礼数如朋俦。倘今李白生并世，定然不慕韩荆州。杜陵枉用夸广厦，白傅何须矜大裘。"② 王文治乾隆三十八年（1773），被劾自云南临安府知府任罢官后从毕沅游，毕沅待其甚厚，王文治写下了"一贵一贱交态殊，如公古谊近所无"③ 之句，冯敏昌亦云："犹希再谒文帅府，更想一附芳兰丛。"④ 邵晋涵诗云："英英幕府才，奕奕东南秀。宏奖雅轮扶，清词玉泉漱。"⑤ 吴照云："得同斯世宁非幸，难久从游益自怜。知己恩深双泪落，汉江水满一帆悬。"⑥ 凌廷堪云："铃辕虚清谒，幕府盛宾朋。"⑦

不惟如此，同为天涯旅人的漂泊感，更进一步加深了毕沅宾主之间的情感认同。在专制社会里，为官者颇为不易，既要小心地揣摩圣意，又要八面玲珑，长袖善舞，处理好与同僚之间的关系，每日如临深渊如履薄冰，身心倦怠是很正常的事情。毕沅身为方面大员，责任重大，事务繁忙，因而常常有归隐山林的想法，袁枚《随园诗话》云："昔人称谢太傅'功高百辟，心在一丘'。范希文经略西边，犹恋恋于曩日之圭峰月下，与友人书，时时及之。秋帆尚书巡抚陕西，有《小方壶忆梅诗》，节其大概云：'仙人家住梅花村，寒香万顷塞我门。门巷寂寂嵌空谷，冷艳繁枝环破屋。尘缘未

---

① 徐珂：《清稗类钞》第 3 册，中华书局 1984 年版，第 1386 页。
② 吴照：《奉呈弇山尚书长歌一首》，《听雨斋诗集》补编，乾隆五十九年南吕刻本。
③ 王文治：《赠毕秋帆中丞》，《梦楼诗集》卷 13，《续修四库全书》第 1450 册，第 504 页。
④ 冯敏昌：《呈毕中丞秋帆沅前辈》，《冯敏昌集》，广西民族出版社 2010 年版，第 160 页。
⑤ 邵晋涵：《留别毕弇山中丞沅一百韵》，《南江诗钞》卷 4，《续修四库全书》第 1463 册，第 659 页。
⑥ 吴照：《留别弇山尚书》，《听雨斋诗集》卷 7，乾隆五十九年南吕刻本。
⑦ 凌廷堪：《大梁上毕大中丞》，《校礼堂诗集》卷 5，《续修四库全书》第 1480 册，第 43 页。

了出山去，回头别花花不语。北走燕云西入秦，问梅精舍知何处？岁云暮矣风雪骤，驿使音稀断陇首。天涯人远乍黄昏，料得花还如我瘦。松林翠羽最相思，梦绕南枝更北枝。花神曩日盟言在，重订还山在几时？香落琴弦弹一曲，尔音千里同金玉。花如不谅余精诚，请问邓尉山樵徐友竹。'苏名坚，苏州木渎人，能诗工画，余旧交也。张文敏公《题横山西庐》云：'壶日静中缘，我亦曾经四小年。不及苍髯墙外叟，梅花看到菊花天。'与毕公同有'心在一丘'之想。"① 毕沅之"雅志东山"之意溢于言表。因为官实为一苦差，政事处理不好会受到惩罚，乾隆四十六年（1781）甘肃冒赈案，毕沅即因处理不善，而被乾隆帝褫夺一品顶戴，降为三品，并罚银五万两。除此之外，官场中争斗十分激烈，一不小心即会被牵连，毕沅生前仕途还算顺利，然死后却因依附和珅而被抄家治罪，《随园诗话批语》云："秋帆为人却浑厚，善于应酬，风流则有之，功勋则不敢许也。其先世以棉花买卖起家，出于相国敏中门下。后又寄和相国珅门下，遂至督抚。和珅败后，抄家夺谥，一败涂地，后人亦无继起。"② 可见互相倾轧的官场之险恶。毕沅有感于此，常常表现出对"出世"的渴望，在他的诗歌中这样的情绪随处可见，如：

　　一院繁爽结晚阴，黄金无主散园林。人间赖尔存高洁，老去凭谁托素心。对酒自怜羁宦久，感时渐觉入秋深。夜阑红烛频遗照，瘦影孤横绿绮琴。
　　——《终南仙馆丛菊盛开，邀冬友、竹屿、友竹、石亭、献之宴集》③

　　玉笙吹罢拂云笺，妙想灵谷忆列仙。曾是龙头虚凤望，巨

---

① 袁枚：《随园诗话》卷4，凤凰出版社2000年版，第78页。
② 袁枚：《随园诗话》附录，凤凰出版社2000年版，第636页。
③ 毕沅：《终南仙馆丛菊盛开，邀冬友、竹屿、友竹、石亭、献之宴集》，《灵岩山人诗集》卷30，《续修四库全书》第1450册，第282页。

怜马齿逼中年。世情饱尽翻云手，时命真同上水船。后夜临鸡
啼晓月，壮心应倦著先鞭。

——《金城寓斋与座上诸君述旧感赋》①

俯仰平生任侠名，峥嵘身世剑孤横。渊深峻岳空今古，二
十年前心已平。

——《梦中得诗》②

为恋主恩非恋职，只求民隐不求名。千番幻境千真境，半
世名场半宦场。

——《六十生朝自寿》③

耦耕宿约定何时，归岫云踪未可知。得待著书多暇日，笑
君驱犊我扶犁。五湖烟水去茫茫，梦绕灵岩旧草堂。山下墓田
余十顷，近闻辍末已抛荒。

——《题吴白庵石湖深耕图》④

读毕沅这些诗句，行役之苦，羁宦之思时时流露。在所谓"盛世"之
中，不得不处处小心，毕沅仕途较他人算是比较顺利了，但也不得不
奔走诸如于敏中、和珅这样的权贵之门才能官运亨通，然而面对官场
的黑暗，往往风声鹤唳，人人自危，在整日与人钩心斗角、互相倾轧
的状态下生活，毕沅深感"羁宦久"，壮志消磨于俗世之中，不得不感
叹"二十年前心已平"。可见，不唯在高压政策下生存的士人们感到壮

---

① 毕沅：《金城寓斋与座上诸君述旧感赋》，《灵岩山人诗集》卷22，《续修四库全
书》第1450册，第213页。

② 毕沅：《梦中得诗》，《灵岩山人诗集》卷27，《续修四库全书》第1450册，第
254页。

③ 毕沅：《六十生朝自寿》，《灵岩山人诗集》卷37，《续修四库全书》第1450册，
第364页。

④ 毕沅：《题吴白庵石湖深耕图》，《灵岩山人诗集》卷39，《续修四库全书》第
1450册，第382页。

志难酬，以毕沅这样的方面大吏也表现出了对独立与自由的强烈渴望。况且毕沅以汉人而历任要职，虽然在别人看来是"恩遇之隆，汉大臣莫及焉"①，但在重满轻汉的大环境之下，毕沅为官之举步维艰亦可想而知，凡此种种，都让毕沅与在温网高张下苟活于世的士子们产生了共鸣，所以毕沅写下"人生悟得南华旨，任尔凭虚撒手行"②，也就不足为奇了。毕沅为宦也如同游幕的士子一样，深感漂泊之苦。游幕文人为了生计或实现自己的人生价值，不得不告别父母妻儿，而背井离乡。身为朝廷命官，受命于帝王，无法自己选择任职之地，他半生为宦，足迹踏遍陕西、河南、山东、湖广等地，饱受奔波之苦，"孤蓬万里征""羁宦""羁旅"是其心理的真实写照。安土重迁是中国人的传统观念，"父母在，不远游"，而漂泊在外最易牵动乡关之情，黄景仁《别老母》中"惨惨柴门风雪夜，此时有子不如无"③，就是在外漂泊之人最沉重的感情。毕沅虽位极人臣，地位高贵，也不能无有思乡之情。因此，同为迁客，乡关之情又拉近了宾主之间的距离，宾主间互诉着对故乡的怀念，请看下面的诗句：

> 西风吹游子，关塞独漂泊。
>
> ——毕沅《陇头水》④

> 不知佳节到，都为客愁亲。
>
> ——毕沅《九日宿同谷》⑤

---

　　① 钱大昕：《太子太保兵部尚书湖广总督世袭二等轻车都尉毕公墓志铭》，《嘉定钱大昕全集》第 9 册，江苏古籍出版社 1997 年版，第 720 页。
　　② 毕沅：《读史》，《灵岩山人诗集》卷 31，《续修四库全书》第 1450 册，第 293 页。
　　③ 黄景仁：《两当轩集》，上海古籍出版社 1998 年版，第 68 页。
　　④ 毕沅：《陇头水》，《灵岩山人诗集》卷 24，《续修四库全书》第 1450 册，第 226 页。
　　⑤ 毕沅：《九日宿同谷》，《灵岩山人诗集》卷 24，《续修四库全书》第 1450 册，第 229 页。

荡漾花间白露光，秋衾抱影卧虚堂。书来颠倒千回读，三
岁相思字八行。

——毕沅《都下故人贻书问询鄙状，惠赠白玉念珠一串，
展缄复读，词意悱恻，令人赠离索之感率成绝句六首却寄》①

乡园五千里，风景常回溯。羁愁花合知，离恨莺能诉。

——王文治《方伯署斋试碧螺春新茶次韵一首，茶产
洞庭山胡云坡廉使新寄》②

宦游十载陇头人，最忆江南物候新。

——杨芳灿《忆江南早春赋》③

淘光摇碧撼洪荒，楼瞰全湖咽暮苍。白浸巴陵晴溪溪，青
霜湘树尽茫茫。遥山十二巫峰小，泽国三千客路长。冠剑登临
征胜概，鱼书时寄水云乡。

——邓石如《和毕秋帆岳阳楼诗》④

离索之感、孤旅之愁、游子之情溢于言表，同为天涯沦落人的情感
使毕沅和幕宾们惺惺相惜，引为同调，严长明赴陕时毕沅写下了
"一笑俱惊合，三秋离恨删"⑤ 之句，这种友谊与认同已不能简单
以宾主视之了。毕沅俨然成为在野士人的精神领袖，因此，从毕沅

---

① 毕沅：《都下故人贻书问询鄙状，惠赠白玉念珠一串，展缄复读，词意悱恻，令
人赠离索之感率成绝句六首却寄》，《灵岩山人诗集》卷27，《续修四库全书》第1450
册，第253页。

② 王文治：《方伯署斋试碧螺春新茶次韵一首，茶产洞庭山胡云坡廉使新寄》，
《梦楼诗集》卷13，《续修四库全书》第1450册，第505页。

③ 杨芳灿：《忆江南早春赋》，《芙蓉山馆全集》卷1，《续修四库全书》第1477
册，第153页。

④ 邓石如：《和毕秋帆岳阳楼诗》，穆孝天、许佳琼编：《邓石如研究资料》，人民
美术出版社1988年版，第146页。

⑤ 毕沅：《喜严侍读冬友至》，《灵岩山人诗集》卷27，《续修四库全书》第1450
册，第251页。

与幕宾之间相互认同的角度来看，毕沅幕府确实成为"人才的吞吐港湾和心绪的调整园地"①。

第五节　从毕沅幕府看乾隆后期诗坛

　　毕沅幕府存在的乾隆后期，诗坛上一派门户分立、各主一说、相互辩难的景象。毕沅以高位主持诗教，虽然没有理论方面的建树，但其在乾嘉诗坛的影响却很大，乾嘉之际的舒位作《乾嘉诗坛点将录》，以《水浒传》一百单八将比拟乾嘉诗坛之诗人，"或肖其性情，或拟其行止，或举似其诗文经济，以人人易知者，如沈归愚之为托塔天王，袁子才之为及时雨，毕秋帆之为玉麒麟"②。舒位（1765—1816），字立人，号铁云，小字犀禅。直隶大兴（今属北京市）人，生长于吴县（今江苏苏州）。乾隆五十三年（1788）举人，屡试进士不第，贫困潦倒，游食四方，以馆幕为生。从黔西道王朝梧至贵州，为之治文书。博学，善书画，尤工诗、乐府，书各体皆工。作画师徐渭，诗与王昙、孙原湘齐名，有"三君"之称。所著有《瓶水斋诗集》《乾嘉诗坛点将录》等。又有《瓶笙馆修箫谱》，收入其所作杂剧四种。舒位身历乾嘉两朝，所作《乾嘉诗坛点将录》真实地反映了乾嘉诗坛之风貌。他以沈德潜、袁枚、毕沅为"诗坛都头领三员"，毕沅在乾嘉诗坛之地位由此可见一斑，而沈德潜已于乾隆三十三年（1769）离世，因此乾隆后期诗坛执牛耳者实为袁枚和毕沅，袁枚以"性灵说"之理论建树总领诗坛，毕沅则凭借高位鼓扬风雅。时人亦将袁枚和毕沅视为诗坛盟主，如孙星衍诗云："惟有先生与开府，许教人吐气如虹。"徐阆斋诗云："弇山尚书仓山叟，海内龙门两扇开。"③ 将毕沅和袁枚相提并论，并将袁枚随园

　　① 严迪昌：《清诗史》，浙江古籍出版社 2002 年版，第 657 页。
　　② 叶德辉：《重刊诗坛点将录序》，《乾嘉诗坛点将录》卷首，光绪丁未九月长沙叶氏刊本。
　　③ 袁枚：《随园诗话》卷 11，凤凰出版社 2000 年版，第 290 页。

和毕沅幕府视为"海内龙门"。袁枚也曾称赞毕沅曰:"吴中诗学,娄东为盛。二百年来,前有凤洲,继有梅村;今继之者,其弇山尚书乎?《过吴祭酒旧邸》诗云:'我是娄东吟社客,瓣香私淑不胜情。'其以两公自命可知。然两公仅有文学,而无功勋;则尚书过之远矣!尚书虽拥节钺,勤王事,未尝一日释书不观;手披口诵,刻苦过于诸生。"① 袁枚之评价虽然过高,但也能反映毕沅在乾隆后期诗坛之地位,因此毕沅幕府倡导的文学活动,颇能反映乾隆后期的诗坛走向。

毕沅自幼习文,文学修养很高,为官之余,以提倡风雅为己任,他为王又曾《丁辛老屋集》作序时写道:"余自维少即以诗文为性命,迨与诸君交,而所业日以勤,所闻日以廓,自谓可长此友朋过从之乐,乃乎乎三十年。"② 道出了自己鼓扬风雅,与幕中诸友相互切磋的情形。毕沅出沈德潜之门,少时从沈德潜学于苏州灵岩山,与吴下同社诸子赋《梅花诗》十章,被沈德潜许为于暗香疏影外别开面目。沈德潜推尊盛唐之音,毕沅亦颇喜唐诗,对宋人生僻一路颇为反感,在为严长明诗集作序时,毕沅即表达了这一观点:"而余独怪近今少年,甫窥甲乙,方当有事于俪青妃白,而乃捃拾宋人残沈,务以生涩自文,俾观者如嗷昌歇,食到芰攒,眉楚齿急,思摒弃为快。"③ 然其较沈德潜已取径较宽,不为"格调"所限,对待六朝、晚唐甚至宋诗都是态度宽容,兼收并蓄。洪亮吉云其幕府之中"谈经贾服,作赋衍横。兼收并畜,宾坐纵横"④,不以门户、家数为藩篱,有融合唐宋之势。史善长亦云:"文选泛览秦汉唐宋诸大家,穷其正变;诗取眉山。上溯韩杜,出入玉溪、樊川之间,盖甫入文坛,已独树一帜矣。"⑤ 幕宾张埙诗云"先生

① 袁枚:《随园诗话》卷11,凤凰出版社2000年版,第275页。

② 毕沅:《丁辛老屋集序》,《丁辛老屋集》卷首,清乾隆四十年刻本。

③ 毕沅:《金阙攀松集序》,《严冬友诗集》卷首,《续修四库全书》第1450册,第606页。

④ 洪亮吉:《祭毕尚书师文》,《洪亮吉集》,中华书局2001年版,第400页。

⑤ 史善长:《弇山毕公年谱》,《北京图书馆藏珍本年谱丛刊》第106册,北京图书馆出版社1999年版,第127页。

巨擘今诗人，祖李述韩为儒宗"①。道出毕沅作诗也走唐人一路，而为其所赏的幕宾如黄景仁、孙星衍、洪亮吉等人的诗作亦接近唐音，袁枚曾说："近日文人，常州为盛……黄景仁字仲则，诗近太白；孙星衍字渊如，诗近昌谷；洪亮吉字稚存，诗学韩杜：俱秀出班行。"② 但他对苏轼的诗歌十分喜爱，不以唐宋而分优劣，毕沅在陕西巡抚任时，即于每年十二月十九日苏轼诞辰设祭纪念他，召集同僚饮酒赋诗，传为佳话。钱泳《熙朝新语》云："秋帆先生，生平于古人中最服膺苏文忠先生，每于十二月十九日，辄为文忠作生日会。悬明人陈老莲所画文忠小像于堂上，命伶人吹玉箫铁笛，自制迎神、送神之曲，率幕士及属、门生衣冠趋拜，拜罢张筵设乐，即席赋诗。秋帆首倡，和者积至千余家，当时传为盛事。"③ 毕沅对苏诗很欣赏，这与其母张藻以苏轼诗启蒙其诗学有关，毕沅《自题慈闱授诗图四首》序云："沅甫十龄，母氏口授毛《诗》，为讲声韵之学，阅一二年稍稍解悟，继以《东坡集》示之，遂锐志学诗。同里张丈冰如为绘《慈闱授诗图》，自题四绝于卷后。用志家学所自敬，感慈训于勿谖也"，可见毕沅自幼熟读苏轼之诗，《重过东湖》诗云："焚香莫怪低头拜，熟读公诗已卅年。"④ 开府西安后，毕沅即召集同人，为苏轼祝寿，并以"诗弟子"自居，其《夜憩东湖与严冬友侍读宛在亭玩月》诗云：

> 溪山曩溯浣花迹，水木兹寻嘉祐年。论我平生太侥幸，宦迹多得近前贤。苏门一派瓣香残，衣钵由来付托难。留得东湖湖上月，分明许我两人看。⑤

---

① 张埙：《题毕秋帆中丞高秋陟华卷子》，《竹叶庵文集》卷13，《续修四库全书》第1449 册，第194 页。

② 袁枚：《随园诗话》卷7，凤凰出版社2000 年版，第164 页。

③ 徐锡龄、钱泳：《熙朝新语》卷15，上海书店出版社2008 年版，第159 页。

④ 毕沅：《重过东湖》，《灵岩山人诗集》卷32，《续修四库全书》第1450 册，第307 页。

⑤ 毕沅：《夜憩东湖与严冬友侍读宛在亭玩月》，《灵岩山人诗集》卷29，《续修四库全书》第1450 册，第269 页。

诗中以苏轼之继承人自居，对苏轼之仰慕溢出笔端。又《十二月十
九日为东坡先生生辰，集同人设祀于终南仙馆赋诗纪事，敬题文衡
山画像之后》序云：

> 月建嘉平，日在辛巳，宋故端明殿学士、礼部尚书苏文忠
> 公之降辰也。览乎遗文、嗟不并世，求其宦迹，近在于兹。兼
> 以岁序将阑，丰年告庆，爰集胜侣，洁彼庶羞，几筵既清，画
> 像斯肃，致恪则或歌且舞，崇仪则迎神降神。于时和气在堂，
> 清光向夕，明禋之雅，既绍南皮，啸歌之声，有逾东洛。庭余
> 积素如登聚星之堂，山送遥青居然横翠之阁。嗟乎！尚友之
> 志，颂诗读书；仰止之诚，列星乔岳。七百余岁，抚几而如
> 存。十有四人操觚而竞赋，逮至斜月没树，音犹绕梁，严霜侵
> 衣，饮始投辖。中心好之骊驹之咏且止，岁云暮矣，蟋蟀之旨
> 勿忘。斯集者诗无不成，……今序而传之，亦以纪嘉会著良
> 时，并使后人祀公者有所述也。①

毕沅表达了对苏轼的景仰，并且以祭祀这种非常严肃的，带有仪式
性质的形式来纪念苏轼，其重视程度由此可见。毕沅诗中有"酌酒
寿公公色喜，满堂尽是诗弟子""公婆饮食必以祝，卅年向往之苏
门""予不识公频梦公，指点诗学启聩矇。""诗公从政学公诗，磨
蝎生来命守宫。国士声华重乐泉。罪人名氏书元祐。贤如韩琦司马
光，挤之不许上玉堂。西台营营鼠子辈，诗人例得投穷荒"② 等
句，不仅以苏门弟子自居，而且还对苏轼因政治斗争而遭受迫害，
表达了同情和不满，表示要以苏轼为榜样，"诗公从政学公诗"。
其实，我们由毕沅幕府之中唱和之作可以看出，毕沅对于苏轼之喜
爱，更多的是出于对其美政与人格魅力的仰慕，对于苏诗诗歌模仿
的却不多，与后来推崇苏诗的文人不同，毕沅及幕友的唱和中，是

---

① 毕沅：《灵岩山人诗集》卷31，《续修四库全书》第1450册，第297页。
② 同上。

很少用苏轼诗之韵的，用唐人韵却很常见，如《集石供轩席上效香山一字至七字体诗，同赋牡丹二首》《新春效长庆体赋生春诗四首》等，可见毕沅还是偏向唐音的。但其对苏轼的提倡，却表明了他对宋诗的重视，苏轼之于宋诗，犹如李、杜之于唐诗，乃是最杰出的代表。毕沅站出来为苏轼张目，实际上表现了他对宋诗的认同。他虽不喜宋人生僻、艰涩的一路，但对于宋诗，已不像沈德潜那样完全否定，而是表现出了一定的耐心和宽容。他的提倡，使以苏轼为代表的宋诗再度进入人们的视野，对于宋诗的重新认识也逐步展开，毕沅坚持这一活动近30年，对于扩大苏轼在诗坛上的影响起到了很大的作用，到嘉道之际，宋诗再次成为诗坛主流，客观上，毕沅在这一转变中起到了推波助澜的作用。实际上，毕沅对于苏轼的推崇，也是当时诗坛风气的一种体现，反映出乾隆后期诗坛唐宋融合的趋势。乾隆后期，诗坛在性灵说的冲击之下，很多文人开始理性地看待诗歌的发展，对门派、家数之说法已非常不满，袁枚就此有一段精彩的论述：

> 诗分唐、宋，至今人犹恪守。不知诗者，人之性情，唐、宋者，帝王之国号。人之性情，岂因帝王之国号而转移哉？亦犹道者，人人共由之路，而宋儒必以道统自居，谓宋以前直至孟子，此外无一人知道者。吾谁欺？欺天乎？七子以盛唐自命，谓唐以后无诗，即宋儒习气语。倘有好事者，学其附会，则宋、元、明三朝，亦何尝无初、盛、中、晚之可分乎？节外生枝，顷刻一波又起。庄子曰："辨生于末学"。此之谓也。①

袁枚此论，道出了诸多文士对诗分唐、宋，以朝代分优劣的不满。因此，毕沅等人主张调和唐宋，跳出家数的藩篱，乃是诗坛发展之趋势。此外，毕沅也不排斥袁枚之"性灵说"，他在《题袁简斋前

---

① 袁枚：《随园诗话》卷6，凤凰出版社2000年版，第148页。

辈随园雅集图》诗中写道："坛坫东南属我徒,几人姓氏满江湖。"① 言语之中很有几分自豪,以能与袁枚相提并论为荣。且毕沅还资助袁枚刊行其《随园诗话》,显见其对性灵说是很欣赏的。钱大昕后来在总结毕沅诗文创作时还指出,毕沅对性灵说有所吸收纠正,钱大昕云其创作"要自运性灵,不违大雅之旨"②。袁枚之性灵说历来受到馆阁文人的抨击,袁枚主张独抒性灵,表露自然真实的情感,因而其诗作多涉及男女情爱,甚至讥诮圣贤。这样的作品在封建社会的伦理纲常面前显然是有伤风化的,是不为封建卫道者所接受的。卢见曾就深鄙袁枚为人及其性灵说,翁方纲亦深恶"性灵派",但毕沅却能采取宽容的态度对待它,这说明乾隆后期诗坛各种理论之间出现了互相借鉴、融合的趋势,也说明庙堂诗人对性灵派的态度有所转变。

然而毕沅毕竟是"纱帽"诗群的代表人物,他代表着庙堂诗人,代表着在朝势力,是清代文化政策的官方代言人和执行者。对儒家传统诗教及其所主张的"温柔敦厚"的坚持,影响和制约着乾隆后期诗坛。如前所述,毕沅幕府接纳了大批寒士,除了爱才好士之外,将这些在野的势力纳入统治的轨道上来,恐怕也是毕沅为盛世歌太平的一种自觉的体现。毕沅编刻《吴会英才集》即反映了庙堂势力对诗坛的主导和影响。乾隆五十年(1785),毕沅刊刻了《吴会英才集》24 卷,袁枚云:"毕尚书弘奖风流,一时学士文人,趋之如鹜。尚书已刻黄仲则等八人诗,号《吴会英才集》。"③ 此集共选录十六家诗,分别为:方正澍《伴香阁诗》二卷;洪亮吉《附鲒轩诗》一卷、《卷施阁诗》一卷;黄景仁《两当轩诗》二卷;王复《树萱堂诗》二卷;徐书受《教经堂诗》二卷;高文照《阆清山房诗》一卷;杨伦《九柏山房诗》一卷;杨芳灿《吟翠轩诗》二卷;顾敏恒《笠舫诗稿》二卷;陈燮《忆园诗钞》二卷;王嵩

① 毕沅:《灵岩山人诗集》卷 36,《续修四库全书》第 1450 册,第 351 页。

② 钱大昕:《太子太保兵部尚书湖广总督世袭二等轻车都尉毕公墓志铭》,《嘉定钱大昕全集》第 9 册,江苏古籍出版社 1997 年版,第 720 页。

③ 袁枚:《随园诗话》卷 11,凤凰出版社 2000 年版,第 278 页。

高《游梁集》一卷；杨揆《桐华吟馆稿》一卷；徐嵩《玉山阁稿》一卷；石渠《翠苕馆诗》一卷；孙星衍《雨粟楼诗》一卷；王采薇《长离阁诗》一卷。毕沅选入的这 16 位诗人，其中方正澍、洪亮吉、黄景仁、王复、徐书受、杨芳灿、孙星衍和陈燮都为毕沅幕宾。除了宏奖风流之外，毕沅刊刻《吴会英才集》还想以此集作为鼓吹休明之工具，以起到"垂范"的作用，他在序言中即表达了这一想法：

> 国家之盛由于人才，而人才之兴又皆在于国家承平百年、大化翔洽之后，汉之元狩、唐之开元是矣……开元之时，花萼金鉴之制导其端，其时为之卿相者张说、苏颋，所谓燕许大手笔也，而高、岑、王、李诸人亦出焉。此十数人者，所为诗文类皆瑰伟英特、清雄华茂，而无哀思感激之音、憔悴婉笃之旨，则采士大夫之风而世之全盛可知矣。今我国家承平亦百余年之久……于是士之生其间者，亦皆能和其声以鸣国家之盛。以余所知若集中诸子，皆一时之俊也，而或入直承明，或出为牧领，诗人之遇又迥非汉之冯衍、赵壹，唐之罗隐、方干所比，故其诗亦皆无憔悴婉笃之旨、哀思感激之音，则所遭之偶然也。①

这篇序文明确表达了毕沅诗歌为政治服务的主张，他认为自己所处之时代，可以与汉、唐盛世之元狩、开元相媲美，而诗风又能反映国家的兴衰。既然自己身处"盛世"，那么士人们所创作的诗歌，应当是"瑰伟英特""清雄华茂"，能够与盛世之气象相适应的，要以诗"鸣国家之盛"。他认为"世之全盛"，应当反映在文学创作中，这是典型的要求以诗饰世的主张。而那些表现"哀思感激之音"、反映"憔悴婉笃之旨"的作品，是不应当出现在盛世之中的，也是与盛世风范不相符的，是有碍于世道人心的。显然，毕沅

---

① 毕沅：《吴会英才集序》，《吴会英才集》卷首，清嘉庆刻本。

的这种观念与最高统治者的指导思想是一致的，清圣祖康熙就谕示
"文章以发挥义理，关系世道为贵"，就是要求将文学创作纳入封
建统治当中来，一切违背统治的弦外之音均属打击之范畴。毕沅座
师沈德潜于乾隆初期倡导"格调说"，即是"仰体圣意"的结果，
作为文学侍从，沈德潜清楚地知道统治者所谓"帝王敷治，文教是
先"的含义，因此他在《说诗晬语》中明确指出了诗歌有益于邦
国，有益于统治才是根本："诗之为道，可以理性情，善伦物，感
鬼神，设教邦国，应对诸侯，用如此其重也；秦、汉以来，乐府代
兴，六代继之，流衍靡曼，至有唐而声律日工，托兴渐失，徒视为
嘲风雪，弄花草，游历燕衎之具，而诗教远矣。学者但知尊唐，而
不上穷其源，犹望海者指鱼背为海岸，而不自悟其见之小也。今虽
不能竟越三唐之格，然必优柔渐渍，仰溯风雅，诗道始尊。"① 沈
德潜所提倡的以诗歌来规范人伦教化，设教邦国可谓深得乾隆之
心，因此其耆儒晚遇，恩眷之隆也就不足为奇了。毕沅身为执掌文
衡、制约文坛的封疆大吏，其对帝王意图的领会自不在话下，况
且，沈德潜因以文教而得高位，深得帝王眷顾，为毕沅等人树立了
榜样。同样，沈德潜死后因为徐述夔《一柱楼诗》作序，而被乾隆
指责为"昧良负恩""玷辱搢绅"，夺其谥号，仆其御笔题碑，毕
沅不能不有所震动。因此他在编选《吴会英才集》的过程中，即以
"温柔敦厚"为原则，不符合盛世气象的诗歌，皆被其裁汰，不予
选录。其实，我们可以看到，毕沅所选刻的这16家诗人，几乎都
是寒士或罢官文人，生活困顿、沉沦下僚不为俗流所赏是其共同特
征，基于自身的遭遇，他们的创作或诉自身之苦，或言盛世之悲，
显然是不能以"鸣国家之盛"视之的。然而毕沅却以这批寒士的创
作为样板，并说他们的诗歌并无"哀思感激之音，憔悴婉笃之
旨"，以天下公认的寒士之诗，来为盛世作衬托，并且说这些诗人
之不遇，与汉代之冯衍、赵壹，唐代之罗隐、方干不同，不是时势
使然，只是个人遭遇的不幸罢了。毕沅虽然同情这些寒士诗人的遭

---

① 沈德潜：《说诗晬语》，人民文学出版社1979年版，第186页。

遇，但是他认为这无碍于盛世，只是诗人自己的命运不济或者行为不检所造成的，从而为"盛世"作辩解。如其在《吴会英才集》为黄景仁作的小序当中就将黄仲则之"不遇"，归结为其"不自检束"："黄少尹风仪俊爽，秀冠江东。初依竹君学使，公燕太白楼，援笔成诗，时有神仙之望。自游京邑，声誉益华，卒以不自检束，憔悴支离，沦于丞倅，高才无贵仕。悲夫！曩以薄游关中，绸缪觞咏，才贤并集，实谓胜游。逾年，客死安邑，人传其《过平遥》绝句云：疑是晋卿灵未泯，九原风雨逐人来，词虽警绝，信为诗谶。"① 黄仲则的诗歌号为"盛世哀歌"，他的诗情张扬在乾嘉诗坛颇为罕见，对于无人敢言的压抑于士人心头的怨愤，肆无忌惮的倾泻是他诗歌的特征，将"讥笑讪侮一发于诗"，因此他的诗歌是背离"温柔敦厚"之诗教的。以他为代表的寒士们显然对盛世充满了疑惑、怨念，因此也表现出了对统治者的离立之感。毕沅将其诗选入《吴会英才集》，自然是由于黄仲则"秀冠江东""声誉益华"而出于爱才之心，同时也应看到其中所蕴含的政治意义，毕沅选入黄仲则等人诗的时候，将不合指归之作尽数裁汰，留下的只是那些"瑰伟英特"之作，以此来"润色鸿业"，以起到榜样的作用。毕沅自然感叹黄仲则之才，同时指出他"高才无贵仕"，乃是自己行为放荡所致，其用意不可谓不深，可见乾隆后期庙堂势力对寒士诗群的控制力仍然很强。

乾隆后期，毕沅以学者型官员主持一代风雅，在野诗人大量依附于他。他鼓扬风雅，提携后进，为寒士提供栖身之所，并为他们刊刻诗集，以爱才而著称。同时，又以庙堂身份指导着寒士们的创作，"朝""野"离立之势以复杂的状态呈现出来，毕沅幕府即是乾隆后期诗坛的一个缩影，正如学者所言："乾隆中后期整个诗坛在朝野势力逆转的趋势中，又难以彻底摆脱庙堂势力的主导与影响，呈现着异常复杂的诗史景观。"②

① 毕沅：《吴会英才集小序》，《两当轩集》附录，第592页。
② 倪惠颖：《从〈吴会英才集〉的编选看乾隆中后期的诗史景观》，《苏州大学学报》（哲学社会科学版）2009年第4期。

第四章　曾燠幕府与乾嘉之际
诗风走向

第一节　曾燠的生平与文学成就

曾燠（1760—1831），字庶蕃，一字宾谷，晚号西溪渔隐，江西南城人，曾廷沄之子。清代中叶著名诗人，又擅骈文。乾隆四十六年（1781）进士，改庶吉士。历官户部主事、军机章京、户部员外郎。乾隆五十七年（1882），京察一等，授两淮盐运使。嘉庆十年（1805），以失察楚省汉口岸抬价病民，降三级留任。十二年（1807），升任湖南按察使，十四年（1809）正月，调湖北按察使。十二月，迁广东布政使。二十年（1815），擢贵州巡抚。道光二年（1822），授两淮盐政，召回以五品京堂候补。七年（1827），引病乞归，奉旨不准给假。道光十一年（1831），卒。

曾燠自幼聪颖过人。少时随父亲宦游到北京，京城的曹宿见其诗文秀美，"多折行辈与论文"，有少年才俊之名。曾燠的仕途是比较顺畅的。曾燠在宦海浮沉达半个世纪，主要业绩有二项：一是治理贵州军民政务；二是治理两淮盐政。嘉庆二十年至二十四年曾燠就任贵州巡抚，赴任伊始，抓的第一件事就是教化，"于圣谕广训各条后附以解说，刊发城乡民户，广为化导"。曾燠治黔的第二个举措是治理屯军。乾隆初年，贵州实行按户授田，护卫苗疆，被称作"最为良法"。然而，到嘉庆中期，则"日久旷废，军田有与苗田界址不明者"①。鉴于此,曾燠奏请"悉行划拨,拟定章程",俱被嘉庆帝采纳。上述措施的实行对于维护贵州地方社会治安,发展地方经济,有着一定的积极影响。

两淮盐区是清代著名的大产盐区,生产海盐。以淮河为界,分为淮南、淮北两部分,计有 23 个盐场。乾隆、嘉庆年间,每年缴纳盐课银 220 余万两,占全国盐课近 1/3。因而,两淮盐政受到清朝统治者的高度重视。曾燠先后两次赴两淮任职。第一次是乾隆五十七年(1792),因京察一等,获特授两淮盐运使。先是充任钦差大学士庆桂(1735—1816)的随从司员到江南漱狱,勘办讼案。次年才正式到任视事,一干就是十余年。嘉庆十年,因湖北汉口口岸发生抬高盐价增加百姓负担事件,曾燠以"失察"之过被部议降三级留任,但得到了嘉庆帝的开恩,理由是"汉口距淮稍远,咎有可原,准其抵销"。也就是免予处分。

第二次是道光二年(1822)闰三月,因朝廷感到"两淮疲惫日甚",特命为母守孝刚满服的曾燠以巡抚衔巡视两淮盐政,准用二品顶戴。到任以后,曾燠立即着手整治盐政中的一些弊端。但是,由于盐政积弊太深,盐官、盐商舞弊严重,治理工作阻力很大,收效甚微。道光三年(1823),曾燠奏报清查完毕并立定章程,经户部审议,道光帝颁发谕旨,既肯定了他在清查中业已取得的成绩,又表示了对整治不彻底的不满。五年(1825),曾燠将汇总核实后的两淮纲食、各岸销盐总数上报,道光帝再次表示了他的不满。六年(1826)三月,为引盐加斤奏请延期一事,曾燠再次引起道光帝的不满。原来此前淮盐每引例重 364 斤,因商力拮据,奏准每引加盐十斤,以三年为限,截至道光元年止,曾燠认为,"灶产未丰,再请展至丁亥纲为止"。次月,曾燠被召回京师,遭到了道光帝的严厉斥责,在上谕中,道光皇帝愤怒地写道:"夫以曾燠在两淮盐运十余年,又历任巡抚藩司,特命以顶戴补授盐政,期资整顿……曾燠在任四年有余,并未能设法整饬,一味因循了

---

① 《清史列传》,王钟翰点校,中华书局 1987 年版,第 2590 页。

事"，"着令以五品京堂候补，拟示薄惩"。曾燠随之称病告假，道光余怒未消，下旨"不准给假"，直至他在京师寓所病逝。

曾燠为官之余，倡导风雅，曾辟"题襟馆"于邗上，"周植花木为唱和之所"，延纳四方名流唱和，与宾从赋诗为乐。还曾捐款在京师修建南城会馆，并经常前往讲学。他工诗文，其诗清转华妙，文擅六朝、初唐之胜。在清代中叶文坛上，以才力富艳负盛名。洪亮吉《北江诗话》称其诗"如鹰隼脱鞲，精彩溢目"①。骈文与邵齐焘、吴锡麟、洪亮吉、刘星炜、袁枚、孙星衍、孔广森齐名，并称为"国朝骈文八大家"。为文磊落风雅，体正旨深。又是开清代按地域论诗人新例的诗论家之一，辑录 2000 多名江西本籍诗人的诗作，将其编纂成《江西诗征》94 卷，对江西历代诗人均作了中肯评论。还辑有《江右八家诗》8 卷，对有代表性的清代江西八位诗人作了评价，颇具艺术眼光，对研究清代诗歌有很大贡献。主要著作有《赏雨茅屋诗集》22 卷、《赏雨茅屋外集》2 卷、《骈体文》2 卷、《义学轩》《西溪渔隐》各 1 卷。其骈文佳作被吴鼐编入《八家四六文钞》。作为一位著名的典籍选刻家，他曾经先后选列了《国朝骈体正宗》12 卷、《苏文忠公奏议》2 卷、《虞文靖公诗集》8 卷、《江右八家诗》8 卷、《朋旧遗诗》18 卷、《江右诗征》120 卷、《江西诗征》94 卷，以及《续金山志》12 卷、《吕子易说》2 卷、《邗上题襟集》等予以刊行。另外，还有一部他选编的清朝诗集《清真集》，由于晚年多病，最终未能如愿刊刻于世。

第二节　曾燠幕府规模

曾燠为乾隆四十六年（1781）进士，乾隆五十七年（1792）授两淮盐运使，此后直到嘉庆十二年（1807）升任湖南按察使，十余年间驻节扬州，鼓扬风雅，广纳贤才，与同人诗酒唱和，被认为是继王士祯、卢见曾之后，以高位主持风雅、重振扬州诗坛的又

---

① 洪亮吉：《洪亮吉集》，中华书局 2001 年版，第 2245 页。

一人，如郭麐《灵芬馆诗话》所言："扬州自雅雨以后数十年来，金银气多，风雅道废。曾宾谷都转起而振之，筑题襟馆于署中，四方宾客，其从如云，今所传《邗上题襟集》是已。都转于诗不分畦畛，而独见精能，长篇半格适如其意而出，于时辈篇章亦具正法眼藏，不屑附和亦不为刻深，集中古体多于近体，然七绝风神澹逸，能于阮亭、竹垞外别标一格。……《流水》一律云：流水到今日，古时经几何？影留青嶂在，春送落花多。板桥年年换，舟人绩绩过。争如坐磐石，风雨一渔蓑。寄托殊有雅志东山之意。"① 王昶亦云："维扬为南北要冲。又有平山、蜀岗、虹桥诸名胜，故士大夫往来者篮舆笋屐，徘徊旬日而不能去。然二十余年觅船投辖，地主无人，每有文酒寂寥之叹。宾谷开东阁之樽，集南都之彦子，门下士被其容接者尤多。而擘纸挥毫，散华落藻，揽题襟馆诗两集，遂觉烟月争辉，江山生色。"②

　　曾燠出毕沅之门，才气和诗学功力均不逊毕沅，著有《赏雨茅屋诗集》20 卷、《外集》一卷。他有很好的文学素养，笃志于诗，又工骈文，其幕宾吴鼒辑《八家四六文钞》，曾燠与袁枚、孙星衍、洪亮吉等并列其中。包世臣曾言："公尤嗜诗，至老不辍。至汉魏六朝、三唐两宋以及近世闻人专集、汇集皆悉研究，辨析其得失。公以世家子弱冠即涉词苑、值枢廷，洊登封圻，居华腴清要者数十年，未尝历怫逆失意之境，而其为诗顾深悉民间疾苦，微言激射，顿挫沉郁，绝无珠翠罗绮之气染其笔端。《咏山烧》有曰：层峦从此瘦，春草几时生？《望岱》有曰：须知天下雨，还望一山云。寄意遥深，有寒俊专家所不及。溯公宦辙，留扬州者至久。其地居水陆之冲，四方名流所集聚，自赵宋时韩欧刘苏相继守土，宾燕之盛辉映古今。阅数百年至国初，周栎园侍郎监督钞关、远绍逸响，而王阮亭尚书继以司理扬州，诚心求士，士归之如流水之赴壑。二公皆履卿贰，立治绩，而世人之艳称者，乃在钞关司理时，

　　① 郭麐：《灵芬馆诗话》卷 4，《续修四库全书》第 1705 册，第 378 页。
　　② 王昶：《蒲褐山房诗话新编》，周维德辑校，齐鲁书社 1988 年版，第 143 页。

诚哉其难之也。后百年卢雅雨、朱子奢为都转，稍绩前绪，至公而大盛，是以扬州人士以公风采为上接阮亭者，信矣。"① 他是清代扬州最后一个影响广被东南的风雅使节，其幕府吸纳了众多的人才，当世许多著名文士都被延入幕中或至扬州与其唱和，"自宾谷出为两淮运使，而天下称诗之士皆至于扬州"②。徐世昌亦云："宾谷早达，陟词苑，值枢廷，居华膴清要数十年。后官扬州，风雅爱士，红桥白塔，载酒题襟，宾客几倾时选，海内响慕，比于王贻上、卢雅雨一流。"③

当时的名士钱泳也记载了曾燠幕府的盛况："南城曾宾谷中丞以名翰林出为两淮盐运使者十三年。扬州当东南之冲，其时川、楚未平，羽书狎至，冠盖交驰，日不暇给，而中丞则旦接宾客，昼理简牍，夜诵文史，自若也。署中辟'题襟馆'，与一时贤士大夫相唱和，如袁简斋、王梦楼、王兰泉、吴穀人、张警堂、陈东浦、谢芗泉、王萼町、钱裴山、周载轩、陈桂堂、李啬生、杨西禾、吴山尊、伊耐园及公子述之、蒲快亭、黄贲生、王惕甫、宋芝山、吴兰雪、胡香海、胡黄海、吴退庵、吴白庵、詹石琴、储玉琴、陈理堂、郭厚庵、蒋伯生、蒋藕船、何岂匏、钱玉鱼、乐莲裳、刘霞裳诸君时相往来，较之西昆酬唱，殆有过之。"④ 由以上载录可见曾燠幕府宾客之盛。而钱泳的记述更为细致地透露了其幕宾与交游圈的信息，由他所提供的这张名单可见，曾燠幕府集中了乾隆后期到嘉道之际的文化名流，可见其幕府影响之大，无怪乎陈康祺称其幕府为"龙门"："南城曾抚部燠，今人犹称为曾都转，以公宦辙留扬州最久也。红桥竹西宾从文宴之盛，远踵韩、欧、刘、苏诸公，近接栎园、渔洋、雅雨诸老辈，盖几乎海内龙门矣！"⑤

----

① 包世臣：《曾抚部别传》，《续碑传集》卷21，《清代传记丛刊》第116册，第192页。

② 王芑孙：《题襟馆记》，《惕甫未定稿》卷6，《续修四库全书》第1481册，第39页。

③ 徐世昌：《晚晴簃诗话》，傅卜棠编校，华东师范大学出版社2009年版，第749页。

④ 钱泳：《履园丛话》，中华书局1997年版，第215页。

⑤ 陈康祺：《郎潜纪闻二笔》，中华书局1984年版，第503页。

曾燠与卢见曾同为两淮都转盐运使，又同样以礼贤下士、雅好文学而闻名海内，并且由于卢见曾在乾隆中期主持邗上风雅，其主办的"红桥修禊"轰动一时，因此曾燠也被看作能稍步卢见曾后尘者，所谓"自王文简公司理扬州，德州卢雅雨方伯见曾转运两淮而后，以提倡风雅为己任者，曾也，一时棨敦称盛。"① 曾燠在乾隆末期来到扬州任职，其时扬州文坛"金银气多、风雅道废"，曾燠以其幕府为核心，起而振之，使扬州文坛再度焕发出光彩。值得注意的是，卢见曾幕府是以一个综合性幕府的面目出现的，其幕府除了是一个诗人幕府外，还是一个学术性的幕府，戴震、惠栋、王昶、沈大成等汉学家都曾入其幕，并且在其幕中刊刻了诸多经史著作，对推动汉学发展起到了积极的作用。曾燠幕府则相对单纯，基本没有汉学家，幕中主要活动就是诗酒唱和。这一方面是由于曾燠本人的兴趣爱好所决定，另一方面，是由于清代重要的汉学家阮元在曾燠任两淮盐运使时，也以少詹事出任山东学政，阮元一生笃志于汉学研究，其幕府吸纳了乾嘉之际几乎所有重要的汉学家，清代最大的学人幕府就此出现。这样，在乾嘉之际，文人游幕即出现了两个趋势：汉学家趋于阮元的学人幕府，诗人则流向曾燠之诗人幕府，这也印证了洪亮吉《北江诗话》所言："人才古今皆同，本无所不有。必视君相好尚所在，则人才亦趋集焉。"②

第三节　曾燠幕府成员

黄文旸（1736—1808），字时若，号秋平、焕亭，江苏甘泉人。工诗词古文，通声律之学，乾隆四十三年（1778）文旸受扬州盐运使朱孝纯之命，赴皖桐城梅花书院主讲。乾隆四十五年（1780）清高宗弘历曾令两淮盐运使伊龄阿在扬州设馆删改词曲，聘文旸为总校，负责审定苏州织造呈进词曲。因得尽阅古今杂剧、传奇，曾

---

① 徐珂：《清稗类钞》第 8 册，中华书局 1984 年版，第 3939 页。
② 洪亮吉：《北江诗话》卷 2，《洪亮吉集》，中华书局 2001 年版，第 2260 页。

拟将其所见杂剧、传奇之作者姓名、剧情梗概，编为《曲海》，现仅存目录，收入李斗《扬州画舫录》中，一般称为《曲海目》。另著《古泉考》6 卷、《隐怪丛书》12 卷、《通史发凡》30 卷、《埽垢山房诗抄》12 卷，以及《葫芦谱》《古金通考》等。嘉庆九年（1804），转运使曾燠将其招入题襟馆中，与时流相唱和。

杨伦（1747—1803），字西木，一作西禾，江苏阳湖人。博极群书，早传声誉。乾隆四十六年（1781）进士，官广西荔浦县知县。晚岁，主讲江汉书院，门下多尊信之。伦诗得力于少陵，与孙星衍、洪亮吉、徐书受等唱酬最富。著有《九柏山房集》及《杜诗镜铨》20 卷。尝入曾燠题襟馆与诸人文酒唱和。

蒲忭（1751—1815），字快亭，江苏清河人。嘉庆七年（1802）壬戌科三甲第 160 名进士（"孙山"前一名），曾任苏州教授。著有《南园吏隐诗存》。蒲忭曾游幕扬州，与王文治及曾燠幕中诸名流相唱和。在《邗上题襟集》中，蒲忭《景贤楼下榻呈宾谷先生》诗，曾得曾燠次答，王文治和之。其他如《白莲诗》《寒月》《消寒会分赋》等诗，蒲忭亦有和章。

钱东（1752—?），字东皋，一字呆桑，号袖海，又号玉鱼生，浙江钱塘人。尝侨寓扬州，与都转曾燠相唱和，名其室曰双桥书屋。著有《双桥书屋遗诗》一卷。

吴照（1755—1811），字照南，号白庵，江西南城人。乾隆五十四年（1789）拔贡，官大庾教谕，旋弃官卖画自给。通六书，画竹得金错刀法，兼善山水、人物，亦能画兰。意气豪宕，嗜饮，罗聘尝为绘石湖深耕图，并联吟、饭牛诸图。有《说文字原考略》《听雨斋诗集》。曾与邓石如同客毕沅湖广总督幕，又屡为曾燠题襟馆客。

王芑孙（1755—1817），字念丰，一字沤波，号惕甫，一号铁夫、云房，又号楞伽山人，江苏长洲人。乾隆五十三年（1788）诏试举人，官华亭教谕。芑孙名位不显，而其交游甚广，其时学人文士之知名者，皆其友也。因久困场屋，益肆力于诗古文，其诗以无言古体为最工。著有《渊雅堂编年诗稿》20 卷、《惕甫未定稿》

26 卷、《古赋识小录》8 卷、《瑶想词》1 卷、《碑版广例》10 卷。屡为曾燠题襟馆客。

吴鼒（1755—1821），字及之，一字山尊，号抑庵，又号南禺山樵，晚号达园，安徽全椒人。嘉庆四年（1799）进士，官侍讲学士。以母老告归，主讲扬州书院，与曾燠友善，时为文酒诗会。擅书能画，工骈体文。著《吴学士文集》4 卷、《吴学士诗集》5 卷，编有《八家四六文钞》，另有《夕葵书屋集》《清画家诗史》《墨林今话》《耕砚田斋笔记》等传世。

刘嗣绾（1762—1820），字醇甫，又字简之，号芙初，江苏阳湖人。少颖异，识量过人。早游京师，知名于时。嘉庆十三年（1808）会试第一，卷进呈，帝道：“朕久知其名，可谓得士矣！”廷试改翰林院庶吉士，散馆，授编修。和平安雅，见义无不为。年五十九，丁母忧，以毁卒。嗣绾诗及骈体文，少作多明艳，中年则以沈博排募胜，晚更清道骏迈，以快厉之笔，达幽隐之思。所著有《尚绷堂集》。尝入曾燠之题襟馆与乐钧等为文酒之会。

顾日新（1763—1823），号剑峰，江苏吴江人。少补博士弟子员，屡试辄抑于有司，遂客游公卿间。阮元、曾燠视为上宾，陈沆以国士目之。晚岁家居，病卒。天资颖异，善读书，用心于历朝史册，好议论古今，颇以经济自负。著有《寸心楼诗文集》。

乐钧（1766—1814），原名宫谱，字效堂，一字元淑，号莲裳，别号梦花楼主。江西临川人。清代著名文学家。从小聪敏好学，秀气孤秉，喜作骈体文，弱冠补博士弟子。乾隆五十四年（1789）由学使翁方纲拔贡荐入国子监，聘为怡亲王府教席。嘉庆六年（1801）乡试中举，怡亲王欲留，乐钧以母老辞归。后屡试不第，未入仕途，先后游历于江淮、楚、粤之间，江南大吏争相延聘，曾主扬州梅花书院讲席。嘉庆十九年（1814），因母去世过分伤心，不久亦卒。乐钧与吴嵩梁同为翁方纲弟子，能继诗家蒋士铨之后，并负盛名。曾燠官扬州，乐钧曾寓其馆中，颇得曾赏识，谓其所长不惟诗，诸体之文，靡不绮丽。其骈文与张惠言、李兆洛等并称“后八家”，被录入《后八家四六文钞》。著有《断水词》《青芝山馆诗文集》及《耳食录》。

郭麐（1767—1831），字祥伯，号频伽，因右眉全白，又号白眉生、郭白眉，一号邃庵居士、苎萝长者。江苏吴江人。游姚鼐之门，尤为阮元所赏识。工词章，善篆刻。间画竹石，别有天趣。书法黄庭坚。少有神童之称。乾隆四十七年（1782）补诸生。乾隆六十年（1795），参加科举不第，遂绝意仕途。专研诗文、书画，好饮酒，醉后画竹石是其一绝。嘉庆时为贡生，嘉庆九年讲学蕺山书院，喜交游，与袁枚友好。晚年迁浙江省嘉善县东门，卒于宣宗道光十一年（1831），得年六十五。著作主要有《灵芬馆诗集》（《初集》4卷，《二集》10卷，《三集》4卷，《四集》12卷，《续集》8卷，《杂著》2卷，《杂著续编》4卷）、《江行日记》1卷、《唐文粹补遗》26卷，以及《蘅梦词》《浮眉楼词》《忏余绮语》各2卷等。曾入曾燠题襟馆与陆继辂、乐钧等为文酒之会。

彭兆荪（1769—1821），清代诗人。字湘涵，又字甘亭，晚号忏摩居士。江苏镇洋人。有文名，中举后屡试不第。曾客江苏布政使胡克家及两淮转运使曾燠幕。彭兆荪青少年时，随父宦居边塞，驰马游猎，击剑读书，文情激越，后来遭遇父丧，变卖家产，又因累试不第，落魄名场，常为生活而奔波，龚自珍将他与舒位并举，称赞他的诗作"清深渊雅"（《己亥杂诗》自注）。著有《小谟觞馆诗文集》。在曾燠题襟馆日，与乐钧、刘嗣绾、顾广圻等交，并校刊《骈体正宗》。

陆继辂（1772—1834），字祁孙（一作祁生），一字修平，江苏阳湖人。九岁而孤，母林氏教养之。年十七，应学使者试，识丁履恒、吴廷敬二人，母察知以为贤，遂纵之结客。先后交恽敬、庄会赒等，学日进。与兄子耀遹齐名，人称"二陆"。仪干秀削，读书如凤成，吐辞隽婉，常倾座人，人皆礼敬之。嘉庆五年（1800）举人，官合肥县训导，甚得时誉。以修安徽省志叙劳，选江西贵溪县知县。居三年，以疾乞休。继辂所为文，与董士锡于阳湖、桐城外，能自树一帜；尤致力于诗。所著有《崇百药斋文集》44卷，《合肥学舍札记》8卷。陆继辂嘉庆五年（1800）客曾燠题襟馆，与文酒之会，与刘嗣绾等论学。

邓显鹤（1777—1851），字子立，一字湘皋，湖南新化人。少与同里欧阳辂友善，以诗相砥砺。嘉庆九年（1804）举人。笃于内行，博涉群书，足迹半天下，海内文人，多慕与之交。晚官宁乡训导，寻乞病归。因事至长沙，请诗文者络绎不绝，巍然称楚南文献者，垂30年。生平尤笃风义，喜振拔孤寒。显鹤工诗古文辞，著有《南村草堂诗钞》24卷，《文钞》20卷，《易述》8卷，《毛诗表》2卷，校勘《玉篇广韵札记》2卷，及自订《年谱》2卷；又纂《资江耆旧集》64卷，《沅湘耆旧集》200卷，《楚贤增辑考异》45卷，《宝庆府志》157卷，《武冈州志》34卷，《朱子五忠祠传略》及续传复搜剔《蔡忠烈遗集》《王船山遗书》，编校《欧阳文公圭斋集》，重订《周子全书》等。曾燠任转运使时，慕其名，致书币延入幕，居淮上五载为曾燠点定诗文。

吴烜（1748—?），号退庵，江西南城人。乾隆五十四年（1789）恩科举人，授国子监典，后屡试不售。遂绝意仕进，长期流寓金陵、燕台、扬州等地，曾与兄吴照入曾燠之题襟馆，赋诗游宴。著有《菜香书屋诗草》6卷、《唐贤三昧集笺注》等。

吴嵩梁（1766—1834），字子山，号兰雪，晚号澂翁，别号莲花博士、石溪老渔。江西东乡人。清代江西最杰出的诗人，有"诗佛"之誉。吴居澳之子，少孤贫，有异才，以鬻文养母。15岁以文名于乡，为金溪杨䕫所识，结为忘年交。乾隆四十九年（1784），高宗南巡时，吴嵩梁应诏赴金陵应试，时年不到二十，诗稿已有数百首。嘉庆五年（1800）举人，授国子监博士，旋改内阁中书。道光十年（1830）擢贵州黔西知州，时年已六十五，上任次年在黔西东山开元寺修建阳明书院，有惠政。因事得罪上司，转为长寨厅（今长顺县）同知。后曾两任乡试同考官。卒于道光十四年（1834），年六十九。有《香苏山馆诗集》36卷。乾隆五十八年（1793）以后屡次入题襟馆与文酒之会。

詹肇堂，生卒年不详，字南有，号石琴，江苏真州人。师从吴锡麒于真州书院，乾隆六十年（1795）举人，后绝意仕进，肆力于诗。居扬日久，为题襟馆座上客。

吴锡麒（1746—1818），字圣征，号谷人，浙江钱塘人。乾隆四十年（1775）进士。曾为翰林院庶吉士，授编修。后两度充会试同考官，擢右赞善，入直上书房，转侍讲侍读，升国子监祭酒。他生性耿直，不趋权贵，但名著公卿间。在上书房时，与皇曾孙相处甚洽，成为莫逆之交，凡得一帖一画，必一起题跋，深受礼遇。后以亲老乞养归里。主讲扬州安定、爱山、云间等书院至终，时时注意提拔有才之士。在扬州时，曾燠与之友善，目为题襟馆上宾，时有文酒唱和。

金学莲，生卒年不详，字子青，又字青侪，号手山，江苏吴县人。监生，久困场屋，尝游曾燠幕，以翰墨见重。又得以与郭麐、吴嵩梁为文字交，法式善称其为三才子。因渴慕李白、李贺、李商隐，遂名其堂为三李堂。著有《三李堂诗集》。

第四节　曾燠幕府文人雅集

曾燠自乾隆五十八年（1793）至嘉庆十一年（1806），任两淮都转盐运使十余年，期间，他常与幕宾雅集赋诗，大批寒士入其幕府酬唱，对于起振扬州一地之文风功不可没，正如张维屏所言："宾谷都转处淮扬靡丽之区而澹于嗜欲，公事余闲，时与宾从赋诗为乐。开题襟馆于署后，周植花木为唱和之所。屈指官斯土者，自国初以来，无虑数十辈，而若风吹网，所过无闻，独宾谷挟其纵横跌宕之才，以雄视乎当世，令人爱慕比于香山、六一、玉局诸老不其伟欤？"[①] 张氏指出，历朝官扬州者，几乎不可胜数，然而皆"若风吹网，所过无闻"，能像王渔洋、卢见曾、曾燠这样"雄视当世"者寥寥无几，从一个侧面也反映出曾燠等人有功于士林，法式善《寄曾宾谷运使》即对曾燠提携寒俊、鼓扬风雅给予了赞扬：

---

① 张维屏：《国朝耆献类征》卷192，《清代传记丛刊》第156册，第513页。

梅花阴薄山吐月，官阁吟声时未歇。十年饱看蜀岗云，一竿梦钓西溪雪。王扬州后卢扬州，谁能一字一缣酬。题襟馆大亦如舟，孤寒八百来从游。①

曾燠在扬州时延揽素儒、不废吟咏，幕下汇集了当世著名的文人才士，署中文宴几乎无日不有。曾燠自乾隆五十八年（1793）始陆续付刻《邗上题襟集》及《续集》《再续集》，均是其与幕宾、文友的唱酬之作，为扬州文坛留下了一笔丰厚的文学遗产，如吴㷆所言："南城曾公转运邗上，清望既符，盐政以理，薄书克勤，啸歌无废，宾客之盛不减聚星之堂，湖海之士并有登龙之愿。"② 曾燠与幕宾、文友的诗酒唱和极为频繁，曾燠本人也描述了当时其幕府雅集之盛况："往者，扬州月夜，京口江春，梅花邓尉之山，桃叶秦淮之渡，靡不飞觞命酒，刻烛分题，众宾皆金鼓之声，贱子亦风云之气。"③ 他驻节扬州十余年，交游既广，唱和亦多，着力为诗，诗集中几乎无体不备，他与幕宾唱和之题材亦包罗万象，约略言之，以"或芜城吊古，或蜀岗怀人，或悲芍药之余春，或爱芙蓉之初日"④ 居多，然曾燠幕府地处扬州华丽之区，府中文宴亦极一时之盛，幕僚与文友形形色色，然以诗人居多，因之文宴的主题亦呈现出多样化，反映出这一时期文人生活与创作的各个方面。

一 宴饮、饯别

从文人雅集的主题方面来看，宴饮与饯别无疑是最重要、最古老的。这在最早的诗歌总集——《诗经》中就有相当多的记载，

---

① 法式善：《怀远诗六十四首》，《存素堂诗初集录存》卷6，《续修四库全书》第1476册，第587页。

② 吴㷆：《吴学士文集》卷12，《续修四库全书》第1487册，第445页。

③ 曾燠：《胡香海诗集序》，《赏雨茅屋外集》，《续修四库全书》第1484册，第236页。

④ 曾燠：《乐元淑青芝山馆诗集序》，《赏雨茅屋外集》，《续修四库全书》第1484册，第231页。

《小雅》中即有多篇诗歌描写了宴饮雅集的情形。汉代时，这样的集会层出不穷，著名的如梁孝王"筑东苑，招延四方豪杰"，司马相如、枚乘等人皆在其列。其东苑雅集也为后人所追慕，南朝宋时谢惠连《雪赋》描述了幕府游宴时的风雅：

> 岁将暮，时既昏；寒风积，愁云繁。梁王不悦，游于兔园。乃置旨酒，命宾友。召邹生，延枚叟。相如未至，居客之右。俄而未霰零，密雪下。王乃歌北风于卫诗，咏南山于周雅。授简于司马大夫，曰："抽子秘思，骋子妍辞，侔色揣称，为寡人赋之。"①

从这段描述中可见文人宴集置酒为赋，以舒雅怀，由来已久，亦为后世文人雅集之榜样。

曾燠在扬十余年，幕府中宴饮不计其数。扬州历来为文人渊薮，文坛佳话亦不胜枚举，清人薛寿曾说："吾乡素称沃壤，国朝以来，翠华六幸，江淮繁富，为天下冠，士有负鸿才硕学者，不远千里百里，往来于其间。巨商大族，每以宾客争至为宠荣，兼有师儒之爱才，提倡风雅，以故人文荟萃，甲于他郡。"② 这使得扬州具有深厚的文化底蕴，前有欧阳修、苏轼，继之者王渔洋、卢见曾，既有平山雅集，又有红桥修禊，这不能不使曾燠产生留名史册的想法。乾隆五十八年（1793），曾燠刚一上任即举行了"九峰园秋禊"，《扬州画舫录》卷7记载了这次修禊：

> 癸丑秋，曾员外燠，转运两淮，修禊是园，为吴榖人翰林锡麒、吴退庵煊、詹石琴孝廉肇堂、徐闻斋孝廉嵩、胡香海进士森、吴兰雪上舍嵩梁、吴白厂明经照。丹徒陆晓山绘图。转运序云："莫春修禊，厥事尚已。若乃鲁都作赋，公干称二七

---

① 李善等注：《六臣注文选》卷13，《四部丛刊》本。
② 薛寿：《读画舫录书后》，《学诂斋文集》卷下，光绪十五年广雅书局刻。

之禊；曲水伺宴，谢朓有濯流之词。前代盖罕闻之，今世无复行者。岁在癸丑，符兰亭之年；序维上秋，落淮南之叶。下官系出先贤，志希风浴，矧兹淮海之会，兼有林谷之胜。公事方暇，素商屈节，不有嘉集，曷申雅怀？逌以七月朔越三日，会宾客于邗水之上，秋禊是举。于时水天一色，风露满衣，羽觞浮而荷气香，斗槎泛而银河近。忆仙人之鹤驾，悲帝子之萤光。鲍赋斯成，牧诗载泳，自有禊事以来，未闻盛于此日者也。古用上巳，今行始秋，用陈洁清之义，匪泥祓除之旨。与斯会者，咸绘于图，凡八人。"序之云尔。①

此次修禊之地为扬州八大名园之一的南园，该园为九莲庵故址，盐运使何煟所建，后为歙县王玉枢所得，改建别墅，号为南园。因园中分别将九块湖石立于各处厅堂前，乾隆皇帝游览时，对九块湖石赞赏不已，遂将该园赐名为九峰园。这次修禊活动于秋季七月举行，有别于三月的上巳节。其实古代修禊的目的主要为消除不祥，祈求好运，一年四季都有修禊节，而以三月上巳春禊最为流行。自王羲之等人举行的兰亭修禊之后，文人便多效法之，于三月三日举行诗文盛会。曾燠此次乃于七月举行修禊，与会者除曾燠外，有吴锡麒、吴煊、詹肇堂、徐嵩、胡森、吴嵩梁、吴照，赋诗之余，亦绘有秋禊图记其事。曾燠《秋禊诗》云：

昨得兰亭春禊砚，便思招客兰亭游。兰亭此去一千里，春禊故事谁知修。扬州红桥亦名胜，冶春词句今传讴。渔洋遗迹继者少，百有余岁空悠悠。今年三月动嘉兴，颇乏知己相赓酬。朅来名士少长集，江天雨霁开凉秋。安江门外水新涨，浩荡岂可输闲鸥。棹歌声发古渡头，蒹葭深处清而幽。浓春桃李反嫌俗，秋禊之乐前无俦。南园水木况明瑟，九点烟岚出亭侧。砚池一曲含风漪，倒影奇峰岳莲碧。我携禊砚适来此，一

① 李斗：《扬州画舫录》，中华书局 1997 年版，第 172 页。

洗寒泉翠欲滴。此池为我禊砚开，此峰为予砚山石。异哉此会非偶然，兰亭之人几曾得？座中名士咸叹息，复有丹青润州客。明朝写出秋禊图，洗砚之人宜可识。①

他在诗中说明了这次宴集的起因，乃是无意间得砚一方，此砚为绿端石所制，四面刻兰亭图并诗，故名之为春禊砚。曾燠乃效法王羲之等人兰亭春禊故事，于七月三日举行秋禊。诗中表达了自己得砚而思追慕先贤的意图，扬州文坛自卢见曾之后 30 年，曾燠来任职之时已是"风雅道废"，但"冶春词句今传讴"，王士禛等人雅集唱和的风流韵事仍为众人津津乐道，视为文坛佳话。曾燠在慨叹渔洋之后，踵之者寥寥的同时，亦颇以起振文风者自居，虽以得砚为契机，然效法之思，由来已久，只是由于"颇乏知己相庚酬"。同时他也暗示扬州风雅道废、"名士少长集"是由于无人提倡，而自己就是渔洋后身，渴望"江天雨霁"，一扫阴霾，重振文坛。同座之人对于曾燠鼓扬风雅大加赞赏，认为可与兰亭媲美，与红桥比肩：

> 残醉江皋寄彩笺，风流不让永和年。
> 相思一夜秋兰发，花里新吟秋禊篇。②
>
> 冶春高咏待公继，达人秉烛非吾欺。③
>
> 拟兰亭会既异时，继红桥盛复殊地。④

詹肇堂更是和诗认为曾燠举行秋禊之会，可谓前无古人，别出心裁，独树一帜，"兰亭之人今邈矣，续会兰亭效颦耳。秋禊古来

---

① 曾燠：《秋禊诗》，《邗上题襟集》，嘉庆二年两淮盐署刻本。
② 徐嵩：《秋禊诗》，《邗上题襟集》，嘉庆二年两淮盐署刻本。
③ 吴嵩梁：《秋禊诗》，《邗上题襟集》，嘉庆二年两淮盐署刻本。
④ 吴照：《秋禊诗》，《邗上题襟集》，嘉庆二年两淮盐署刻本。

无传人，可传之人自公始"，此事必成为又一文坛佳话，美名传扬千里，主客并得不朽，"明日城中传盛事，招得一群诗酒仙。先生此会垂永久，客亦附公期不朽"①。

这次"九峰园秋禊"是曾燠到扬州后首次举行的雅集，参加者虽不多，凡八人。但名列舒位《乾嘉诗坛点将录》者即有四人：云里金刚曾燠，活阎罗吴嵩梁，镇三山吴锡麒，拼命三郎徐嵩，可见其诗人幕府的性质。自此次雅集之后，曾燠在任盐运使十余年的时间里，举行了不计其数的雅集与唱和活动，对于扬州一地文坛振兴功不可没。

曾燠驻扬既久，其幕府接纳文人亦多。然而文人游幕具有流动性，因而其幕僚与文友由于各种原因很少能够长期在其幕中，故对幕宾与文友的迎来送往也是其幕府雅集的一个重要组成部分。如其幕宾吴嵩梁过扬，曾燠延至题襟馆，并招友人作陪，吴嵩梁作有《辛酉仲春四日，过广陵晤曾宾谷运使，留宿题襟馆，并招汪司马剑潭、邵大令无恙、汪学博惕甫、乐明净莲裳、金手山秀才即席赋谢》，待其将要归里时，曾燠又召集文友为其赋诗送别，吴鼐绘离亭寒色图以记其事，曾燠作有《兰雪归里，山尊为仿高稷园送别汪晓峰故事，画离亭寒色图，即用卷中王敬哉尚书韵，送行四首》，其一云：

> 在昔人文盛，尤怜会合稀。
> 只今知己少，忍说送将归。
> 春水随船涨，遥山入画微。
> 离亭瞻弗及，愁咏燕子飞。②

其他如刘嗣绾《宾谷丈招同人宴集高咏楼，并送谷人先生赴华亭、恒斋还兴化》云：

---

① 詹肇堂：《秋禊诗》，《邗上题襟集》，嘉庆二年两淮盐署刻本。
② 曾燠：《赏雨茅屋诗集》卷3，《续修四库全书》第1484册，第26页。

清樽岂惜百回酬，湖上风光怅去留。

主是暂时何况客，欢无长夜不如愁。①

陆继辂《濒行宾谷先生、虹舫阁部、椒堂京兆、若士大令俱有诗送别，舟次奉答》其一云：

垂老临歧泪，平生知己恩。

为怜清绪苦，弥接笑言温。

丛桂方招隐，芳兰孰共论。

惟应待归燕，未忍掩重门。②

在这些诗作中，我们可以感受到曾燠幕府中宾主相得甚欢，于酬唱雅集之余，结下了深厚的友谊，惺惺惜惺惺，每当离别到来时，宾主不由悲从中来，陡生伤感。毕竟，离别总是令人悲伤的，如江淹所言："人生之至悲，生离死别而已矣。"

二 "题襟馆"之雅致生活

曾燠在扬州时，笃志于诗，时与宾从唱和，他在官署之中专门辟出一地，作为公事之余与人唱和之所，名之为"题襟馆"，所谓："宾谷任都转时，辟题襟馆于邗上，公暇与宾从赋诗为乐，敦盘称盛。其诗清转华妙，文擅六朝、初唐之胜，晚年尤多健作。"③并将唱和所得结集刊刻，名曰《邗上题襟集》，意为效法唐代温庭筠、李商隐、段成式等人的"汉上题襟"。据《新唐书·艺文志》和《唐诗纪事》载，唐代大中、咸通年间，山南东道节度使徐商和他的幕僚段成式、温庭筠等一批著名作家在襄阳（古称汉上）唱

---

① 刘嗣绾：《尚䌹堂集》卷35，《续修四库全书》第1485册，第268页。
② 陆继辂：《崇百药斋三集》卷3，《续修四库全书》第1497册，第133页。
③ 李元度：《清朝先正事略》卷42，《清代传记丛刊》第193册，第523页。

和，后将唱和之作及往来简牍编为一集，名之曰《汉上题襟集》，后遂以"汉上题襟"指以诗文唱和抒怀。如果说卢见曾之获得高名是由于其所主持的"红桥修禊"，那么"题襟馆"之于曾燠，则是其"大雅扶轮"的代名词。汪中曾言：

> 转运南城曾宾谷先生蚤入词馆，荐更华省，出长外台。于时冠盖交驰，羽书狎至，先生精力绝人，五官并用，旦接宾客，昼理简牍，夕诵文史，部分如流，觞咏多暇，绰乎神仙中人也。广陵胜地，四方贤达所凑，园林台沼之胜，甲于淮东，燕游唱和不日则月。先生登高有赋，作器能铭，下笔成章，惊才飚举，同时作者清思奋发，逸足争驰。曾不逾年，积而成帙，名曰《邗上题襟集》，取义柯古惟其称也。枉夕欧阳文忠守郡日，作平山堂蜀岗上，夏日携客堂中，折荷行酒，载月以归，当时传为美谈。后世经其地者叹想风规，恍然若前日事。顾清江宛陵诸诗，咸作于事后。当燕喜之日，文忠既未发高唱，诸宾友亦无一言播于声诗，所谓天下豪隽有名之士，至今姓氏爵里，泯不可知，好古者有遗憾焉。先生乡望、科第、文名、宦迹事事与文忠同，而是集之成又足增此邦之掌故，补前人之坠典，虽谓有过文忠可也。[1]

曾燠并未像卢见曾那样，刻意标榜与欧、苏、渔洋之间的联系与身份认同，而是取法唐音，袁枚《随园诗话》载："江右多宗山谷，而扬州转运曾宾谷先生独喜唐音。"[2] 曾燠以其幕府文学活动，将"题襟馆"打造成了扬州文坛一个新的文化符号。曾燠在扬期间，诗酒唱和频繁，延揽才士，褒扬风雅，其"性爱才，宏奖风流，惟恐不及。前后居扬州十余年，其地当水陆之冲，帆樯来往如此，先生为辟题襟馆于邗上，公余之暇与宾从琴歌酒宴，无间寒

---

① 汪中：《邗上题襟集序》，《邗上题襟集》卷首，嘉庆二年两淮盐署刻本。
② 袁枚：《随园诗话补遗》卷7，凤凰出版社2000年版，第557页。

暑，海内名流归之如流水之赴壑"①。曾燠与友人、幕宾的唱和无
论寒暑，几无间断，由是"题襟馆"之名益显，当世诗人慕名而来
者如水之赴壑，由此亦可见曾燠幕府对于扬州一地文风兴衰之影
响。事实上，《邗上题襟集》刊行在前，而"题襟馆"建成在后，
曾燠一到任上，即与幕宾、文友举行了雅集活动，并且将所得之作
刻板以行，这对于死水微澜的扬州文坛无异于一石激起千层浪，这
一行为再次引发了文人们的创作热情，也吸引了大批文士前来游
幕，当然也为曾燠赢得了雅名，如孙星衍序《邗上题襟集选》就将
曾燠与欧阳修相提并论："扬州为东南都会之地，海内人士经过斯
土，必就一代主持风雅如欧阳文忠，为人伦之鉴。宾谷前辈都转驻
节两淮，开翘材之馆，既收罗尤异者置之幕府，又于四方挟册之
士，别自其高才。敦行者接纳之，投赠篇什，不下千首，授简之
余，自为提倡，刊《邗上题襟集》，已而又择其最雅驯者重录成
编，江淮为之纸贵。"②《邗上题襟集》的刊刻为曾燠赢得了声誉，
于是其于官署中辟"题襟馆"，作为宴集之所，以维持这种声誉，
"题襟馆"建成时，诸文友皆作诗为贺，如王文治有《宾谷来扬
州，一时名士唱和成帙，择其优者锓版以行，题曰〈邗上题襟
集〉，兹复于衙斋西北隅筑题襟馆以实之，为赋两首》：

> 汉上题襟事，骚坛喜再闻。
> 古今虽异地，贤哲自为群。
> 邗水秋风渡，平山日暮云。
> 长空飞雁影，聊复点斜曛。
> 隙地分官署，新营高馆成。
> 梅心知爱客，莺友各求声。
> 石瘦静尤碧，窗虚寒更明。
> 公余惟把卷，合著短灯檠。③

---

① 叶衍兰、叶恭绰编：《清代学者象传》第 1 集，上海书店出版社 2001 年版。
② 孙星衍：《邗上题襟集选序》，《邗上题襟集选》卷首，嘉庆六年两淮官署刻本。
③ 王文治：《梦楼诗集》卷 24，《续修四库全书》第 1450 册，第 601 页。

郭坚《宾谷先生筑题襟馆成，赋诗纪事》亦云：

> 文宴偶然集，朋来尽盍簪。
> 新成数椽屋，官阁似山林。
> 廊曲依修竹，墙低见远岑。
> 丹黄纷满案，曾与客题襟。①

扬州本为人文荟萃之地，具有深厚的文化底蕴，平山堂、红桥等名胜俱因文人雅集而名扬海内，曾燠来扬日，虽也与文友游平山堂、红桥，并留有诗篇，但大抵偶尔为之，并未刻意宣扬，相反，他刻意突出了自己的"题襟馆"，在自己及幕宾、文友的诗集中，以"题襟馆"为题的诗作比比皆是，在这样的描述中，题襟馆俨然成了扬州文坛的一个象征，曾燠也因"题襟馆"而声名日盛。当时的名士洪亮吉即为曾燠之"题襟馆"写了一篇骈文，赞扬其馆中风流：

> 题襟馆者，宾谷先生权署中退食之地，亦公宴之所。其地也，踞四达之衢，半尘不入；处三江之会，百舫咸通。稍离听事之廨，别构精思之轩。仿汉上之名，据邗水之胜。奇石三面，回廊四周，高栋接乎层云，危垣隐于修竹。无须馆僮，有候门之鹤；不莳杂木，留扫厅之松。昼接宾友，夜染篇翰。盖官事之暇，无不居于此焉。维时海宇承平，名流辈出，《由庚》无寨，旁午不惊。以公事及揽胜至者，置郑庄之驿，盈孔融之坐。李郃觇象，识西行之星；何公审音，聆南下之棹。夜半之客，宁惟逸甄；日中之期，不爽前范。以是西北之彦，东南之英，有不登先生之堂者，咸若有所缺云。先生亦爱养人才，倾意宾从，有周朗之逸朋，无敬容之残客。寒素麕至，视比于麟鸾；恢奇博收，爱同于彝鼎。执经之彦，多于三伏之星；临池

---

① 李坦主编：《历代扬州诗词》卷3，人民文学出版社1998年版，第639页。

之书，仿彼半规之月。分韵即就，劈笺若飞，振邺都之声，贵
洛下之纸，仕宦之地，有神仙之目焉。自癸丑以来，十年于
兹。先生以政举尤异，当膺节旄。于是高斋宾僚，横舍弟子，
恐盛事莫传，高会不再，属亮吉为之记。亮吉百里来游，三宿
生恋。居山谢客，草木颇谙；泛海陶生，鸥鱼并识。兹不辞而
为记者，亦以贤人之集，上比景星；名篇之传，后成故实
云尔。①

在洪亮吉眼中，"题襟馆"是一个"半尘不入"的清幽之地，环境
优雅，远离世俗的喧嚣，"奇石三面，回廊四周，高栋接乎层云，
危垣隐于修竹"，俨然一个适合文人雅集、创作的世外桃源。而且
此处汇集了"西北之彦""东南之英"，可谓人才济济，主人亦
"爱养人才，倾意宾从"，宾主相处融洽，时相唱和，一时敦盘之
盛，无与伦比。

曾燠的幕宾王芑孙亦作有《题襟馆记》，对"题襟馆"之由来
以及其间文学之鼎盛描述甚详：

自宾谷出为两淮转运使，而天下称诗之士皆至于扬州。扬
州，四达之冲，转运使领古三司之任。当高宗纯皇帝时，海内
乐业，群臣治筐，箧力供张以示天下之平。顷之用兵，楚蜀连
六七年不决。而今上亲政，赫然诛用事者，归讨军实，壤赋贯
输，时及两淮，岁岁旁午。君为人敏达而聪强，沛然无所不
辨。然故自喜文字之闲，其于诗尤性能而好之，于凡客之以文
来者，莫不延问迓劳，论其同异，指画是非。因以其闲，选辰
命酒，脱履高谭，春秋佳日，杯觞流行，纸墨横飞，人人满其
意以去。而君之学亦繇是大进。廨西有隙地数弓，前转运使置
之不问。君至辟除溉扫，筑精舍焉，命之曰题襟馆。馆前后罗
植花药，蓄白鹤五六。客话方洽，鹤忽警唳引吭参差一唱，群

---

① 洪亮吉：《题襟馆记》，《骈文类纂》，吉林人民出版社1998年版，第721页。

和杂以风籁，哄闹窒耳，主客不相闻，待其久之声定，然后得续语，其风流标尚若此。居既作题襟馆，又合其主客酬唱之诗刻之曰《题襟集》。于是题襟馆之名播天下，好事者传为图画。昔班孟坚氏记丞相客馆，自公孙宏以后废为车库马厩，其事盖亦人世废兴之常。然余考之竟汉世未有能复者。引此区区题襟一馆，固前转运使之车库马厩也，既由车库马厩而为今日之馆矣，遽不由馆而复为异日之车库马厩。以天地无终极视之，盖其为车库马厩之日长，而其为题襟馆之时暂也。然而以宾谷为之，则题襟馆之在天地间，将必不以车库马厩为存亡，夫有其不与车库马厩为存亡者，则题襟之馆不可以无图，而余之记题襟馆又何可无言也哉？于是乎书。①

王芑孙在文中称"自宾谷出为两淮转运使，而天下称诗之士皆至于扬州"，可见风雅大吏对于转变文学风气的作用，由于曾燠雅好文学，"于诗尤性能而好之"，因此他必然肆力于诗歌创作，而对于幕中诗人关爱有加，"凡客之以文来者，莫不延问迂劳，论其同异，指画是非"，互相唱和、切磋，"人人满其意以去"。在这样的环境下宾主讨论诗学、切磋诗艺，无形中推动了诗学创作，曾燠本人"学亦繇是大进"，而"题襟馆"亦名播天下。后来弃官到扬州来做盐商的何栻，曾为题襟馆写过一副长联，对于提倡风雅的贤使君曾燠赞赏有加：

> 当年多士登龙，追陪雅集。溯渔洋修禊，宾谷题襟，招来济济英髦，翰墨状江山之色。紧玉钩芳草，绿蘸歌衫，金带名花，香飞砚席。扬华摘藻，至今传宏奖风流。贤使君提倡骚坛，谁堪梅阁联诗，芜城续赋。
>
> 此日有人骑鹤，烂漫闲游。怅文选楼空，蕃厘观，阅尽茫

---

① 王芑孙：《题襟馆记》，《愓夫未定稿》卷6，《续修四库全书》第1481册，第39页。

茫浩劫，园林剩瓦砾之场。只桥畔吹箫，二分月古，湾头打桨，十里春深。补柳栽桑，渐次复升平景象。大都会搜寻胜概，我欲雷唐泛酒，蜀井评泉。①

曾燠在扬州时的诗文雅集主要集中在其"题襟馆"中，由于其宾主唱和，"题襟馆"开始汇集并沉淀了许多文苑趣闻和诗坛佳话。如前文所述，在宾客的眼中，"题襟馆"是一个雅静、清幽、别有情调的雅集之所，其中人文气息很浓。其实，自明代以来，文人们即主张张扬性情，开始寻觅日常生活之"道"，开启了一个生活艺术化的时代。曾燠之"题襟馆"不惟是一个雅集的场所，同时也是乾嘉时期文人追求雅致生活的一种体现。因此，"题襟馆"中的日常生活也成为宾主笔端描摹的对象，曾燠对"题襟馆"的营建也是独具匠心的，毫无疑问，他是想将"题襟馆"打造成为与平山堂、红桥齐名的文化符号。与王士祯、卢见曾不同，曾燠并未在平山堂、红桥等具有象征意味的地点举行大规模的集会，其重点放在了自己的衙署内，"题襟馆"之中。如果说，王士祯、卢见曾幕府的雅集体现出了一种张扬的盛世气象的话，曾燠幕府的雅集相对来说表现出的则是内敛，这一方面是由于曾燠所处之时代已经是"盛世"末期，另一方面则恐怕是由于曾燠感觉到了世易时移，自己无力再效法王渔洋、卢见曾，只好另辟蹊径，表现出一种闲云野鹤般的隐逸，效法魏晋风度，为自己赢得雅名。他在"题襟馆"中刻意突出了两个意象：鹤与梅。曾燠于馆中周植梅花并蓄白鹤数只，俨然是魏晋风流。幕宾们又以此为题，为曾燠鼓扬、吹嘘，更彰显其雅名。曾燠作有《题襟馆种梅》，其中有言："寂寞题襟馆，岁寒念高朋。""葩瑶虽未发，丰骨已自矜。于时方肃杀，欲验天心恒。此树得气先，便觉阳和升。"②将自己与题襟馆中诸友比为高洁之梅花，一时和者甚多，众人皆推尊曾燠为主持坛坫者，对于其扶轮

---

① 方浚颐：《梦园琐记》，同治十三年刊本。
② 曾燠：《赏雨茅屋诗集》卷3，《续修四库全书》第1484册，第26页。

大雅表示赞赏。吴蔚《题襟馆种梅，同人赋诗，各以其姓为韵》诗云："五载东阁主吟社，风骚大雅亲持扶。"① 俞国鉴《题襟馆种梅，各以其姓为韵》云："水曹去后千百载，芳华消歇吟情孤。使君筑馆寄幽抱，聪篁恶木纷芟除。"② 陈燨亦云："高枝兀傲不可驯，俯视石壁空嶙峋。"③

"题襟馆"中另一段佳话便是馆中白鹤，王芑孙《题襟馆记》曾为我们描述了这样一幅画面：馆中诸宾客相谈甚欢之时，馆中白鹤突然引吭高歌，主客之语互不能闻，待鹤鸣声落，乃复得相谈，"题襟馆"之风流标尚若此。毫无疑问，曾燠蓄养的这些白鹤也成为吟咏、唱和的对象，乐钧《题襟馆蓄三鹤，人日往观，一鹤见人忽起舞，感而赋诗》云：

> 一鹤昂头二鹤俯，二鹤回身一鹤舞。
> 而为我舞我为歌，寸心与而同轩鼒。
> 白云满地素雪飘，衣裳飒飒环佩摇。
> 回翔咫尺尚如此，想见磐薄当青霄。
> 骨相清臞性豪野，临风意气一书写。
> 非同儿女斗轻便，自是神仙必潇洒。
> 云间凤凰飞，百鸟皆欲随。
> 如何独敛翅，负而凌霄姿。
> 舞罢乃屹立，向人如有辞。
> 朝集芝田暮瑶池，昆仑玉英不疗饥。
> 稻粱一以饱，羽翮当长垂。
> 适来弄影向街墀，此意旷荡君应知。④

徐鸣珂《题襟馆中双鹤》亦云：

---

① 吴蔚：《吴学士诗集》卷2，《续修四库全书》第1487册，第345页。
② 李坦主编：《扬州历代诗词》卷3，人民文学出版社1998年版，第701页。
③ 同上书，第652页。
④ 乐钧：《青芝山馆诗集》卷12，《续修四库全书》第1490册，第527页。

爱此园林好，难忘天地宽。
双栖知得侣，对舞不成欢。
警露悲长夜，乘轩耻素餐。
羽毛殊自惜，怅望白云端。①

鹤，雌雄相随，步行规矩，情笃而不淫，具有高尚的德性，故古人
多用翩翩然有君子之风的白鹤，比喻具有高尚品德的贤达之人，把
修身洁行而有时誉的人称为"鹤鸣之士"。曾燠显然以梅的坚贞与
鹤的高雅自比，于"题襟馆"中营造了一幅"梅妻鹤子"超然世
外的图画。不惟如此，曾燠还为馆中所蓄白鹤聘妻，更为其风流韵
致锦上添花。②

三 题图、题画及考订金石

乾嘉之际，学者好古敏求，通经致用，研究范围几无所不包，
反映在诗歌创作中，即表现为创作范围扩大，题材广泛。而且，清
代文学艺术的发展处于一个集大成的阶段，士人们既精于创作又擅
长鉴赏，堪称文艺全才。加之乾嘉考据学的兴盛，题图、题画及玩
赏金石碑帖，也是文人雅士们雅集时的一项活动，这在曾燠幕府之
中也有体现。兹举数例。如题图赏画，《题宾谷赏雨茅屋图卷》
云："此时赏雨心，或虑识者寡。但取画图看，趣尚亦高雅。"③
《题襟馆分咏先贤画像，予得二首》云："代易元嘉号，诗留正始
音。桃花身世感，秫酒圣贤心。黄绮貌犹在，荆高悲独深。谁知填
海志，归鸟是冤禽。（陶靖节像）""常山舌何在？太尉笏无功。日
月同标节，须眉复拜公。握拳犹龈龂，蓝面枉奸雄。应共临池宾，
沧江夜贯虹。"④ 如金石赏玩，《铁箫吟销寒席上赋》云："我得南

---

① 李坦主编：《扬州历代诗词》卷3，人民文学出版社1998年版，第689页。
② 曾燠：《赏雨茅屋诗集》卷3，《续修四库全书》第1484册，第34页。
③ 王芑孙：《渊雅堂编年诗稿》卷15，《续修四库全书》第1480册，第544页。
④ 彭兆荪：《小谟觞馆诗集》卷8，《续修四库全书》第1492，第604页。

星铁如意，狂歌水仙愁击碎。""君不见道人铁脚诵南华，宰相铁心能赋花。"① 此外诸如《题曾宾谷都转西溪渔隐图》《题青芝山下卜邻图，次宾谷都转韵二首》《题襟馆销寒第二集，分题曾都转所藏画，得管夫人疏篁远岫》《题传花宴客图，为宾谷先生寿》之类的诗题在曾燠幕府集会诗中随处可见。曾燠幕府的此类诗歌虽以图画、金石入题，然细读之，却无学问与考据的连篇累牍、满眼充斥之感，反而殊有寄托，可见，曾燠与幕宾虽亦有以学问、以考据入诗之作，但其幕府以诗人居多，大抵是偶尔为之，聊备一格，此乃当时学术风气对诗人创作之影响。

四　节日登临，赏花看月

节俗游乐、山水欣赏本为文人雅集之重要契机。自古以来，"仁者乐山，智者乐水"，文人骚客雅好山水之游，初为欣赏山水林泉之美，以娱耳目。晋宋之际，陶渊明与谢灵运的山水游集为文人的山川游赏赋予了新的意义，赏心悦目之余，文人借景抒怀，赋予山川景物以人文精神。正如钱锺书所论，山水之好"初不尽出于逸兴野趣，远致闲情，而为不得已之慰藉。达官失意，穷士失职，乃倡幽寻胜赏，聊用乱思遣老，遂开风气耳。"② 陶、谢之后，风气大开，士人们或出于逸致闲情，或以政治失意寄情山水，邀三五知己，同为田园山水之雅集胜游。

曾燠所处之扬州，名园古刹众多，又有平山堂、红桥等富有人文内涵的诸多景点，这都为曾燠与幕宾游宴提供了绝佳的场所。曾燠来扬之后，经常与幕宾、文友游山玩水、赏花看月，并赋诗以纪之。

乾隆五十八年（1793），曾燠就曾于红桥举行修禊，詹肇堂作《拟红桥修禊词》十二首，其一云：

---

① 曾燠：《赏雨茅屋诗集》卷2，《续修四库全书》第1484 册，第18 页。
② 钱锺书：《管锥编》，中华书局1979 年版，第1036 页。

绿杨城廓古扬州，上日刚逢禊事修。

官舫银灯呵殿屏，使君今日作鳌头。

其八云：

纪岁今年逢癸丑，风流曾让永和先。

仿他觞咏兰亭例，须待人间六十年。

其十二云：

柳外篮舆陌上骖，流觞佳会记重三。

瓣香便觉尊前在，从此西江继济南。①

此后曾燠又多次于红桥举行修禊活动，不惟春禊，亦有秋禊。古人在农历三月上旬的巳日到水边嬉戏、洗濯以被除不祥，后来成为士人雅集的主要形式，参加者赋诗唱酬，享受自然风光，实际上，后世"修禊"（清代亦称为展禊）不以时地为限，除春禊之外，还包括秋禊、饯春等活动。曾燠就曾于红桥举行秋禊，与会者 12 人，曾燠作有《闰七月七日复举癸丑年故事，禊于红桥，会者十二人，燠诗先成》。

嘉庆六年（1801）三月三日，曾燠举行湖上禊游，同人各赋诗，所得诗歌结为《湖上禊游诗》，王芑孙有序云：

三月三日，都转运使南城曾君，以舟觞宾客于湖上。春波渺然，一篙挂绿，经陂陀入迥奥，披蒙丛坐森爽，酌泉桃花之庵，憩步延山之亭。晚至红桥，把炬乃归。是日也，番风转厉，袭裘未脱，涧草尤短，园华不秾。而游人仕女、水樯陆

---

① 李坦主编：《扬州历代诗词》卷3，人民文学出版社 1998 年版，第 689 页。

骑、翠袖朱缨、弹筝博赛、酒旗灯幔络绎载途，联翩未已。爰
为禊游之俗，原本风诗，自华林曲水，公燕相承，兰亭蓬池，
私欢递接，中间因寄所托，随遇不同，义取乘和，濯洁以蠲，
迄祖于是。今皇帝御天下六年矣，泰平累洽，灵蠢由庚，蘖芽
杂发，萑苻滋蔓，未遽扫除，所在俶扰，惟兹江介，号为乐
郊。而扬州又东南风雨之交也，秦栈宿师，楚甸告饥，繇是有
泛舟之役，繇是有挽馕之邮。君司其笲，傍午为劳，乃以其
闲，携茵命席，用酬风日。白贩之舫，一肩之豆，无笙匏之错
陈，无屮妙之侠侍，独与二三君子浏览江山，抽毫命牍，慨然
而赋。岂惟示俭敦好，式此听瞻。夫其感物造端，风趣所存，
固有未始见于曩贤者矣。夫君子之行，有追程昔轨，亦有贻觊
方来，是何宜无书于后？宾客既相与和歌，彬彬咸具，余以居
忧辍咏，序其事云。①

王芑孙在序中描述了当天的情形，虽然是春意阑珊，然而游人兴致
不减，"游人仕女、水樯陆骑"络绎不绝。曾燠与幕宾畅游湖上，
饮酒作诗，晚至红桥，"把炬乃归"。众人诗兴大发，各逞其能，
纷纷对曾燠复举盛事表示赞赏。乐钧《三月三日红桥修禊，宾谷都
转用前韵示同座，诸公次韵奉呈》诗云："公实济时英，胸有无价
货。宾朋尽髦彦，礼数绝矫娑"②。感谢曾燠提携寒俊，接纳英才；
徐鸣珂《三月三日，宾谷都转招同人红桥修禊，即次原韵》亦云：
"欧苏吟咏地，名教垂江左。公今实继之，景仰见埵堁。"③ 将曾燠
比作欧阳修、苏轼，评价甚高。

　　此外，赏花也是一大乐事，以此为主题的诗作在曾燠及幕宾的
诗集中屡见不鲜，如曾燠《三月二十九日与客筱园看芍药》、胡森
《奉和宾谷先生筱园看花之作》、蒲怃《宾谷夫子召集题襟馆看

　　① 王芑孙：《湖上禊游诗序》，《惕甫未定稿》卷2，《续修四库全书》第1480 册，
第 643 页。
　　② 乐钧：《青芝山馆诗集》卷 12，《续修四库全书》第 1490 册，第 530 页。
　　③ 李坦主编：《扬州历代诗词》卷 3，人民文学出版社 1998 年版，第 689 页。

菊》、刘嗣绾《三月三十日宾谷都转招同张誉堂观察，梦楼、少林两太守，尤水村布衣，胡香海进士，黄海广文、双木明经湖上看芍药》等。

五 欧、苏等先贤生日

在扬州历史上，有两位文坛巨匠是不容忽视的，那就是欧阳修与苏轼，这两人都曾在扬州为官，无论其为政，抑或其文学造诣，都成为后世文人渴望、仰慕的对象。曾燠来扬州为官，又雅好文学，广纳贤才，以高位主持一方风雅，因此人们很容易将他与欧、苏联系起来，将他看作当世的欧阳修、苏轼。这样的评价在其幕宾的创作中比比皆是，如詹肇堂诗云："苏公守维扬，其年五十七。先生今年三十四，转运淮南持玉节。后先相去七百年，适来与公做生日。先生南丰之子孙，与苏同出欧公门。"① 吴照诗云："今日醉翁年更少，江山重见咏歌新。"② 邓显鹤也称赞曾燠是当代韩、苏："惟先生主持风雅，为当代韩、苏，海内人士稍负异于众者，靡不思携业就正，思得一言以为荣。"③

曾燠对两位前哲的风雅也相当渴慕，每逢欧阳修与苏轼生日即举行祭祀赋诗来纪念两位先贤，幕中唱和颇多。如曾燠某年十二月十九日，苏轼生日以异石三块作为贡品来祭祀之，并用苏轼《仇池石》诗韵作诗，中有"公为石硁硁，弗为碌碌玉。磨之既不磷，精气岂沦伏"，对苏轼"宁鸣而死，不默而生"的正直品格表示钦佩；"焚香礼公像，形影愿相逐"④，表明自己渴望成为苏轼一样的人物。同人以《十二月十九日致祭坡公作》为题，和者有吴照、汪中、喻宗泰、胡森、詹肇堂等人。乐钧和作《东坡先生生日，宾谷都转以异石作贡，同用坡集中仇池石诗韵》表达了对苏轼的仰慕，对其高洁品质大加赞扬："伊昔元祐朝，公做扬州牧。峻望齐蜀岗，

① 曾燠编：《邗上题襟集》，嘉庆二年两淮盐署刻本。
② 吴照：《听雨斋诗集》卷12，乾隆五十九年南吕刻本。
③ 邓显鹤：《南村草堂文钞》卷9，咸丰元年刻本。
④ 曾燠：《赏雨茅屋诗集》卷4，《续修四库全书》第1484册，第45页。

清节照淮滨。"同时也将曾燠比作当代的苏东坡："使者南丰孙，风流远追逐。遗像陈高斋，寒梅粲金谷。"① 胡森则赞扬曾燠政绩与文章都可以与苏轼相比肩，其诗云："文章政事相颉颃，西蜀西江映先后。即今此举亦足家，事以人传定非偶。"② 曾燠还曾以梅花作为贡品祭祀苏轼，其集中有《坡公生日以梅花为供作歌》，以梅花之高洁比于苏轼"皎然冰雪为精神""翁每见花开口笑，花若爱翁诗绝妙"③。

又如欧阳修生日致祭。嘉庆六年（1801），曾燠曾于6月21日集清燕堂拜欧阳修生日，曾燠作《醉翁吟》，自注曰：欧阳文忠公生日致祭，坐客同作。诗云："众人皆醉嫌独醒，幽谷之泉香复清。且与滁人日游宴，醉乡可以逃其名。"④ 慨叹欧阳修壮志难酬。王芑孙、詹肇堂等皆有和作，王芑孙《醉翁吟》诗下亦有自注：六月廿一日，宾谷集同人于清燕堂作欧公生日，予方辍咏，因课同作。此诗编入《渊雅堂编年诗稿》辛酉年，即嘉庆六年。张云璈亦有《六月二十一日，曾宾谷运使召集同人为欧阳公生日》，诗云：

> 一叶龙门早报秋，题襟高馆宴清幽。
> 已从画荻思初度，还拟传花作胜游。
> 千古文章贤太守，二分明月旧扬州。
> 栖灵寺畔书堂在，江上岚光隔座收。⑤

《邗上题襟集》记载了不少祭祀欧阳修、苏轼时的唱和之作，洪亮吉《宾谷前辈寄示六月二十一日为宋欧阳文忠公生日设祀诗，因赋和一篇寄正，并柬王少林太守、陈澧堂博士、史册厓文学》，阮元《宾谷都转以六月二十一日集平山堂为欧阳文忠公生日，设祀

---

① 乐钧：《青芝山馆诗集》卷11，《续修四库全书》第1490册，第526页。
② 李坦主编：《扬州历代诗词》卷3，人民文学出版社1998年版，第579页。
③ 曾燠：《赏雨茅屋诗集》卷7，《续修四库全书》第1484册，第67页。
④ 曾燠：《赏雨茅屋诗集》卷4，《续修四库全书》第1484册，第49页。
⑤ 李坦主编：《扬州历代诗词》卷3，人民文学出版社1998年版，第405页。

于扬州官阁,以诗奉简》。洪亮吉与阮元均不是曾燠之幕僚,可见曾燠为欧、苏二公生日会影响之广,使幕府外之士人亦积极唱和,以参与此雅事为荣。

六 消寒消夏之会

曾燠幕府雅集名目繁多,严寒酷暑之际,还常常邀集同人举行消寒消夏之会。旧俗入冬之后,亲朋相聚,宴饮作乐,谓之"消寒会"。消寒会是贵族豪富、文人雅士们冬日消闲取乐的一种聚会,北京较为流行。清阙名《燕京杂记》就记载了清代京师文人举行消寒会的情形:"冬月,士大夫约同人围炉饮酒,迭为宾主,谓之'消寒'。好事者联以九人,定以九日,取九九消寒之义。余都,冬月亦结同志十余人饮酒赋诗,继以射,继以书画,于十余人,事亦韵矣。主人备纸数十帧,预日约至某所,至期各携笔砚,或山水,或花卉,或翎毛,或草虫,随意所适。其画即署主人款。写毕张于四壁,群饮以赏之。如腊月砚冻不能画,留春暖再举。时为东道者多邀集陶然亭,游人环座观之,至有先藏纸以求者。"① 方浚颐《梦园丛说》也云:"又有花局,四时送花,以供王公贵人之玩赏。冬则唐花尤盛。每当毡帘窣地,兽炭炽炉,暖室如春,浓香四溢,招三五良朋,作'消寒会'。煮卫河银鱼,烧膳房鹿尾,佐以涌金楼之佳酿,南烹北炙,杂然前陈,战拇飞花,觥筹交错,致足乐也。"② 其实这种习俗唐代就有,当时称为"暖冬会"。不惟如此,消寒消夏之会,于唐代时就具有了一些风流韵味,使这种习俗开始向文雅化转变,五代王仁裕《开元天宝遗事》载有两条资料,可见一斑:

> 逸人王休,居太白山下,日与僧道异人往还。每至冬时,取溪冰敲其晶莹者煮建茗,共宾客饮之。③

---

① 阙名:《燕京杂记》,北京古籍出版社 1986 年版,第 119 页。
② 方浚颐:《梦园丛说》,同治十三年刊本。
③ 王仁裕:《开元天宝遗事》卷上,上海古籍出版社 1985 年版,第 90 页。

　　长安富家子刘逸、李闲、卫旷，家世巨豪，而好接待四方之士，疏财重义，有难必救，真慷慨之士，人皆归仰焉。每至暑伏中，各于林亭内植画柱，以锦绮结为凉棚，设坐具，召长安名妓间坐，递相延请，为避暑之会，时人无不爱羡也。①

至清代，文人雅士将消寒消夏的聚会雅化，发展成文人雅集的文酒之会，尤其是嘉庆朝以后，消寒雅集成为文人雅集一种常见的形式，不仅京师的文人仕宦有此聚会，江南一带也流行起来，王端履《重论文斋笔录》云："嘉庆甲子、乙丑间，同人岁为消寒雅集。集必征文献或出新意以为觞政，不能者罚以巨觥。"② 这种文学风尚的流播，与曾燠这样的幕府不无关系，曾燠在京师时就参加过这样的消寒会，到扬州后，其幕府也常常举行消寒会。嘉庆十年（1805），曾燠组织了"题襟馆消寒六会"，与会者有郭麐、吴锡麒、乐钧、刘嗣绾、彭兆荪、金学莲、江藩、顾芝山、蒋秋竹、储玉琴等，皆一时名士。曾燠幕府消寒雅集的形式亦多样：有分题古玩字画，如曾燠《铁箫吟消寒席上赋》、陆继辂《题襟馆消寒第二集，分题曾都转所藏画，得管夫人疏篁远岫》；有分咏杂物，如曾燠《赏雨茅屋诗集》中有《消寒集题襟馆分咏》，分别以寒芜、寒篷、寒寺、寒庖、寒笛、寒鸡为题；有分韵而作，如元章《长至后四日，题襟馆消寒小饮，会者十四人，以"刺绣五纹添弱线，吹葭六琯动飞灰"一联分韵，得吹字》、胡森《消寒会，分赋得望雪》；又喜作联句，曾燠尝将题襟馆消寒所作联句结集为《题襟馆消寒联句诗》，其幕宾吴蕭作序云：

　　若夫空桑枯竹，异产而合响；謇腹厚唇，异声而竝设。良以千里万里各储乐府之材，大鸣小鸣皆佐音均之妙。譬诸沮漳

之水汇流以交辉，元黄之色相次以成章也。审音若此，立言亦
然。独寐之歌一士，自悦其考槃友声之求，诗人必从于伐木。
是则专瑟难听，奚取子弦，高曲寡和，甯无同调，惟联句者，
其能发金石于众口，合宫商之百变者乎？……于是远慕谢尚
书、张使君之会，近仿朱检讨、查编修之体为联句诗若干首，
雕镂山水，画绘虫鱼，论诗论史之识，知古知今之才。听断之
暇，并用五官，荟萃之奇，如出一手。①

如吴骞所言，题襟馆所作联句或"雕镂山水"，或"画绘虫鱼"，
展现的却是"论诗论史之识，知古知今之才"，而作联句是因为
"高曲寡和，甯无同调"，这恐怕就是钱锺书所谓"盖文人苦独唱
之岑寂，乐同声之应和"② 吧，因此联句这种带有诗艺竞技意味的
创作，也成了题襟馆中一项重要活动。

第五节　曾燠幕府与乾嘉之际诗坛

曾燠驻节邗上十余年，其幕府接纳了大批寒士诗人，成为乾嘉
之际最大的一个诗人幕府。他的幕府诗酒唱和极为频繁，既促进了
文学创作的繁荣，又反映了乾嘉之际诗风之走向，其影响值得
关注。

第一，曾燠幕府与扬州文风的盛衰。毫无疑问，曾燠幕府的出
现，再次使扬州文风极一时之盛，而扬州作为清代重要的文化、经
济中心，文人渊薮，曾燠幕府雅集又从一个层面反映了清代学术文
化的兴衰。扬州文坛在乾隆初期，因有卢见曾之提倡，曾经一度繁
荣。卢氏之后，虽历数任盐运使，而再无起继卢见曾之志者，因之
扬州便"金银气多，风雅道废"，直到乾隆末嘉庆初，曾燠幕府的
出现才改变这一局面。由此也可见风雅大吏对一地文风之影响，正

---

① 吴骞：《题襟馆消寒联句诗后序》，《吴学士文集》卷12，《续修四库全书》第
1487册，第445页。

② 钱锺书：《谈艺录》，中华书局1984年版，第171页。

如吴锡麒所言："若夫人才之盛衰，必视都转之贤否。盖朝廷设巡盐御史，例岁一代，不恒于官，惟都转使得其人，则或十年八年，日省月试，整齐而教化，以驯至于古风之丕变而无难。若曾公之来莅此任也，十有五年矣，和平静乐，为人所难，又能接物以诚，临事以断。"①吴锡麒首先肯定了曾燠之"贤"，即曾燠之雅好文学、爱才好士，同时也指出改变一地文风非一朝一夕之事，而曾燠都转淮扬十余年，恰好具备了这一条件。当然，曾燠本人的雅好文学，是其幕府文学兴盛的一个先决条件，洪亮吉曾言："宾谷先生弱冠通籍，自秘阁而机庭，又以才干结圣主知，总理江、淮财赋者十数年，官事之暇，以诗文为性命，其天才学识又足以副之。所著《西溪渔隐诗》若干卷是也。先生居西江而不专主西江之派，观集中《题湘花女史诗卷》及《戏效香奁体》诸作，则又宛然西昆，信乎才力之大。凡有所作，期于言各肖事，事各肖题，而规仿前人之习所不屑也。"②孙星衍也曾称赞曾燠肆力于文学，不贪慕货利，"扶轮大雅"的功绩：

> 世之为政者，或以货利溺心，或以虚无废事，深居则多壅蔽，偏听又不择人，目不视古今成败之书，幕僚胥吏皆得持权以侮之，则吏治荒，不独风雅坠矣。蒙昔权臬山左，亲核爱书，不延宾佐，亦以公余整理旧业，以视前辈之文章政事，诚不能企及万一。然知古人仕优则学，及不殖将落之言，不敢以一行作吏废此事也。③

曾燠本人"生平居官，于文学事尤为切志"④。正因为如此，他才有"主不如客"的担忧，他渴望自己的文学创作能够青史留名，与幕宾的唱和也能够旗鼓相当才好，他在《题襟馆续集序》中

---

① 吴锡麒：《校士记》，《重修扬州府志》卷19，嘉庆十五年刻本。
② 洪亮吉：《西溪渔隐诗序》，《洪亮吉集》，中华书局2001年版，第218页。
③ 孙星衍：《邗上题襟集选序》，《邗上题襟集选》卷首，嘉庆六年两淮官署刻本。
④ 《南城县志》卷8，清同治刊本。

就道出了这一想法：

> 《题襟集》出，越岁而赠答燕游之作又已成帙。余惟《汉
> 上》一编，其主客之工力悉敌也，其后仿为《题襟》者，如
> 西昆酬唱、同文馆唱和、南岳唱酬、月泉吟社、玉山名胜、荆
> 南唱和、海岱会诸集，虽众音繁杂，间有高下，而约略计之，
> 其主客各亦相当，惟坡门酬唱主胜于客耳。若前乎汉上之《松
> 陵集》、高氏《三宴诗》，不且强客压主耶。余本薄殖，又早
> 从薄书，未能肆力于风雅，徒以性之所近，周旋诸作者间，盖
> 怯战久矣，主不如客，夫何待言。然而邾莒之国不废会盟，庶
> 几借此务自缮修，振其积弱，且不敢没诸家之美，故复梓是编
> 而行之。①

在他看来，历史上的宾主唱和，主胜于客的只有苏轼一门，而其余
若汉上题襟、西昆酬唱等雅集，主客创作亦势均力敌，而自己之
"题襟馆"中却"主不如客"，认为自己逊色于自己的幕宾，这里
面当然有自谦的成分，但亦可见曾燠对文学创作的看重。此外，曾
燠对幕宾的优礼，使名士慕名而来，也成就了曾燠幕府诗酒之盛，
幕宾文友们纷纷赞扬曾燠，这样的诗句比比皆是，试举几例：

> 我至频倒履，我醉屡落帻。礼法容疏狂，此意古今泣。
> ——吴蒿《寄呈都转宾谷先生十三用前韵》②

> 五载东阁主吟社，风骚大雅亲扶持。
> ——吴蒿《客扬州以素册十幅写宾谷先生集中诗意自
> 跋一首》③

---

① 曾燠：《邗上题襟续集序》，嘉庆二年两淮盐署刻本。
② 吴蒿：《吴学士诗集》卷1，《续修四库全书》第1487册，第329页。
③ 吴蒿：《吴学士诗集》卷2，《续修四库全书》第1487册，第345页。

自古文章号有神，一时宾主尽才人。

——王文治《清燕堂观剧，归途大雪有作》①

使君急主看花盟，顿令春物皆有情。

——乐钧《湖上看芍药》②

刘梅秦晁世不乏，使君爱客能招延。

——吴照《十二月十九日，致祭坡公作》③

可见曾燠提倡风雅为文人雅士提供了良好的环境，使扬州再次成为文人骚客渴慕之地，殆曾燠离任，一切又归于平淡，如后人所论："宾谷官两淮都转时，提倡风雅，招邀胜流，遂有《邗上题襟集》之刻。渔洋、雅雨而后，主持坛坫，辄首推之。今日人往风微，大雅不作，芜城凭吊，韵事寂寥，世运与谭艺之盛衰，其关系有如此者。"④ 著名诗人赵翼也不得不感叹："禊饮红桥事久无，使君重把雅轮扶。""却怜我昔扬州住，旅馆清吟兴太孤。"⑤

第二，幕府雅集所体现的世风与文风之流变。一般言清史者，多以乾嘉为一期，实际上乾隆、嘉庆两朝所表现之气象，已大相径庭：乾隆朝鼎盛一时，嘉庆朝则衰象已露，随之而来的是清代世风与文风的转变。就世风而言，经历了乾隆时期的鼎盛，嘉庆朝之政治、经济迅速衰落，封建末世气象毕现。其实，自乾隆中期以后，清王朝就已经走上了衰亡的道路。乾隆皇帝晚年回顾自己一生，总结自己只做了两件大事：一是出师西北；一是南巡。但他承认自己六下江南，劳民伤财，实为无益有害。乾隆末年，社会矛盾尖锐之

---

① 王文治：《梦楼诗集》卷 14，《续修四库全书》第 1450 册，第 597 页。
② 乐钧：《青芝山馆诗集》卷 5，《续修四库全书》第 1490 册，第 468 页。
③ 李坦主编：《扬州历代诗词》卷 3，人民文学出版社 1998 年版，第 686 页。
④ 王逸塘：《今传是楼诗话》，《民国诗话丛编》第 3 册，上海书店 2002 年版，第 440 页。
⑤ 赵翼：《读邗上题襟集奉简》，曾燠：《邗上题襟续集》，嘉庆二年两淮盐署刻本。

极，川楚陕白莲教起事，让乾隆皇帝寝食难安，最后含恨离世。皇位传给嘉庆皇帝时，自认资质平常的嘉庆皇帝为这个时代定下了"守成继业"的基调，然而偌大的帝国已是国库空虚，吏治腐败，烽烟四起，积重难返了，如蔡景真所言："目下虽有丰亨豫大之形，实为民穷财尽之日。"① 曾燠所在之重要盐业中心，也已开始衰败，不见昔日之辉煌，况且川楚陕之白莲教起义"连六七年不决"，而"扬州又东南风雨之交也，秦栈宿师，楚甸告饥，繇是有泛舟之役，繇是有挽馕之邮"②。覆巢之下，安有完卵，扬州乃至清王朝之衰落，从曾燠幕府雅集之规模亦可见一斑：曾燠驻扬十余年，虽然无论寒暑均有雅集，但无论从其参与人数上，抑或其影响力来看，均不及卢见曾，此所谓"不独人才有消长之分，抑亦世运有盛衰之别"③。卢见曾在扬州时，可以得到"扬州二马"这样的富商的资助，刊刻书籍，曾燠幕府却难以做到了，正如李兆洛所言：

> 邗上当雍正、乾隆间，业盐者大抵操赢，拥厚资，矜饰风雅以市重，一时操竽挟瑟，名一艺者寄食门下，无不乘车揭剑，各得其意以去。至嘉庆时而盐贾亟亟，自顾不暇，无复能留意翰墨。④

乐钧也曾云"东南财赋重盐差，金多最足征风操"⑤，此言不虚。扬州商业的衰落，无疑也会影响盐运使的收入，使其无力再举行大规模、影响大的雅集了。从曾燠幕府雅集之创作，亦可见世运之衰落，嘉庆十年（1805），曾燠等组织的"消寒六会"，往还唱和之

① 蔡显：《闲渔闲闲录》卷3，民国嘉业堂刊本。
② 王芑孙：《题襟馆记》，《惕甫未定稿》卷6，《续修四库全书》第1481 册，第39 页。
③ 叶德辉：《乾嘉诗坛点将录序》，《乾嘉诗坛点将录》卷首，光绪丁未九月长沙叶氏刊本。
④ 李兆洛：《跋储玉琴遗诗》，《养一斋文集》卷6，咸丰二年初刻本。
⑤ 乐钧：《寄曾宾谷都转四首》，《青芝山馆诗集》卷6，《续修四库全书》第1490 册，第481 页。

题给人肃杀之感，如《消寒集题襟馆分咏》以《寒芜》《寒篷》
《寒寺》《寒庖》《寒笛》《寒鸡》为题，曾燠和《杜工部四咏》以
《病柏》《病橘》《病棕》《枯楠》为题，一派衰败之气，盛世气象
荡然无存。

就文坛风气演进而言，曾燠幕府雅集亦有新的特点。

首先，雅集中官方意识形态有所淡化。我们读曾燠及其幕宾的
唱和之作，就可明显地感觉到诗风之渐变，其幕府雅集与"盛世"
之卢见曾幕府相比，已是大异其趣。卢见曾幕府所体现的是一种
"盛世气象"，其幕府雅集为"文学侍从"的气息很浓重，"润色鸿
业"之功能得到了较好的发挥，卢氏本人也自觉引导诗文创作复归
于"雅正"。而曾燠幕府之雅集，其官方意识形态之影响就不那么
明显，甚至淡化了，风雅沙龙式情调增强。曾燠幕府的雅集，或消
寒或春秋佳日，或赏花看月，或为欧、苏二公生日，或"题襟馆"
消闲，这一切无不体现出文人对雅化生活的追求。但是这种追求，
也值得人们思考，曾燠作为方面大员，位高权重，又处东南咽喉之
地，理当鞠躬尽瘁，死而后已。何以醉心于吟咏，逍遥人世呢？其
幕宾乐钧称他"十年热官冷如此，岂惟一廉报天子"[1]，难道曾燠
真的无心仕进，甘愿守成么？恐怕不是如此，卢见曾和他先后来扬
州任职，卢氏"热官热做"，曾燠却"热官冷做"，一方面是时势
造就，另一方面与曾燠自身之认知有关。读曾燠诗集，可以感到其
于乾隆朝初入枢桓之时，也是踌躇满志，渴望有一番作为，其《除
夜》（自注：禁中宿值）云：

> 南亩占年翻雪壤，西师送喜过天山。
> 书生何补升平业，岁月催人鬓自斑。[2]

可见曾燠刚入翰林之时，亦渴望建功立业，有一番作为，从而慨叹

---

[1] 乐钧：《宾谷都转膺荐人觐与同人送至秦邮，雨中登文游台酌别，归途成长短句
却寄》，《青芝山馆诗集》卷15，第557页。
[2] 曾燠：《赏雨茅屋诗集》卷1，《续修四库全书》第1484册，第13页。

自己一介书生无所作为，感觉岁月蹉跎，有时不我待之感。后来他甘于寂寞，逃于吟社，一方面与其座师毕沅有关：毕沅因讨伐白莲教不利，又因卷入宫廷斗争，在死后被抄家问罪，这不能不使曾燠感到仕途之险恶，乾隆后期，宫廷中政治斗争亦很激烈，和珅集团与太子集团之斗争，恐怕曾燠亦不能置身事外。另一方面，作为封建王朝之高级官僚，对于世道之变迁，曾燠不会不了解，凭借文人敏锐的感觉，他已经感觉到了"衰世"之来临，这一点也表现在他的诗作中：

> 壮夫安得不雕虫，志业消磨在此中。
> 青眼高歌尝望子，百年多病亦成翁。
> 闻鸡起舞悲良夜，秣马长征向晓风。
> 湖海蹉跎诗复健，可怜心与世争雄！①

从诗中可以感受到曾燠之不甘心，他面对这风起云涌之势，多么渴望效仿"闻鸡起舞"的刘琨，能够建功立业，裂土封侯，然而最终他只能将这一片雄心壮志，寄托在"雕虫"之技上，消磨于吟花弄月中。面对这无力抗拒的"衰世"，他也只好感叹"可怜心与世争雄"。因此在雅集中，曾燠等人无心也无须再为"圣朝"唱赞歌，更多地关注于诗艺的切磋，曾燠作为幕主，对于幕宾创作的直接影响已处于式微状态。

其次，雅集中体现出"朝""野"离立之势的加剧。曾燠幕府的幕宾来自五湖四海，亦无统一的文学主张，但相互之间结社、集会，或以一二好友之间酬唱赠答为形式的诗歌交流极为频繁，这样的诗歌交流，无疑是诗风演进最好的媒介。严迪昌曾经在总结清代诗歌发展史时指出，清代诗史嬗变的特点就是在不断消长、继替过程中的"朝""野"离立之势，这样的离立之势伴随着清诗发展的

---

① 曾燠：《酬兰雪病中论诗留别二首》，《赏雨茅屋诗集》卷6，《续修四库全书》第1484册，第60页。

始终。如果说乾隆朝这种离立的趋势，被"圣朝雅音"所掩盖，不
那么明显的话，时至嘉庆朝，内忧日重，统治者将目光放在平定内
乱上，意识形态领域的钳制有所减弱，文网渐弛。这样的离立之
势，又趋于明显，孟森《明清史讲义》中曾提到雍乾之后，文网渐
弛后士风之转变：

> 嘉庆朝，承雍乾压制，思想言论俱不自由之后，士大夫
> 已自屏于政治之外，著书立说，多不涉当世之务。达官自刻
> 奏议者，往往得罪。纪清代名臣言行者，亦犯大不韪。士气
> 消沉以极。仁宗天资长厚，尽失两朝钳制之意，历二十余年
> 之久，后生新近，顾忌渐忘，稍稍有所撰述。虽未必即时刊
> 行，然能动撰述之兴，即其生机已露也。若赵翼《皇朝武功
> 纪略》，严如熤《苗防备览》、《三省边防备览》，皆有涉世
> 务之作。①

这一趋势亦反映于曾燠幕府雅集之中，有两点应当注意：一是幕府
雅集的作品中，已不顾忌时事，反映现实的作品较多。如有进言于
曾燠的："东南民力恃保护，何止八百孤寒愁。"② "兴利宜通河，
除害先折漕。艺文删其繁，风土纪厥要。吾非著述才，但以民隐
告。"③ 有言及兵事的："黔楚风烟兵未撤，江淮根本用先储。枢廷
早晚期公入，莫灵苍生愿久虚。"④ 还有关注民生的："淮南米价近
何如，乡里污邪未满车。原草欲焦天不雨，川流已涸食无鱼。"⑤

---

① 孟森：《明清史讲义》，中华书局1981年版，第614页。
② 陆继辂：《曾都转西溪渔隐卷子》，李坦主编：《扬州历代诗词》卷3，人民文学
出版社1998年版，第777页。
③ 吴嵩梁：《京口舟中寄宾谷运使》，《香苏山馆诗集》卷5，《续修四库全书》第
1489册，第16页。
④ 吴嵩梁：《辛酉仲春四日，过广陵晤曾宾谷运使，留宿题襟馆，并招汪司马剑
潭、邵大令无恙、王学博暘甫、乐明经莲裳、金手山秀才即席赋谢》，《香苏山馆诗集》
卷7，《续修四库全书》第1489册，第58页。
⑤ 乐钧：《寄曾宾谷都转四首》，《青芝山馆诗集》卷6，《续修四库全书》第1490
册，第481页。

这样直接反映人民疾苦，传达人民呼声，关切社会现实的诗作，在以往的唱和诗中，是比较少见的，更何况雅集主持人是朝廷的方面大员。其实，曾燠本人就很关切社会现实，关心民瘼，他的诗中有"欲作农夫归老去，江西诸郡报田荒"① 之句，对于饥荒表示担忧，他对战事亦很关切，如《闻四川官兵大捷二首》：

> 朝闻九节度，驱赋过潼关。
> 夕报三城戍，摧锋镇铁山。
> 妖人应破胆，圣主未开颜。
> 困兽犹能斗，军前莫等闲。
> 群山拥达州，形势最关忧。
> 秦陇争前户，荆襄处下游。
> 募兵劳祖狄，转饷急萧侯。
> 况说南中地，兴戎日未休。（自注：云南猓黑为乱）②

曾燠在听到官军大破起义军的时候，并未盲目地高兴，反而冷静地分析局势，提出"困兽犹能斗"，不可掉以轻心，可见其对时局的关切。而他的这种关注现实的热情，必然在雅集或者日常相处中传递给幕宾文友，那么对现实的关注和反映，就会体现在诗歌创作中，这一点正如王瑶所论："每一种文学潮流……作风或表现内容的推移变化，都是起于名门贵胄文人们自己的改变，寒素出身的人是只能追随的。"③ 在曾燠幕府之中，因曾燠对关注现实的提倡，雅集当中才会大量出现这类作品。

二是由于曾燠无意设定矩矱、指示路径，创作多为真性情、真心之作。严迪昌曾言："清诗发展到中期，真诗、见心灵的真情文字，大抵又复出之于'匹夫'笔端；挣脱羁缚，一展抒情主体个性

---

① 曾燠：《平山堂秋望》，《赏雨茅屋诗集》卷6，《续修四库全书》第1484 册，第59 页。

② 曾燠：《赏雨茅屋诗集》卷3，《续修四库全书》第1484 册，第28 页。

③ 王瑶：《中古文学史论》，北京大学出版社1986 年版，第31 页。

精神的吟唱，重归于布衣、画人以及为'世道'所摒弃而遁迹草野、息影山林的谪宦迁客群中。"① 这就体现出了诗人群体对馆阁诗人所倡导的"清醇雅正"之音的背离。曾燠幕府集中了乾嘉之际几乎所有重要的诗人，如郭麔、彭兆荪等人，尤以寒士居多。乾隆时期，《四库全书》等大型文化整理工作在帝王的倡导下，如火如荼地展开，许多寒士或入四库馆，或入大僚之幕府编纂书籍。这一时期的寒士，学成文武艺，货与帝王家，或多或少都能稍获资助，不愁温饱。嘉庆时期，在社会整体衰落的情况之下，士人的生存状态也日渐艰危。以郭麔为例，郭氏乃是乾嘉之际一大名士，然而他的生存也已举步维艰，其《樗园销夏录》所载之遭遇，可视为乾嘉之际士人生存状态之典型：

> 庚戌岁，余游金陵，将求一馆，以为负米之养。当路贵人皆素相识者，莫为力。旅食半载，困而归。中寄家书，不敢明言，恐贻老母忧。典衣寄银云出自馆谷，或不足。②

以郭麔之才名，尚且不得温饱，而典衣度日，可见士人之生存状态已经差到何等地步。于是，生计之虞驱使众寒士唱出变徵变雅之心灵之音，褒衣大袑式的盛世之讴已不合时宜，也难以抒发士人之真实情感，因此曾燠及其幕宾都不约而同地背离了"庙堂诗歌"的那种装腔作势。曾燠曾说："诗家体格，词意最要大方，而以清气行之，古之名公无不如此。不能学然后逃而入于险僻，务于小巧以悦庸流之耳目，遂以此得名，其有从事大方家者或反厌而轻之。"③ 由这段论述可见，曾燠对于性灵之诗是比较赞赏的，而对于"学然后逃而入于险僻"的"学人之诗"则嗤之以鼻。的确，面对世事变迁，曾燠亦不免有朝不保夕之感，于诗中道出了"明朝

---

① 严迪昌：《清诗史》，浙江古籍出版社 2002 年版，第 653 页。
② 郭麔：《樗园销夏录》卷下，《续修四库全书》第 1179 册，第 663 页。
③ 曾燠：《与王梦楼书》，《梦楼诗集》卷首，《续修四库全书》第 1450 册，第 404 页。

风雨安能知"①"容易惊心逼岁年"② 之句。这样的感叹在其幕宾的创作中也比比皆是:"不待晓风吹落尽,海山庭院已如秋。"③ "莫更霓裳闲谱曲,听风听水总危音。"④ "局促聊自保,大厦将安支。"⑤ "主是暂时何况客,欢无长夜不如愁。"⑥ "檐下孤相身世在,风涛不定总堪惊。"⑦ 这些诗句意象萧索、肃杀,一派衰飒颓唐之气,将这些诗句称为"盛世哀音"毫不为过,可见,随着文化钳制的减弱,士人们已无须过多掩饰,大可以发为性灵之诗了。

综上所述,曾燠幕府是清代扬州最后一个以风雅著称的幕府,自曾燠之后,扬州风雅消歇,昔日人文鼎盛之局面不复存在,从这一点来说,曾燠对于扬州人文之影响是不能忽视的。乾嘉之际,世运衰落,大批寒士失去庇护,生活举步维艰,曾燠提携后进,接纳寒士,为风雨飘摇中的大批士人送去了温暖,为文人相互交结提供了场所。其幕府雅集盛极一时,其作为乾嘉之际世风与诗风演变的一个典型样本,是值得人们去关注和继续探究的。

---

① 曾燠:《三月二十九日与客筱园看芍药》,《赏雨茅屋诗集》卷 2,《续修四库全书》第 1484 册,第 17 页。

② 曾燠:《题襟馆消寒集分咏》,《赏雨茅屋诗集》卷 3,《续修四库全书》第 1484 册,第 35 页。

③ 乐钧:《题襟馆海棠将罢,怅然作诗》,《青芝山馆诗集》卷 21,《续修四库全书》第 1490 册,第 618 页。

④ 彭兆荪:《题襟馆夜坐》,《小谟觞馆诗集》卷 8,《续修四库全书》第 1492 册,第 612 页。

⑤ 陆继辂:《盆松和曾都转》,《崇百药斋诗集》卷 3,《续修四库全书》第 1496 册,第 590 页。

⑥ 刘嗣绾:《宾谷丈招同人宴集高咏楼并送谷人先生赴华亭恒斋还兴化》,《尚䌹堂集》卷 35,《续修四库全书》第 1485 册,第 268 页。

⑦ 刘嗣绾:《和宾谷丈雨夕见示韵》,《尚䌹堂集》卷 35,《续修四库全书》第 1485 册,第 280 页。

第五章　阮元幕府及其文学活动

第一节　阮元的生平与仕宦

阮元（1764—1849），字伯元，号芸台，又号䂬经老人、雷塘庵主等，江苏扬州人。乾隆五十四年（1789）进士，身历乾隆、嘉庆、道光三朝，一生仕途通达，自谓"三朝元老、九省疆臣"①。阮元自乾隆五十四年（1789）步入仕途至道光十八年（1838）告老还乡，在清代中期政坛上活跃了近半个世纪，历任地方督抚、学政，以体仁阁大学士致仕。可以说，他在清代中期政坛上是一位举足轻重的大人物，尤其难能可贵的是，阮元为官清正，持身谨严，政绩卓著。与此同时，他还终生勤奋不懈，钻研学问，他治学领域涉及经学、小学、金石、书画乃至天文历算，尤精于经学，被称为"清代经学名臣最后重镇"②。特别令人钦佩的是，阮元一生礼贤下士，提倡学术，奖掖人才，整理典籍，刊刻图书，创办学堂。宦迹所至，"必以兴学教士为急"③，大大推动了文化事业的发展，而且，作为扬州学派的重要人物和清代汉学的殿军，阮元也直接影响了一代学风。像阮元这样将为官、治学、育才融于一身的人物，在清代确实不多见。李元度说他"以经术文章主持风会，而其人又必聪明早达，扬历中外，兼享大年，其名位著述足以弁冕群才，其力

---

① 张鉴等撰：《阮元年谱》，中华书局2006年版，第198页。
② 钱穆：《中国近三百年学术史》，商务印书馆1997年版，第545页。
③ 钱振伦等：《续纂扬州府志》卷9，清同治十三年刊本。

足以提倡后学，若仪征相国，真其人也"①。史亦载其"身历乾嘉
文物鼎盛之时，主持风会数十年，海内学者奉为山斗焉"②，并非
过誉。

乾隆四十九年（1784），阮元入仪征县学，补附生。乾隆五十
年（1785），阮元参加科试，为一等第一名，补廪膳生员。场中经
解策问，条对无遗，文亦冠场。谢墉赞叹地说："余前任在江苏得
汪中，此次得阮某矣。"③ 谢墉（1719—1795），字昆城，号东野，
浙江嘉善人。乾隆十七年（1752）进士，官至吏部右侍郎。曾先
后两次典试江淮，倡导经学。曾经力排众议荐举汪中。谢墉对于阮
元的学问也是大加赞赏，邀请阮元至其幕中协助批阅试卷。

乾隆五十一年（1786），礼部侍郎朱珪典江南乡试。阮元应试，
中第八名举人，为朱珪所赏识。乾隆五十四年（1789）三月，阮
元会试中式第 28 名。四月，圆明园复试，旋殿试，阮元为二甲第
三名，赐进士出身，入翰林院为庶吉士、充史馆纂修官等职。这一
年，为乾隆八十大寿的前一年，阮元奉旨充万寿盛典纂修官，进呈
所作《宗经征寿说》文册，乾隆亲览入选，特赏大缎一钿。

乾隆五十六年（1791），圆明园大考翰詹，乾隆命题《拟张衡
天象赋》《拟刘向请封陈汤甘延寿疏并陈今日同不同》《赋得眼镜
诗》。"阅卷大臣见先生赋博雅，而不识赋中'企'字之音，置三
等，继查字典，始至一等。封卷进呈御览，次日奉谕：'第二名阮
元比一名好，疏更好，是能为古文者。'亲改擢为一等第一名。"④
对于阮元受到乾隆赏识，人皆认为是阮元之《赋得眼镜诗》写得
好，因此得到了乾隆的青睐。徐珂《清稗类钞》记载："阮元初入
史馆，适和绅掌院事，执弟子礼甚恭，和收之门下。未几，大考翰
詹，高宗以眼镜命题，和知上高年不用镜，先泄意于元，故元诗
'四目何须此，瞳重不用它。'高宗以押'他'字脱空，议论又暗

---

① 李元度：《国朝先正事略》卷 21，《清代传记丛刊》第 192 册，第 755 页。
② 赵尔巽等：《清史稿》，中华书局 1977 年版，第 11425 页。
③ 张鉴等撰：《阮元年谱》，中华书局 2006 年版，第 6 页。
④ 同上书，第 9 页。

合己意，遂至高等，寻开坊。"① 原诗如下：

> 引镜能明眼，玻璃试拭磨。
>
> 佳名传瑷瑃，雅制出欧罗。
>
> 窥户穿双月，临池堪一波。
>
> 连环园可解，合璧薄相磋。
>
> 玉鉴呈豪颖，晶盘辨指螺。
>
> 风中尘可障，花下雾非讹。
>
> 眸瞭宁须此，瞳重不恃他。
>
> 圣人原未御，目力寿征多。②

这首诗先将眼镜的功能赞扬了一番，然后将笔锋一转，说出眼镜虽好，但是"圣人"，也就是乾隆帝却"未御"，就是说乾隆的眼力还很好，这正是长寿的征兆，巧妙地赞扬了乾隆万寿无疆。乾隆对于阮元也是恩宠有加。徐世昌《晚晴簃诗汇》载："公（阮元）大考，以赋《眼镜》诗'四目何须此，瞳重不用它'二语被特赏，擢第一。有《林清舟中》诗云：'高宗寿八旬，目无瑷瑃照。臣赋眼镜诗，褒许从优诏。'盖记当时恩遇之隆，传为词林佳话。"③

　　其实，阮元被乾隆额外施恩，不仅是阮元的诗迎合了圣意，而且是他的疏文最合乾隆心意。阮元曾经对儿子阮祜说："所以改第一者，实因'三不同'最合圣意。"④ 其疏云：

　　我皇上奋武开疆，平定西域，拓地两万余里。凡汉唐以来羁縻未服之地尽入版图，开屯置驿，中外一家。岂如郅支胡韩叛服靡常，杀辱汉使哉？此其不同一也。我皇上自开武以来，出力大臣无不加赏高爵。或有微罪，断不使掩其大功。下至末

---

① 徐珂：《清稗类钞》第 2 册，中华书局 1986 年版，第 675 页。

② 阮元：《御试赋得眼镜》，《研经室集》，中华书局 2006 年版，第 753 页。

③ 徐世昌：《晚晴簃诗汇》，上海三联书店 1989 年版，第 7654 页。

④ 张鉴等撰：《阮元年谱》，中华书局 2006 年版，第 9 页。

弁，微劳亦无遗焉。绝未有若延寿等功而不封者，此其不同者二也。我皇上运筹九筹之上，决胜万里之外，领兵大臣莫不仰禀圣谟，指授机宜，有站必克。间有偶违妙算者，即不能速即丰功，又孰能于睿虑所未及之处自出奇谋侥幸立功耶？此其不同者三也。①

众所周知，乾隆皇帝是一个好大喜功的人，他晚年自号"十全老人"，即是对自己一生中引以为傲的功绩的总结。而阮元在文中极力赞扬了乾隆引以为傲的武功，投合了乾隆的心理，说出了乾隆皇帝想要听到别人肯定他的"十全武功"的话。因而阮元得到乾隆的赏识也是顺理成章的事。大考后三天，阮元就奉旨升詹事府少詹事、行走南书房。阮元一下从七品官升为四品官，可见乾隆对他的激赏。后又在勤政殿冬暖阁召见阮元，并嘱咐阮元："要立品，勿躁进。"② 并在召见军机大臣阿桂时说："阮元人明白老实，像个有福的，不意朕八旬外又得一人。"③ 可以说，这是乾隆对阮元的一个中肯的评价，"明白老实"，是对阮元的学问和人品的概括，说明阮元学问渊博、处世明白而且为人忠厚老实。"又得一人"，说明了乾隆对阮元很倚重。数月后，阮元又升为正三品的詹事府詹事，补文渊阁直阁事。乾隆五十八年（1793），阮元28岁时，出任山东学政，从此开始了他长达半个世纪的仕宦生涯。

第二节　阮元的著述及学术文化活动

阮元在清代官僚中，是一位少年早达、历居要职的人物，他是一位学者型的官员。阮元本人的学问非常渊博，对于金石、小学、舆地、天算、校勘等都有很深入的研究，可算是扬州学者中的巨

---

① 阮元：《拟刘向请封陈汤甘延寿疏并陈今日同不同》，《研经室集》，中华书局2006年版，第356页。
② 张鉴等撰：《阮元年谱》，中华书局2006年版，第9页。
③ 同上。

擘。他的弟弟阮亨在《瀛洲笔谈》中对于其兄阮元的学术成就也进行了一番概括：

> 予兄早岁能文章，尤研经义。尝手校《十三经注疏》。二十四岁，撰《车制图解》，辨正车耳反出轵前十尺等事，为江永、戴震所未及发。此外如《封禅》、《明堂》、《一贯》、《南江》、《乐奏》、《皇父》、《释且》诸篇，皆独契往古，发前人所未发。至于《十三经注疏校勘记》、《经籍纂诂》、《畴人传》、《金石志》等书，篇帙浩繁，皆自起凡例，择友人、弟子分任之，而亲加朱墨，改订甚多。自言入翰林后，即直内廷，编订书画，校勘石经；旋督学管部，领封疆，无暇潜研。故入官以后，编纂之书较多，而沈精覃思，独发古谊之作甚少，不能似经生时之专力矣。然所作《曾子十篇注释》，则时时自随，凡三易稿。此中发明孔、曾博学、难易、忠恕等事，与《孝经》、《中庸》相表里；而训"一贯"之"贯"为行事，尤为古人所未发。昔人以主静、良知标其学目，一贯之说，亦为创论，故所撰之书，当以此五卷为最精。又言近人考证经史小学之书则愈精，发明圣贤言行之书甚少；否则专以攻驳程朱为事，于颜曾纯笃之学，未知深究。兹注释五卷，不敢存昔人门户之见，而实以济近时流派之褊也。①

由此可知，阮元凭借自己的地位，积极提倡学术研究，除了自己勤奋著书外，还组织幕僚、好友、弟子等做了不少编书、刻书的工作。其"《十三经注疏校勘记》、《经籍纂诂》、《畴人传》、《金石志》等书，篇帙浩繁，皆自起凡例，择友人、弟子分任之，而亲加朱墨，改订甚多"②。其治学颇显广博大度，"力持学术之平，不主

---

① 阮亨：《瀛洲笔谈》卷2，嘉庆二十五年扬州阮氏刻本。
② 同上。

门户之见"①。这可以说是他治学的总方向。而且，阮元积极提倡学术研究，编刻典籍，创办书院，奖掖人才，在一定程度上总结了乾嘉汉学的成果，对于学术的发展有提倡之功。对于这点，后来扬州学者刘寿曾在《沤宦夜集记》中的一段论述，可以说对于阮元的影响和功绩给予了充分的肯定："学术之兴也，有倡导之者，必有左右赞之者，乃能师师相传，庚绩于无穷，而不为异说謇言所夺。文达早膺通显，年又老寿，为魁硕所归仰，其学盖衣被天下矣。"②这一论述确与事实相符，阮元在历任学政、总督、巡抚时确实凭借其政治地位和学术影响力进行了一系列的学术和著述活动，这对当时和后来的影响，都极其巨大。现将其学术活动和著述择要胪列如下。

一 编撰《山左金石志》24 卷，《两浙金石志》18 卷和《积古斋钟鼎彝器款识》10 卷

乾嘉时期，由于考证经典的需要，为了掌握第一手资料，对于金石的搜集，成为一种风尚。当时著名学者毕沅巡抚陕西、河南时编有《关中金石记》《中州金石记》，翁方纲任广东学政时，辑有《粤东金石略》。阮元搜集金石器铭，其目的也是通过对金石文字的研究，另辟考证经史的新途径。如阮元在《积古斋钟鼎彝器款识序》中认为："钟鼎彝器，三代之宝贵，故分器、赠器，皆以是为先，直与土地并重，且或以为重赂，其选作之精，文字之古，非后人能及。古器金锡之至精者，其气不外泄，无青绿，其有青绿者，金之不精外泄于土地者。古器铭字多者或数百字，纵不抵《尚书》百篇，而有过于汲冢者远甚。"③

① 刘师培：《扬州前哲画像记》，《刘师培全集》，中央党校出版社 1997 年版，第 2289 页。

② 刘寿曾：《沤宦夜集记》，《刘寿曾文集》卷 1，台湾中研院中国文史哲研究所筹备处，2001 年。

③ 阮元：《积古斋钟鼎彝器款识序》，《研经室集》，中华书局 2006 年版，第 636 页。

二　编撰《经籍纂诂》106 卷（附补遗）

《经籍纂诂》是一部大型的训诂工具书，目的是帮助阅读经典。阮元曾说："古书之最重者，莫逾于经。经自汉晋以及唐宋，固全赖古儒解注之力，然其间未发明沿旧误者尚多，皆由于声音文字假借转注未能通彻之故。"① 正因为如此，阮元于嘉庆二年（1797），选浙江经古之士 30 余人至崇文书院，分纂《经籍纂诂》。总纂为臧庸（1767—1811），字在东，江苏武进人，精于校勘之学，所著《拜经日记》八卷。这部书将十三经和唐以前的史、子、集部中重要著作的旧注及汉晋以来的各种字书约 100 多种汇集在一起，以单子、单词为条目，按照《佩文韵府》的 106 个韵部，分平、上、去、入编成，每韵一卷，每字一条，将唐以前的旧注一网打尽。《经籍纂诂》给清人治学提供了极大的便利。梁启超认为这部书"真是检查古训最利便的一部书"②。

三　编撰《畴人传》46 卷

这是中国第一部古代天文历算学家的传记。古代天文历算之学由专人执掌，即是"畴人"。《畴人传》收入自黄帝至清代的中国自然科学家 243 人，外国自然科学家 37 人，共 280 位自然科学家的传记。众所周知，乾嘉时期，经史考证的思潮大盛，在此种实学思潮的影响下，历算学也被作为考证经典的一种方法而受到学者的重视。再者，明清之际，西学东渐，中国传统的历算学受到了西方历算学的冲击。基于此，阮元组织编撰了《畴人传》，其目的除了表达对于历算学的重视之外，还有宣扬乾嘉学术成果之意。

四　编撰《淮海英灵集》《两浙輶轩录》

阮元在鲁、浙任学政时，除了金石研究外，还致力于对江浙已

---

① 阮元：《王伯申经义述闻序》，《研经室集》，中华书局 2006 年版，第 120 页。
② 梁启超：《中国近三百年学术史》，上海三联书店 2006 年版，第 208 页。

故诗人诗作的搜集和刊刻。《淮海英灵集》收录扬州府人士所作之诗，共收录 865 人，皆为已故者。阮元仿唐殷璠之《河岳英灵集》，故名之《淮海英灵集》。《淮海英灵集》体例仿《明诗综》，于各家诗首列诗人小传，叙籍贯字号、宦绩交游、著述成就、风格等。其所收录诗歌内容十分丰富，对于了解清初至乾隆时社会发展的诸多方面很有帮助，对于保存清代扬州地方文献和后人研究清代扬州的史事及文学具有不可磨灭的功绩。

《两浙輶轩录》刻版于嘉庆六年，其体例悉仿《淮海英灵集》。收录范围自清初至乾嘉时期，共辑诗人 3133 家，9241 首，分为 40 卷。此书对于琐闻轶事记载颇多，不只有补于吟咏，亦可作为一方征考文献之资。

五　撰《小沧浪笔谈》《定香亭笔谈》

此两种为阮元督学山东、浙江时的杂记之作，各四卷。《小沧浪笔谈》主要记载了阮元任职山东学政时的学术活动等，内容丰富，既收录了诗歌，也有关于乾嘉学者学术造诣及轶事的记载，对于江浙诗人的名诗佳句，也有收录。阮元重视金石之学，故其中也有不少对于金石文字的记载和考证。

《定香亭笔谈》是阮元督学浙江时所作。与《小沧浪笔谈》有所不同，《定香亭笔谈》侧重于记游，收录多为抒发游兴的诗词歌赋，其间有关于经史、天算、金石的记载或考论。

六　撰《曾子十篇注释》

实学是阮元思想和学说的核心，这一思想体现在阮元一生的学术和事功之中，也体现在他对曾子之学的研究上。① 阮元曾说："曾子修身慎行，忠实不欺""不为空言高论，唯以事实立训"。这也正符合汉学家的实学思想，因此，阮元认为："从事孔子之学者，

---

① 郭明道：《阮元评传》，社会科学文献出版社 2005 年版，第 39 页。

当自曾子始。"①《曾子十篇注释》正是阮元对于曾子之学深入研究的成果。据阮元弟弟阮亨说:"然(阮元)所作《曾子十篇注释》,则时时自随,凡三易稿。此中发明孔、曾博学、难易、忠恕等事,与《孝经》、《中庸》相表里;而训'一贯'之'贯'为行事,尤为古人所未发。昔人以主静、良知标其学目,一贯之说,亦为创论,故所撰之书,当以此五卷为最精。"② 可见,阮元对于这本著作是下了很大功夫的。

七　创立诂经精舍

嘉庆六年(1801),阮元在西湖白沙堤清行宫之东建立诂经精舍书院。阮元任浙江巡抚期间,深切感受到人才的重要性,而当时杭州的书院与讲舍,往往是为一般士子设立的,目的是应付科举考试。由此,阮元希望能有一所培养适合社会发展需要的学校。因此,阮元将任浙江学政时,召集诸生编纂《经籍纂诂》的地方作为古经精舍书院,用来培养专门人才。阮元在《西湖诂经精舍记》中说:"及浙抚,遂以昔日修书之屋五十间,选两浙诸生学古者读书其中,题曰诂经精舍。精舍者,汉学生徒所居之名;诂经者,不忘旧业而勤新知也。"③ 舍内奉祀东汉许慎、郑玄两先生,并邀请著名学者王昶、孙星衍等为讲席。讲授内容主要为经史,不讲八股文、八韵诗,因此,阮元周围聚集了一大批学者。阮元创立诂经精舍,目的是为朝廷培养和输送治理国家的人才。其故经精舍确实达到了这一目的,据孙星衍《诂经精舍题名碑记》记载:"上舍之士多致位通显,入翰林,进枢密,出则建节而试士。其余登早科举成均,牧民有善政及撰述成一家言,不可胜数,东南人才之盛,莫与为比。"④ 诂经精舍也因此成为当时士子最为仰慕的学校和东南地区的学术研究中心。

---

① 阮元:《曾子十篇注释序》,《研经室集》,中华书局2006年版,第46页。
② 阮亨:《瀛洲笔谈》卷9,嘉庆二十五年扬州阮氏刻本。
③ 阮元:《西湖诂经精舍记》,《研经室集》,中华书局2006年版,第547页。
④ 张鉴等撰:《阮元年谱》,中华书局2006年版,第45页。

八 校刻《十三经注疏》416 卷

校刻《十三经注疏》是阮元任江西巡抚期间的一项重要学术成果。为了弘扬汉学，培养通儒，阮元邀请李锐、徐养原、顾广圻、臧庸、洪震煊、严杰、卢宣旬七位学者，重新校勘《十三经注疏》。阮元校刻的《十三经注疏》共416卷，附于卷末的《十三经注疏校勘记》共243卷。这一刻本罗列诸本，比较异同，确定取舍，校正其讹误脱漏。此刻本问世后影响颇大。《十三经注疏校勘记》仿唐代陆德明作《经典释文》之法，以"凡汉晋以来各本之异同，师承之源委，莫不兼收并载。凡以前诸经旧本，赖以不坠"① 为例，以宋代十行本为底本，以唐石经和宋代的其他各种版本为校本，详加校勘。可以说，《十三经注疏校勘记》是一部版本、目录与校勘学的集大成者。

九 创立学海堂

学海堂是清代著名的学堂，它是阮元在继杭州诂经精舍之后，又在总督两广任内所创办的。由于岭南学术文化的发展相对落后，而且阮元为了贯彻自己的学术理想，嘉庆二十五年（1820），阮元仿杭州诂经精舍的模式，在广州建立学海堂。阮元学海堂的建立，极大地促进了岭南文化的发展。阮元也对学海堂寄予了厚望："潜修实践之士，聪颖博雅之材，著书至于仰屋，岂为穷愁，论文期于贱壁，是在不朽，及斯堂也。升高者赋其所能，观澜者得其为术。息息游焉，不亦传之久而行之远欤？"② 学海堂影响之大，从梁启超的论述中亦可见一斑："自吾之生，而乾嘉学者已零落略尽，然十三岁肄业于学海堂，堂则其前总督阮元所创，以朴学教于吾乡者也。其规模矩矱，一循百年之制。"③

---

① 阮元：《恭进十三经注疏校勘记折子》，《研经室集》，中华书局 2006 年版，第 589 页。

② 阮元：《学海堂集初编序》，《研经室集》，中华书局 2006 年版，第 1076 页。

③ 梁启超：《清代学术概论》，上海古籍出版社 1998 年版，第 61 页。

十　编刻《皇清经解》1400 卷

《皇清经解》收集了顺治到乾嘉时期的说经之作，共 178 种，1400 卷。阮元在《汉学师承记序》中谈及了编刻《皇清经解》的构想："元尝思国朝诸儒说经之书甚多，以及文集、说部，皆有可采。窃欲析缕条分，加以剪裁，引系于群经各章句之下。譬如休宁戴氏解《尚书》'光被四表'为'横被'，则系之《尧典》；宝应刘氏解《论语》'哀而不伤'即《诗》'唯一不永伤'之'伤'，则系之《论语·八佾》篇，而互现《周南》。如此勒成一书，名曰《大清经解》。"① 此书收录了清代重要汉学家的解经之作，内容涵盖了清代学术的各个方面，是阮元对于清代学术的一次大总结。

十一　撰《研经室集》58 卷

《研经室集》是阮元自编定稿的个人诗文集，其一生著述，除其主编的《经籍纂诂》《皇清经解》等之外，大致都收录其中，集中反映了阮元的学术思想和治学方法。阮元在自序中说："室名'研经'者，余幼学以经为近也。余之说经，推明古训，实事求是而已，非敢立异也。"② 全书分为研经室集、续集和外集三编。本集及续集按经、史、子、集四部列为四集，诗卷另列。外集为《四库未收书提要》173 种。

十二　刊刻《文选楼丛书》32 种

刊刻《文选楼丛书》是阮元晚年对后世影响较大的一项学术文化活动。阮元晚年致仕以后，为了使自己和部分师友的著作得以保存和传世，命其弟阮亨刊刻。文选楼丛书主要为阮元、焦循和凌廷堪的著作，体现了扬州学者的学术精华。该丛书在古代文献中占有重要地位，对古籍的保存起了积极的作用。

① 阮元：《汉学师承记序》，《研经室集》，中华书局 2006 年版，第 248 页。
② 阮元：《研经室集》，中华书局 2006 年版，第 2 页。

第三节　阮元幕府的幕宾构成

阮元身历乾隆、嘉庆、道光三朝，历任学政、总督、巡抚等职，以体仁阁大学士致仕。显赫的地位与对学术的孜孜追求，使其成为乾嘉之际汉学殿军。阮元幕府聚集了乾嘉之际至道光初期几乎所有一流的汉学家及部分诗文作家。

一　山东学政幕

朱文藻（1735—1806），字映淯，号朗斋，浙江仁和人。从小酷爱读书，渔猎百家书籍。他曾在同邑汪宪的藏书楼振绮堂校勘群籍，学识渊博，既精六书，又通史学，兼工诗文。清乾隆时经大学士王杰引见，入京城参加《四库全书》的佐校（编校）工作，考异订化，多成善本。又奉敕在南书房考校秘籍。曾与孙星衍研讨金石，订成《山左金石志》。晚年，他先后参加了阮元主持的《輶轩录》、王昶纂修的《西湖志》等书的编写工作，还纂辑了《金石萃编》《大藏圣教解题》等书。著述宏富，有《碧溪草堂诗文集》《碧溪诗话》等行于世。还著有《碧溪丛钞》《东轩随录》《东城小志》《东皋小志》《青鸟考原》《金箔考》《苔谱》《续礼记集说》《说文系传考异》等。六书自说文系传、佩觿汗简及钟鼎款识、博古图诸书无不贯穿源流，会通旨要，又能亲手摹写。

钱大昭（1744—1813），字晦之，江苏嘉定人。钱大昕之弟。嘉庆元年（1796）举孝廉方正。从学于其兄，时有"两苏"之比。参加校录《四库全书》，学问渊博，于经、史皆有造诣。主张从训诂入手研究经，从明事入手研究史，对两汉正史尤精通。著有《尔雅释文补》3卷，《广雅疏义》20卷，《说文统释》60卷，《两汉书辨疑》40卷，《三国志辨疑》3卷，《后汉书补表》8卷，《诗古训》12卷，《经说》10卷，《补续汉书艺文志》2卷，《后汉郡国令长考》1卷，《迩言》2卷。钱大昭尝入阮元山东学政与浙江学政幕，佐其校士。

　　焦循（1763—1820），字里堂，江苏甘泉人。少年曾就读于扬州安定书院。曾于 33 岁赴山东居阮元幕府，后随阮元至浙江赴任。嘉庆六年（1801）中举人，翌年应礼部试不第，即返乡侍奉母亲不出仕。母亲卒后，托疾闭户，建"雕菰楼"，足不履城市十余年，著书数百卷，皆精博。其中用力特深的，为《周易》《论语》《孟子》三书。在《周易》方面，著有《易章句》12 卷、《易图略》8 卷、《易通释》20 卷（以上 40 卷合辑为《雕菰楼易学三书》）、《易广记》3 卷、《易话》2 卷。在《语》《孟》方面，嘉庆九年（1804）著《论语通释》1 卷计 12 篇（后增为 15 篇），又推衍《通释》的含义为《论语补疏》2 卷。嘉庆廿一年（1816）始编《孟子长编》30 卷，再编为《孟子正义》30 卷，二十四年（1819）成书。翌年逝世。经学以外，又精天算、考古。曾与凌廷堪及李锐一起研究天算之学，焦循著《天元一释》《开方通释》等专门著作，又曾著《群经宫室图》《剧说》等。平生所著散文辑为《雕菰楼集》24 卷，由阮元于道光四年（1824）在粤刊行。焦循随阮元于山东、浙江校士，有《游山左诗钞》《游浙诗钞》等，并于幕中结识孙星衍、武亿、李锐等，与之论学。

　　武亿（1745—1799），字虚谷，一字小石，自号半石山人，河南偃师人。少从大兴朱筠游。士大夫慕其学，与之；然亿性简傲真率，非其志，掉臂不之屑意。乾隆四十五年（1780）进士，授博山知县，大学士和珅遣番役捕盗，横行州县，亿执而杖之，坐罢官。家贫，教授齐、鲁间以终。亿工考据，尤好金石，著作有《授经堂诗文集》及《钱谱》《群经义证》《经读考异》《读史金石集目》《金石三跋》《金石文字续跋》等。尝入阮元山东学政幕，助阮元辑《山左金石志》，识焦循。

二　浙江学政、浙江巡抚幕

　　王昶（1725—1806），字德甫，号述庵，又号兰泉，江苏青浦人。清乾隆十九年（1754）进士，授内阁中书，协办侍读，入军机处，后又擢刑部郎中。乾隆三十三年（1768）王昶随大学士、云贵总督阿桂入川，平定大小金川。前后在军营九年，所有奏檄，均由王昶起草，加军功十三级，记录八次。凯旋之日，乾隆赐宴紫光阁，称其"久在军营，著有劳绩"，擢为鸿胪寺卿，赏戴花翎，不久，又升为大理寺卿，都察院右副都御使。王昶一生的主要成就，不在仕途，而在学术。王昶于学无所不究，名满天下而不立门户。他在学术上的成就是多方面的：在金石考证方面，他倾半生心血，收罗商周铜器及历代碑刻拓本1500余种，编成《金石萃集》160卷；在文学艺术方面，他工诗善文，早年与王鸣盛、吴泰来、钱大昕、赵升之、曹仁虎、王文莲并称为"吴中七子"，他的诗文结集《春融堂集》共60卷，姚鼐、俞樾曾先后为之作序。此外，他还做了大量的文学选编工作，辑有《湖海诗传》《湖海文传》《明词综》《国朝词综》等。嘉庆五年（1800）阮元延其至西湖诂经精舍。

段玉裁（1735—1815），字若膺，号懋堂，晚年又号砚北居士，长塘湖居士，侨吴老人，江苏金坛人，龚自珍外公。乾隆举人，历任贵州玉屏、四川巫山等县知县，引疾归，居苏州枫桥，闭门读书。曾师事戴震，研究文字训诂音韵之学。著有《说文解字注》《六书音韵表》《古文尚书撰异》《毛诗故训传定本》《经韵楼集》等，对我国音韵学、文字学、训诂学、校勘学诸方面做出了杰出贡献。阮元任浙抚时，延段玉裁入幕，主定《十三经注疏校勘记》。

吴文溥（1736—1800），字博如，一字冻帆，号澹川，浙江嘉兴人。贡生，工诗。尝西入关中毕沅幕府，后又入毕沅湖广总督幕府参赞军事，诗格益上。阮元督学浙江，见其诗，誉为浙中诗士之冠。因招入幕中，使校订輶轩录稿。元尝出其先大父征苗刀示之，文溥走笔作歌，震夺一席。阮元评为"浙中诗人第一"。

吴定（1744—1809），字殿麟，号澹泉，安徽歙县人。诸生。少与姚鼐同受古文法于刘大櫆，尤相友善。屡试不售。嘉庆初举孝廉方正。家本贫，至老益甚。但犹专力经学，深求义理。定论文严于法，姚鼐有所作，必以示商。著有《黑石泉山房文集》12卷，《诗集》六卷，及《周易集注》十卷。尝入阮元浙抚幕，主衡文。

陈鳣（1753—1817），字仲鱼，号简庄，又号河庄，浙江海宁人。清嘉庆元年（1796）以廪生举孝廉方正，三年，中乡试。晚筑讲舍于紫薇山麓，寝处其中，一意撰述。著有《诗集》10 卷，《缀文》6 卷，对策 6 卷，《诗人考》3 卷，《恒言广证》6 卷，《续唐书》70 卷，《石经说》6 卷，《声类拾存》1 卷，《坤苍拾存》1 卷，《经籍跋文》1 卷，《孝经郑注》1 卷，《论语古训》10 卷，及《说文正义》。学识为阮元所赏，称许为"浙中经术之最深者"。

孙星衍（1753—1818），字渊如、伯渊，号季述，江苏阳湖人。与杨芳灿、洪亮吉、黄景仁等以文学见长，袁枚称他为"天下奇才"。又于经史、文字、音训、诸子百家，皆通其义。乾隆五十二年（1787）进士，授翰林院编修，充三通馆校理。乾隆六十年（1795）授山东兖沂曹济道，次年补山东督粮道。嘉庆十二年（1807）任山东布政使。博极群书，勤于著述。嘉庆五年（1800）阮元延其入浙江巡抚幕佐幕务，并主讲诂经精舍。

杨芳灿（1754—1816），字才叔，号蓉裳，江苏金匮人。工诗文，少即华赡，学使彭元瑞大异之。由拔贡应廷试，得补甘肃伏羌县知县。以功擢知灵州。会仲弟揆授甘肃布政使，例回避，顾不乐外吏，入赀为户部员外郎，与修会典。公余拥书纵读，益务记览。旋丁母忧，贫甚，鬻书以归。尝主讲衢杭、关中、锦江三书院，又入蜀修《四川通志》。芳灿好为诗，取法于工部、玉溪，填词亦兼有梦窗、竹山之妙，尤工骈体。著有《翼率斋稿》12 卷，《芙蓉山馆诗词稿》14 卷，及骈体文 8 卷。嘉庆十三年（1808）应浙江巡抚阮元聘，主讲诂经精舍。

凌廷堪（1755—1809），字仲子，一字次仲，安徽歙县人。少赋异禀，读书一目十行，年幼家贫，弱冠之年方才开始读书。稍长，工诗及骈散文，兼为长短句。仰慕其同乡江永、戴震学术，于是究心于经史。乾隆五十四年（1790）应江南乡试中举，次年中进士，例授知县，自请改为教职，入选宁国府学教授。之后因其母丧到徽州，曾一度主讲敬亭、紫阳二书院，后因阮元聘请，为其子常生之师。

徐养源（1758—1825），字新田，号饴庵，德清人。少时随父游京师，并从师于名流学者，探究学术源流，学业大进。嘉庆四年（1799），浙江巡抚阮元在西湖筑诂经精舍，聘为主讲人之一，并担任《仪礼》《尚书》的校勘，甚为精到，受到尊重。六年，举副贡生。其父辞职归乡后，侍奉左右，且以说经娱亲。父母去世，遂无意科举。徐养源学术研究涉及面很广，对经学、小学、历算、舆地、氏族、音律均有研究。编著有《仪礼今古文异同疏证》《六书考》《九章重差补图》《朝鲜疆域考》《氏族谱》《乐曲考》《德清县续志》等。

秦恩复（1760—1843），字近光，号敦夫，江苏江都人。乾隆五十二年（1787）进士，改翰林院庶吉士。散馆，授编修。读书好古，所居五笥仙馆，蓄书万卷，丹铅不去手。尤精校勘，阮元抚浙时，聘主诂经精舍。与人谦抑，不谈学问，故世罕知者。恩复尝校刊《列子》《鬼谷子》《扬子法言》《三唐人集》及《隶韵》等书，时称秦板。性好填词，每拈一调，必求尽善，无一曼声懈字。著有《享帚词》三卷及《石研斋集》等。

赵坦（1765—1828），字宽夫，浙江仁和人。少为郡小吏，独嗜学，尝窃哀书就壁默诵，僚吏厌怒，欲苦之，遁去。会阮元视浙学，遂以经术受知，补诸生，入诂经精舍，著籍称弟子。而王昶、孙星衍迭主讲席，举重其文。一时声誉隆起。自受知阮公，深自淬厉，研究汉经师言，疏通证明之，著《周易郑注引义》《春秋异文笺》《石经考续》。尤好古金石文，钩稽剔抉，具有辨识；益以他杂义，为《保甓斋文录》及札记各若干卷。

顾广圻（1766—1835），字千里，号涧萍，江苏元和人。诸生。受业于吴县江声，颖敏博洽，通经史小学。尤精校雠，阮元、孙星衍、张敦仁、黄丕烈、胡克家、秦恩复、吴鼒先后延主刻书，皆为之札记，考定文字。于目录学尤为专门，人方之王仲宝、阮孝绪。他如天算舆地，亦靡不贯淹。尝以邢子才"日思误书，更是一适"语，自号思适居士。广圻著有《思适斋文集》18卷，又摘先儒语录为《遁翁苦口》1卷。曾入阮元浙抚幕，校勘《十三经注疏》，分任《毛诗》。

臧庸（1767—1811），本名镛堂，字在东，更字西成，号拜经，武进人。与弟礼堂，俱师从浙江卢文弨，并从钱大昕、段玉裁等讨论学术。庸沉默朴厚，学术精审。后入浙江巡抚阮元幕府。阮元撰辑《经籍纂诂》《十三经注疏校刊记》时，庸襄助有力。庸治学严谨，长于校勘、释义，著作极多，有《拜经日记》八卷、《拜经堂文集》四卷、《月令杂说》四卷、《说诗考异》《乐记二十三篇注》一卷、《孝经考异》一卷等。另校郑玄《易注》，辑有《子夏易传》。

顾廷纶（1767—1834），字凤书，一字郑乡，浙江会稽人。嘉庆三年（1798）优贡，官武康训导，有《玉笥山房要集》。入阮元浙抚幕，潜心经史之学，兼习吏治。

陈鸿寿（1768—1822），字子恭，号曼生、曼龚、曼公、恭寿、翼盦、胥溪渔隐、种榆仙吏、种榆仙客、夹谷亭长、老曼等，浙江钱塘人。曾任溧阳知县、江南海防同知。工诗文、书画，善制宜兴紫砂壶，人称其壶为曼生壶。书法长于行、草、篆、隶诸体。篆刻师法秦汉玺印，旁涉丁敬、黄易等人，印文笔画方折，用刀大胆，自然随意，锋棱显露，古拙恣肆，苍茫浑厚。为西泠八家之一。有《种榆仙馆摹印》《种榆仙馆印谱》行世，并著有《种榆仙馆诗集》《桑连理馆集》。入阮元浙抚幕，筹划海防，分纂《两浙盐法志》。

周中孚（1768—1831），字信之，别字郑堂，乌程人。嘉庆六年（1801）拔贡。曾就学阮元，入诂经精舍，参与修辑《经籍纂诂》。同舍者多显贵，唯中孚至55岁尚应乡试，同考官得卷力荐，主考官疑其有私，置副榜第一。从此弃举业，居上海，替李筠嘉编《慈云楼藏书志》，别录副本为《郑堂读书记》。书仿《四库全书总目》体例，评论着眼于全书得失价值，考辨真伪缜密。著有《考经集解》《逸周书注补正》《顾职方年谱》《子书考》《金石识小录》《郑堂札记》等。

陈寿祺（1771—1834），字恭甫，一字苇仁，号左海，晚号隐屏山人，福州闽县人。嘉庆四年（1799）进士，改庶吉士，授编修。历充广东、河南副考官、会试同考官。十四年，奔丧归，不复出仕。主讲泉州清源、鳌峰两书院凡21年，卒于家。陈寿祺为阮元高弟子，文藻博丽，有六朝三唐风格，与同年张惠言、吴蒿、鲍桂星、王引之齐名。著有《五经异义疏证》三卷、《尚书大传定本》三卷、《左海经辨》四卷、《洪范五行传辑本》三卷、《欧阳夏侯经说考》一卷、《鲁齐韩诗说考》三卷、《礼记郑读考》四卷、《说文经诂》二卷，另有《左海文集》十卷、《左海诗集》六卷、《东越文苑儒林后传》二卷。

陆耀遹（1771—1836），字邵文，江苏阳湖人。诸生。与叔父陆继辂齐名，时称"二陆"。道光元年（1821）举孝廉方正，试二等。选授阜宁县教谕，至任百日，卒。耀遹工诗，嗜金石文字，尤长尺牍。所著有《双白燕堂诗文集》16卷，又尝补王昶《金石萃编》成《续编》四卷。尝馆阮元浙江学政学署。

朱为弼（1770—1840），字右甫，号椒堂，又号颐斋，浙江平湖人。幼丧父母，以孝敬祖母名闻乡里。为弼通经学，精研金石之学，尤嗜钟鼎文。清嘉庆二年（1797），阮元督学浙江，创办诂经精舍，聘请为弼参与修辑《经籍纂诂》，并为阮元所撰《积古斋钟鼎彝器款识》稿审释、作序、编定成书。嘉庆十年进士，授兵部主事，迁员外郎。著作有《椒声馆诗文集》《吉金文释》《鉏经堂集》《古印证》等。

陈文述（1771—1843），初名文杰，字谱香，又字隽甫、云伯、英白，后改名文述，别号元龙、退庵、云伯，又号碧城外史、颐道居士、莲可居士等，浙江钱塘人。嘉庆时举人，官昭文、全椒等知县。诗学吴梅村、钱牧斋，博雅绮丽，在京师与杨芳灿齐名，时称"杨陈"，著有《碧城诗馆诗钞》《颐道堂集》等。乾隆六十年（1795）八月二十四日，阮元奉旨调任浙江学政，嘉庆元年（1796）文述应杭州乡试，阮元以《仿宋画院制团扇》命题，文述诗最佳，末句云："歌得合欢词一曲，想教留赠合欢人。"阮元大赞，批其旁云："不知谁是合欢人"，并以团扇赠文述，人称其为"陈团扇"。阮元以杭州诸生之诗，文述为第一，称其才力有余，能人所不能，并谓其诗文，扬班高李之俦，嘉勉其学。文述益发愤向学，以家贫，乃观书于市，且抄且读，有知遇之感。文述与族兄陈鸿寿（字曼生）、陈甫（字瀛芝）等人往来甚密，皆有文名，阮元称之为"武林三陈"，或与陈鸿寿称"二陈"，或并称"曼云"。

端木国瑚（1773—1837），字子彝、鹤田、井伯，晚号太鹤山人，浙江青田人。嘉庆间举人，任归安教谕15年。以通堪舆之术，道光中被召卜寿殿，特授内阁中书。十三年成进士，仍就原官。有《太鹤山人集》《周易指》等。清嘉庆元年（1796），浙江学政阮元见国瑚的《画虎赋》，大加赞赏。邀赴杭州，就读于敷文书院。所作《定香亭赋》，清思古藻，似齐梁人手笔，一时艺林相与传诵，阮元赞不绝口，以诗相赠："谁是齐梁作赋才，定香亭上碧莲开，括苍酒监秦淮海，招得青田白鹤来。"由此，国瑚被誉为"青田一鹤"。

三　两广总督幕

陈昌齐（1743—1820），字宾臣，号观楼，又署瞰荔居士。广东雷州人。乾嘉年间考古、语言、文学大师，又是精通天文、历算、医学、地理的近代著名科学家。清乾隆三十六年（1771）进士。曾任翰林院编修、广西道和河南道监察御史、兵部和刑部给事中、浙江温州兵备道等职，告老还乡，先后在雷阳、粤秀书院主讲。陈昌齐学问渊博，著作等身，他勘校了《永乐大典》，编校了《四库全书》，编纂了《海康县志》《雷州府志》《广东通志》，著有诗文结集《赐书堂集》、书法论述《临池琐语》，其他科学著作有《天学脞说》《测天约术》《天学纂要》《地理书钞》等。阮元尝延陈昌齐入两广总督幕，协纂《广东通志》。

江藩（1761—1831），字子屏，号郑堂，晚号节甫，本籍安徽江村，后入江苏甘泉籍。监生。受业余萧客、江声，博综群经，尤深汉诂。为古文词，豪迈雄俊，作《河赋》以匹江、海二赋。性不喜唐、宋文，自言文无八家气。为人权奇倜傥，能走马夺槊豪饮，遍游齐、晋、燕、赵、闽、粤、江、浙。韩城王杰极重之，曾撰

《纯庙诗集注》，由杰进呈，恩赏御制诗五集。后谕召对圆明园，适陷台湾报至而辍。幼蓄书万余卷，以好客倾家，尽以易米，作《书窠图》志感。阮元督漕淮安时，聘为丽正书院山长。藩著《隶经文》四卷，《炳烛室杂文》一卷，《江湖载酒词》二卷，《汉学师承记》八卷，《宋学渊源记》三卷等。后阮元督粤时，其往依之，辑《皇清经解》，纂《广东通志》《肇庆府志》。

洪颐煊（1765—1837），字旌贤，号筠轩，晚号倦舫老人，浙江临海人，洪坤煊之弟。生于清高宗乾隆三十年，卒年不详。苦志力学，与兄坤煊、弟震煊同读僧寮，每夜借佛灯围坐，谈经不辍。时有"三洪"之称。阮元招之就学行省。嘉庆六年（1801）拔贡生，为孙星衍门人。星衍署山东督粮道，颐煊客其幕，为撰《孙氏书目》及《平津馆读碑记》12 卷。入赀为直隶州州判，署广东新兴县事。阮元督两广，知颐煊吏才短而文学优，延之入幕。好藏书，岭南市多旧本，重赀购之，家藏书 3 万余卷，碑版 2000 余通，多世所罕见。颐煊著有《筠轩诗文钞》12 卷，《台州札记》12 卷，《倦舫书目》10 卷，《经典集林》35 卷，《读书丛录》24 卷，《管子义证》8 卷，《诸史考异》18 卷，《汉志水道疏证》4 卷，《孔子三庙记注》8 卷等。

李黼平（1770—1832），字绣子，又字贞甫，广东嘉应州人。幼颖异。年十四，精通乐谱。及长，治汉学，工考证。嘉庆十年（1805）进士。授江苏昭文县知县，公余却手一编，民间因有"李十五书生"之目。后以亏挪落职，系狱数年，始得归。阮元开学海堂，聘阅课艺，遂留授诸子经。后主东莞宝安书院，人咸爱重之。黼平为诗，专讲昔韵，得古人不传之秘。著有《花庵集》八卷，《吴门集》二卷，《南归集》四卷，续集四卷，《读杜韩笔记》二卷，《文选异义》二卷，《易刊误》二卷。

方东树（1772—1851），字植之，别号副墨子。他取蘧伯玉五十知非、卫武公耄而好学之意，以"仪卫"名轩，自号"仪卫"老人，故后世学者称其仪卫先生。安徽桐城人。生于清高宗乾隆三十七年。著《汉学商兑》，以攻考据家之失，尝游粤东，值禁鸦片，著《匡民正俗对》，陈禁之之道，鸦片战起，著《病榻罪言》，论御之之策，皆不用。东树古文简洁，涵蓄不及鼐，能自开大以成一格。著有《仪卫轩文集》12卷，及诗集、《昭昧詹言》《老子章义》《阴符经解》等十余种。

仪克中（1796—1837），字协一，号墨农，又号姑射山樵，其先山西太平人，父官广东盐运使司知事，遂为番禺人。少有奇气，读书过目成诵。嘉庆二十二年（1817）阮元督粤修《广东志》以克中为采访，缒幽迹险、剔苔扪碑，多翁方纲金石略记所未著录者。道光十二年（1832）广东典试官程恩泽于遗卷中发现他的文才，得中举人，任广东巡抚记室。道光十四年（1834），他受广东巡抚祁𡎴委托，至芦苞河疏通灵州渠，积劳发背疡，小愈又主持建惠济仓，达旦不寐，疾发而卒。

严元照（1773—1817），字元能，一字久能，号悔庵，又号蕙榜，浙江归安人。贡生。元照工诗词古文，尤熟小学。四岁能写大字，八岁时据案作诸体书法，求作品者盈门，人称江南奇童。性偃傝，不乐市井，好藏宋版书，虽家道不富，仍乐此不疲，有"书癖"之称。致力经传，绝意仕进，于声音训诂之学，多所阐发。苏州书商钱听默为其精神所动，慷慨赠以宋版书。积年，藏书数万卷，多宋元刻本。著有《尔雅匡名》八卷，《悔莽文钞》八卷，《诗钞》八卷，《娱亲雅言》《尔雅匡名》及《柯家山馆词》二卷。

凌曙（1775—1829），字晓楼，江都人。国子监生。曙好学根性，家贫，读四子书未毕，即去乡，杂作佣保，而绩学不倦。年二十为童子师，问所当治业于泾包世臣。及入都，为仪徵阮元校辑经郛，尽见魏、晋以来诸家春秋说。深念春秋之义，存于公羊，而公羊之学，传自董子。董子春秋繁露，识礼义之宗，达经权之用。行仁为本，正名为先。测阴阳五行之变，明制礼作乐之原。体大思精，推见至隐，可谓善发微言大义者。阮元督粤时，延曙入粤课诸子。

王衍梅（1776—1830），字律芳，号笠舫，会稽人。自幼聪颖好学，背诵十三经不遗一字，为文信手挥写，食顷即成。17岁考得童子试第一。嘉庆十年（1805）中进士。喜文嗜酒爱画，常以醉酒跌宕自喜。衣著随己心意，不修边幅。为人耿介自傲，不求权贵，颇有徐青藤之风。授粤西武宣县令，未履任，因耽误而去官，以幕友佐官，随阮元遍游粤东西各地。善治文，才华横溢。著有《兰雪轩》《小楞严斋》《静存斋文集》《红杏村人吟稿》。现存著作有《绿季堂遗集》《绿季堂诗文集》。

曾钊（？—1854），字敏修，南海人。道光五年（1825）拔贡生，官合浦县教谕，调钦州学正。钊笃学好古，读一书必校勘讹字脱文。遇秘本或雇人影写，或怀饼就抄，积七八年，得数万卷。自是研求经义，文字则考之说文、玉篇，训诂则稽之方言、尔雅，虽奥晦难通，而因文得义，因义得音，类能以经解经，确有依据。入都时，见武进刘逢禄，逢禄曰："笃学若冕士，吾道东矣！"冕士，钊号也。阮元督粤，震泽任兆麟见钊所校字林，以告元，元惊异，延请课子。后开学海堂，以古学造士，特命钊为学长，奖劝后进。著有《周礼注疏小笺》四卷，《诗说》二卷，《诗毛郑异同辨》一卷，《毛诗经文定本小序》一卷，《考异》一卷，《音读》一卷，《虞书命羲和章解》一卷，《论语述解》一卷，《读书杂志》五卷，《面城楼集》十卷。

第四节　阮元幕府的文学活动

一　山东学政幕

阮元于乾隆五十八年（1793）至乾隆六十年（1795）任山东学政，职掌文衡。校士之余，常与宾从搜集金石，研讨学术，或雅集唱和。阮元曾言："余居山左二年，发泰山，观渤海，主祭阙里，又得佳士百余人，录金石千余本，朋辈觞咏亦颇尽湖山之胜。"①

阮元在山东学政任上，就显示出了好古敏求、实事求是的汉学家本色。他一到济南，即考济南府所属，又时与幕宾雅集于大明湖

---

① 阮元：《小沧浪笔谈》卷首，《丛书集成新编》第79册，第544页。

小沧浪亭，并考证大明湖水即《水经注》之泺水，为其后轩书"水木明瑟"匾额，作《水木明瑟轩即事》诗。① 阮元于乾隆五十八年（1793）七月二十三日至济南，前任学政正是翁方纲。阮元对翁氏仰慕已久，亦执弟子礼。阮元从好友、翁方纲弟子凌廷堪处对翁氏之学识多有耳闻，翁方纲与阮元宴于石帆亭作别，翁氏并属阮元拓琅琊台石刻。② 乾隆五十九年（1794），阮元探访到秦二世琅邪台石刻，喜不自胜。赋诗云：

> 我求秦刻石，若秦之求仙。求仙不可得，石刻终难湮。岱石经火毁，峄石徒再镌。琼哉琅琊台，椎筑何殷填。黔首三万户，金石三千年。石高丈五尺，怪铁炼精坚。剥落尽三面，小篆留西偏。披萝复剥藓，拓纸鸣槌毡。我来读韶颂，载籍合马迁。笔力入石里，玉柱劲且圆。点画说偏旁，益知叔重贤。所惜颂与诗，变化随云烟。每见宋元碣，残暴如废砖。乃以嬴氏物，存者犹肖然。岂有鬼神护，而免列缺鞭。诚因麻石性，岁月无磨研。得此足以豪，神发忘食眠。更思寄同好，南北翁孙钱。谓覃溪阁学、渊如比部、辛楣官詹。③

末句所云"南北翁孙钱"，即指翁方纲、孙星衍、钱大昕。其时孙星衍任山东兵备道，与阮元同任一方，皆笃嗜金石。阮元认识到石刻的重要性，搜访石刻的热心由此诗可见一斑。阮元还曾于山东学署内设一斋，名曰"积古斋"，用于收藏钟鼎彝器，进而研究考证。有诗云：

> 吉金与乐石，齐鲁甲天下。积之一室中，证释手亲写。④

---

① 阮元：《小沧浪笔谈》卷一，《丛书集成新编》第 79 册，第 545 页。
② 翁方纲：《跋琅琊台秦篆》，《复初斋文集》卷 20，《续修四库全书》1455 册，第 545 页。
③ 阮元：《研经室集》，中华书局 2006 年版，第 761 页。
④ 同上书，第 765 页。

金文和石刻，是民族文化的重要遗迹，对于民族文化和历史的研究具有重要的意义，是非常宝贵的第一手资料，阮元对于金石资料的搜访、编印，为保存民族文化做出了卓越的贡献。阮元对于钟鼎铭文评价很高，其《积古斋钟鼎彝器款识序》云：

> 钟鼎彝器，三代之所宝贵，故分器赠器，皆以是为先，直与土地并重，且或以为重略。其造作之精，文字之古，非后人所能及。古器铭字多者，或至数百字，纵不抵《尚书》百篇，而有过于汲冢者远甚。余心好古文奇字，每摩挲一器，拓释一铭，俯仰之间，辄心往于数千年之前，以为此器之作，此文之铸，尚在周公、孔子未生之前，何论秦汉乎？由简册而卷轴，其竹帛已灰烬矣。此乃岿然独存乎！世人得西岳一碑，定武片纸，即珍如鸿宝，何况三代法物乎？世人得世采书函，麻沙宋版，即藏为秘册，何况商周文字乎？①

阮元关注金石之学，并不仅仅是兴趣，其进行金石考证与访求，除了存古器之真，还有一个目的，就是通过对金石文字的研究，另辟考经证史的新途径。龚自珍曾说："公谓吉金可以证经，乐石可以劻史，玩好之侈，临摹之工，有不预焉。是以储彝器至百种，蓄墨本至万种，椎拓遍山川，纸墨照眉发，孤本必重钩，伟论在著录。十世彪炳，冠在当时，是公金石之学。"② 在阮元的诗集中，这方面的内容也不少，如吟咏西汉焦山定陶鼎、吴蜀师砖、南诏残碑、隋宫瓦等。其诗集卷七有《论钟鼎文绝句十六首》，大力赞扬钟鼎铭文的学术价值："铸器能铭古大夫，一篇款识十余行。《尚书》二十九篇外，绝胜讹残汲冢书。""德功册赏与勋声，国邑王年氏族名。半订传讹半补遗，聚来能敌左丘明。"③ 乾隆五十九

---

① 阮元：《研经室集》，中华书局 2006 年版，第 636 页。
② 龚自珍：《阮尚书年谱第一序》，《龚自珍全集》第 3 册，上海古籍出版社 1999 年版，第 226 页。
③ 阮元：《研经室集》，中华书局 2006 年版，第 864 页。

年（1794），毕沅出任山东巡抚，阮元与之商讨编纂《山左金石志》之事。二人皆风雅之士，以振兴学术为己任，于此事不谋而合，遂商榷条例，汇而编之。佐其事者朱文藻、何元锡、武亿、段松苓等人。

阮元任山东学政虽只有两年，此时幕僚并不多，然而他雅好文学、精研学术之兴趣已经显露。其幕府中诗文唱和亦极为频繁，如乾隆六十年（1795）二月，阮元出试林清，焦循助其校士，江安亦在幕中，三人共赋《盆梅联句》诗。① 闰二月三日，阮元招同焦循等友人作小沧浪亭修禊。焦循有"胜会值孙谢，风咏追沂雩"② 句。

三月，阮元试青州，以《白桃花》为题，桂馥、孙韶均有范诗。童生陈官俊以是诗得阮元赏识，后官登揆席，称名臣。阮元《小沧浪笔谈》记其事云："试青州《白桃花》诗……潍县陈官俊方十三岁，云'惆怅武林溪上客，清风皓月再来时'皆有才调。"③

五月初，阮元邀焦循、马履泰、徐大榕、颜崇槼、孙韶、江安等友人聚会小沧浪亭。五月初五日，复于濯缨桥小集，同聚者有颜运生、段赤亭诸人，马履泰因疾未赴，以诗寄之，阮元有和诗。此会阮元出所藏"梁太平元年五月丙午日镜并元延祐元年同艾虎镇纸为玩"④。

夏，阮元与马履泰、桂馥、武亿、朱文藻、颜崇槼文宴于小沧浪。"乙卯夏，钱塘马秋药比部履泰、曲阜桂未谷馥、颜运生崇槼两学博，同在泺源书院。偃师武虚谷进士寓小沧浪。仁和朱朗斋明经文藻寓四照楼。尝与予集小沧浪，极文宴之乐。"⑤

八月初八日，阮元招同马履泰、颜崇槼、武亿、朱文藻游汇波

---

① 阮元：《小沧浪笔谈》卷4，《丛书集成新编》第79册，第572页。
② 焦循：《乙卯闰二月三日，小沧浪亭修禊》，《焦循诗文集》，广陵书社2009年版，第39页。
③ 阮元：《小沧浪笔谈》卷4，《丛书集成新编》第79册，第573页。
④ 阮元：《研经室集》，中华书局2006年版，第773页。
⑤ 阮元：《小沧浪笔谈》卷4，《丛书集成新编》第79册，第574页。

楼诸地，翌日诸人吟成《积古斋纪事传笺联句》。"乙卯八月，招同马秋药比部履泰、颜心斋教授崇椝、武虚谷进士亿、朱朗斋文学文藻，登汇波楼，过曾南丰祠，归集积古斋。明日遣骑传笺联句，往返十数次，凡三易仆马，故有句云'诘朝学唐韵，旁午置郑驲'"①。

阮元招同孙渊如等友好屡集小沧浪亭，阮元命郭敏磐绘图，诸人赋诗题图。"乙卯八月下旬，元奉调任浙江之命，与渊如观察诸君子屡宴小沧浪亭。惟未谷以赴铨北上，而余伯扶鹏年、周曼亭隽两同年、元和陆直之绳、钱塘何梦华元锡、歙吴南芠文征、郑研斋光伦、益都段赤亭松苓、历城郭小华敏磐同为坐客。斯时秋芦作花，湖山青敛，相与捧手题襟，怅将别矣。盖观察与曼亭将之兖州，秋药、运生北行，元与朗斋、梦华南下，虚谷、伯扶多有去历下者。湖亭风月，属之后来者管领，别绪萦怀，胜游难再，因属小华（郭敏磐）作图。诸君子仍用寄渊如开字诗韵题之。金匮徐阆斋同年嵩亦有寄诗。"武亿诗云："着意秋容罨翠开，隔句诗债又相催。此间容我留三月，日日沧浪亭上来。"②

二　浙江学政、浙江巡抚幕

阮元于乾隆六十年（1795）回京述职之后，即被授予浙江学政之职，此后阮元一为浙江学政，两为浙江巡抚，居浙日久，此乃其幕府鼎盛之时，也是他学术成就之高峰时期，影响也最深远。

阮元任学政时，幕友如云，人才济济。胡廷森、焦循、何元锡、林道源、陈鸿寿、蒋徽蔚、张若采、赵魏、程赞和、江安、江镠、张农闻、陆继辂、臧镛堂、臧礼堂等数十人，皆为座上客。其取士亦多，极一时之盛。钱泳曾云："阮芸台宫保以嘉庆元年提督浙江学政，诸生中有长于一艺者，必置高等，赏叹不已，是以人材

---

① 阮元：《小沧浪笔谈》卷4，《丛书集成新编》第79册，第576页。
② 武亿：《和阮詹事沧浪亭集饮图》，《授堂诗钞》卷8，《续修四库全书》第1466册，第212页。

蔚起，小学奋兴，为一时之盛。"① 阮元于浙江乃至江南学术风气的转变起到了至关重要的作用，如人所言："嘉庆初年，扬州阮芸台先生一为浙江学政，两为浙江巡抚，于西湖圣因寺旁设诂经精舍，选诸生中经学修明，通于一艺者，习业其中，有东京马融乐之遗风。余每游湖上，必至精舍盘桓一两日，听诸生议论风生，有不相能者，辄吵嚷面赤，家竹汀宫詹闻之，笑曰：此真所谓洙泗之间，龈龈如也。其精舍中肄业诸生……凡三十余人，为一时之盛。"②

　　阮元为学政时，执掌一省之文衡，对取士特别看重，他渴望识拔那些有真才实学，能够为民造福的士子。其实，阮元对科举制度的弊端也很清楚，他对于封建士子们皓首穷经，埋首于故纸堆中，将青春年华消磨的遭遇也表示了深深的同情。阮元自己出身于科第正途，他于乾隆五十四年（1789）中进士，时年二十五，又二年，获大考一等第一名，可以算得上是少年得志，春风得意。但他自幼也是在父母和严师的督促下刻苦地钻研学问，以期有一天能够一跃龙门，光耀门楣，因此对于广大士子悬梁刺股的艰辛有切身体会。而且他 23 岁中举，24 岁会试下第，对于落第的失意也铭记于心，加上历任山东、浙江学政等职，对于科举考试的认识和士子的艰辛有了更深入的认识，也正因为如此，他才对于士子们的悲惨命运更加同情。其《发落卷》云：

> 积案盈箱又几千，此中容易损华年。
> 明珠有泪抛何处，黄叶无声落可怜。
> 冷傍青氈犹剩墨，照残红烛已销烟。
> 那堪多少飘零意，为尔临风一惘然。③

在这里阮元叹息将年华无谓地消磨于科场的士子，看到了那些"积

---

① 钱泳：《履园丛话》，中华书局 1997 年版，第 217 页。
② 同上书，第 618 页。
③ 阮元：《研经室集》，中华书局 2006 年版，第 758 页。

案盈箱"的落卷，更是感叹。他认为，这些落第的士子，无论是有真才实学还是平庸之辈都很值得同情，因为他们都曾怀着美好的希望，夜以继日、不知疲倦地奋斗着，到头来却是两手空空，付出却没有回报，遥想他们失意飘零的境况，不禁临风惘然。再看其《写榜作》：

> 列炬摇红唱夜阑，屏风老吏侍闱官。
>
> 忽闻佳士心先喜，得上明经写亦难。
>
> 撑拄五千古文字，销磨八百旧孤寒。
>
> 榜花已说孙山好，还向孙山以外看。①

唯恐埋没人才之意，溢于言表。正是基于这样的感情，阮元在阅卷选拔时是慎之又慎，力求举拔真才。凡此种种，除了对于士子的同情之外，也隐含着阮元对于科举制度的不满。其《四书文话序》云："唐以诗赋取士，何尝少正人，明以四书文取士，何尝无邪党。"② 实学是阮元思想的核心，在此思想的指导下，阮元逐渐看到现行的科举制度导致了广大士人空疏无用的通病。实际上，阮元看到了朝廷用来取士的考试，其内容首重的是政治标准，目的主要在于统一思想，而士人的政治才能往往被忽视了，这就造成了所选拔的人才往往不能胜任，甚至可能在变泰发迹之后为非作歹。因此，阮元虽不能改变整个科举制度，但是在其力所能及的范围内，他总是竭力为国家举荐有用的人才。阮元在任山东、浙江学政期间，即对考试内容进行了重大的改革，不是考机械地背诵四书五经，而是考如何以经术教士、如何治学及取士之道等有关培养人才的问题，以观其识，其《试浙江优行生员策问》云：

> 问取士之道，宜先行谊而后文艺。顾文则易知，行难骤

---

① 阮元：《研经室集》，中华书局 2006 年版，第 828 页。

② 阮元：《四六丛话序》，《研经室集》，中华书局 2006 年版，第 739 页。

考。当若何观察，以得其实歟？以四书义取士，垂数百年。明初剿袭成书，为《五经大全》，锢蔽士人耳目。至我朝以经术教士，当若何提倡，以矫空疏杂滥之弊歟？得人之法，在于命题。务隐僻则困英士，偏一体则弃众才。当若何平正体要，使人各能尽其所长歟？士之治经史者，或短于文词；工于文词，或疏于经史；专学艺者，或钝于时务；习时务者，或荒于学艺。当若何弃其短以得长，救其偏以求全歟？①

在这里，阮元认为考试不但要考学问，亦要注重品行，因而取士应"先行谊而后文艺"，学问和人品同等重要。此外，阮元指出，剿袭四书，其结果只能是"锢蔽士人耳目"，造成"空疏杂滥之弊"，亦不能使人各尽其才，必须大力矫正，这是对科举制度弊端的有力抨击。嘉庆四年（1799），阮元被任命为己未科会试副总裁。这一科会试总裁为朱珪，阮元协助其为清王朝选拔了许多优秀人才。这年科考，是清代历年会试中得人最盛的一年，共 209 人。阮元与朱珪在提倡朴学、奖掖真才实学方面意气相投，此次会试考试策问数十题，主要为两个方面：一是经史疑难问题；二是察吏安民之法。经史问题要求生员通过考证抒一己之见，吏治、军政问题要求分析古代吏治军政之利弊，引古而论今。可见阮元所出之题学问与实用并重，完全排除了程朱理学的空疏义理。阮元在《嘉庆四年己未科会试录后序》中云：

> 伏思矫校数千人之文艺，必当求士之正者，以收国家得人之效。欲求正士，唯以正求之而已。唐裴行俭曰："士先器识而后文艺"。器识之远大不易见，观其文，略可见之。文之浅薄庸俗，不能发圣贤之意旨者，其学行未必能自立。若夫深于学行者，萃其精而遗其粗，举其全而弃其偏，简牍之间，或多流露矣。臣愚以为得文者，未必皆得士；而求士者，唯在乎求

---

① 阮元：《研经室集》，中华书局 2006 年版，第 645 页。

有学之文。①

阮元出力尤多，并写诗记录了他为朝廷举荐人才的欢愉之情：

> 人才昭代盛，渊薮尽充盈。
> 鉴别推先辈，师资得老成。
> 风流归古籍，雷雨莅清盟。
> 况有文昌气，银河洗甲兵。②

　　阮元在浙江建立了诂经精舍，在广州建立了学海堂，以经史为主，不教八股文，为国家培养了一批专门人才。阮元在视学浙江时，按试各地士子，一反八股制义的呆板形式，重在学用结合，所以得人特盛。当时浙江学人无不追随阮元左右，或者由阮元推荐入杭州各书院深造。其弟阮亨回忆说："两浙诗人为余兄最所赏拔者，每引居幕府，为亨等之师友，前后凡十人：青田端木先生国瑚、鄞县童先生槐、钱塘陈孝廉文述、钱塘陈明经鸿寿、嘉兴吴明经文溥、会稽顾明经廷纶、平湖朱先生为弼、乌程张明经鉴、归安邵孝廉保初、石门方茂才廷瑚。余兄尝欲撰十子诗，名曰《官斋十子诗》，未果成也。"③ 阮元在致仕之后仍不忘提携后进，兴化李详《药裹慵谈》中有一段真实而生动的记载："芸台相国予告归里喜接后进，于书院所取高材生，尤为留意。每次第招饮于家，菜不过数簋，命其孙陪食，公略一举箸而已。问以所长，无论经义辞章，听其纵言，公徐核之；再问以家世，乃馆谷几何，书院膏火几何。公略为致思曰：'每年尚不敷'。因出编书条例示之，嘱以每日交数则为日课。淮商时有公穀以应往来宾客，公具一纸告之，列名其中，每年或得百余金，至少亦数十金，必使小有饶余，得以专力向

---

① 阮元：《研经室集》，中华书局 2006 年版，第 648 页。
② 阮元：《会试闱中夜雨和石君师韵》，《研经室集》，中华书局 2006 年版，第 818 页。
③ 阮亨：《瀛洲笔谈》卷 10，嘉庆二十五年扬州阮氏刻本。

学。扬郡人才，咸成由公手，不似后人专以乡里为溺攒也。"① 虽然由于阮元所处的阶级地位决定了他不能对腐朽的科举制度进行彻底的批判，但他确实对于科举的弊端有一定的认识，而且也极力想为国家举荐人才，这也是不容忽视的。

　　因此阮元试士之时，每每夹以诗赋文章，从士子的诗赋中考察他们的学问与才华，注重识拔真才实学之士。如乾隆六十年（1795），浙江巡抚吉庆等出俸钱修钱塘表忠观。落成时，阮元命十一府士子赋诗纪事，凡得诗千余篇，极一时之盛，择其佳者录之。是时，石门吴曾卭以诗受赏。阮元《定香亭笔谈》云："石门吴曾卭，余易其命曰曾贯，能无言长律，时修表忠观新落成，命之赋诗，曾贯用八庚全韵为五排，不遗一字，于工稳中时露神韵。余称之曰'吴八庚'。"② 陈康祺《郎潜纪闻》载："阮文达视学浙西，赏石门吴曾卭之才，为易名曾贯。吴善五言长律，时修表忠观新傲成，命之赋诗，吴用八庚全韵，为五排，不遗一字，于工稳中，时露神韵。公因称之曰吴八庚。试杭州时，新制团扇适成，纨素画笔，颇极雅丽，遂以仿宋画院制团扇命题诗，佳者许以扇赠。钱唐陈云伯大令文杰，才为诸生，赋诗最佳，即以扇与之，人称为陈团扇。文达久官吾浙，其识拔寒畯，怜才雅举，不胜书，此二事绝相似，且并纪《定香亭笔谈》，爰类次之。"③

　　嘉庆元年（1796），阮元出试绍兴，以《重与细论文》题试童生。王端履《重论文斋笔录》云："嘉庆丙辰，仪征阮相国师以内阁学士督学浙江，按临吾郡，岁试统覆生童诗，以《重与细论文》为题，限七排八韵。端履有句云：'话联风雨床频对，梦入池塘草又生。'师阅之笑曰：'诗句尚佳，但是兄弟而非朋友耳。'"④ 又以南屏山隶书《司马温公家人卦考》作题，首试杭郡士子，周中孚、陶定山、吴东发等俱有诗作，陈文杰有句云"隶书古劲透山谷，薛

---

① 李详：《李审言文集》，江苏古籍出版社 1989 年版，第 591 页。
② 阮元：《定香亭笔谈》卷 1，《丛书集成新编》第 79 册，第 582 页。
③ 陈康祺：《郎潜纪闻二笔》，中华书局 1984 年版，第 620 页。
④ 王端履：《重论文斋笔录》卷 1，光绪十五年徐氏铸学斋刊本。

痕半蚀土花碧。云是温公旧日书，未识何时勒崖石"①，阮元亦作文考之曰："元考广西融县老君洞亦有司马温公隶书《家人卦摩崖碑》，为公曾孙备判融州军时所刻，且跋云：'先太师温国文正公书。绍兴十九年，曾孙备倅融刻之。'元亲见此拓本，以证南屏石刻为有据矣。"②

七月十九日，阮元按试嘉兴，先后以《鸳鸯湖咏鸳鸯》《银河篇》试士，杨蟠、张霖、丁子复、蒋浩等人为阮元所赏。王端履《重论文斋笔录》卷2收录各家诗，撰者有嘉兴杨蟠、张霖、王书田、李遇孙、蒋浩、曹言纯，海盐吴东发、萧绳祖，石门周继善、吴曾贯、朱绅，嘉善沈大成等。阮元撰《秦汉十印记》《周五戈记》二文。并以《秦汉十印歌》命题试士。

八月十三日，按试湖州。十五日，以"咏苏轼丙辰中秋作《水调歌头》事"命题试士。张鉴诗"离合悲欢十二时，一番圆缺一番思。前身本是来天上，除却君王总不知"③得其赞赏。又以"元人十台怀古诗及序"命题，得佳作颇多。是时，杨凤苞以经解为阮元识拔。后阮元在吴兴试院观赏董其昌摹赵孟頫《鹊华秋色图》，自题长句，且邀众幕友、士子题图。

嘉庆二年（1797），出试绍兴，七月十五日，夜泊萧山湖内，张农闻绘《萧山泊月图》，阮元、陆继辂、张若采皆有题诗。"丁巳秋七月，将按试浙东。十五夜，舟泊萧山湖内。张农闻为作《萧山泊月图》，同人题之。余最爱张子白'无数彩云阑客住，一杯先酹苧萝秋'二句"④。以诗赋试绍兴士子，识拔吴杰、王端履诸人。

嘉庆三年（1798），以《春草》七律课士。

阮元通过这样的方式，识拔了诸多人材，如"元和三蒋"，陈康祺《浪潜纪闻二笔》载："乾嘉间，元和三蒋：伯荁于野，仲征蔚蒋山，季夔希甫，皆工诗，人各一集，几乎王谢家风矣。蒋山尤渊

① 王端履：《重论文斋笔录》卷6，光绪十五年徐氏铸学斋刊本。
② 阮元：《研经室集》，中华书局2006年版，第661页。
③ 阮元：《定香亭笔谈》卷4，《丛书集成新编》第79册，第623页。
④ 阮元：《定香亭笔谈》卷3，《丛书集成新编》第79册，第609页。

博，治经史小学，兼通象纬，著述甚精，诗文才力雄富，无所不有。弱冠游浙江，阮文达公一见倾倒，留之学使署，约为兄弟之交。公复序其《经学斋诗》，谓研精覃思，梦见孔、郑、贾、许时，不失颜、谢山水怀抱也。"① 又如"临海二洪"，洪颐煊、洪震煊兄弟，在阮元试士时，他们以经学受知于阮元，并书赠"鄂不馆"匾额。洪颐煊赋诗志感云："人生一顾恩，宠若钟鼎镌。"② 阮元久慕吴嵩梁之诗才，嘉庆三年（1798）春，吴嵩梁来游杭州，阮元得与其交，招江浙诗人文宴于西湖。《定香亭笔谈》云："吴兰雪嵩梁，江西东乡人。余于《邗上题襟集》中读其诗，钦为才士。戊午春，兰雪来游湖上，襆被宿湖舫十日，值春暮，与江浙诗人赋诗饯春，打桨而去"。吴嵩梁有诗赠阮元云："盛名何敢匹邹枚，一代公卿尽爱才。幕府高秋张宴出，元戎小队送诗来。座中跌宕挥金戟，花里沉酣倒玉杯。午夜军门犹为掩，记从湖上棹歌回。"③

阮元之以诗赋试士，在青年士子、学人中具有风向标的意义，对于转变两浙学术风气影响颇大，而阮元幕府诗赋创作的学术化倾向也很明显。

阮元幕宾除随其校士赋诗外，幕中也经常举行雅集活动，一时风雅为人所称颂。这样的活动不胜枚举，为阮元赢得了雅名，同时也吸引了士人的目光，许多人慕名而来，也带动了文学创作的繁荣。如嘉庆元年（1796），正月初七日，射鹄于浙江学署之西园，胡廷森、张若采、林道源、程赞和、江安、焦循等人与焉，诸人戏作联句；七月十一日，邀同人月夜游西湖。与会者为阮元、吴锡麒、秦瀛、陈廷庆、程振甲。阮元嘱方薰绘图，吴锡麒题记。阮元作诗云："座中仙侣认瀛洲，一片清光共举头。极浦荷花腾夜气，出怀此笔破凉秋。人因地胜方能聚，景是天开恐易收。来有浮云归

---

① 陈康祺：《郎潜纪闻二笔》，中华书局1984年版，第620页。
② 洪颐煊：《阮芸台阁学试台，手篆"鄂不馆"题匾以赠，赋以志感》，《筠轩诗钞》卷1，嘉庆戊寅刊本。
③ 阮元：《定香亭笔谈》卷1，《丛书集成新编》第79册，第586页。

遇雨,三更霁色为君留。"① 吴锡麒《湖心泛月记》:"日月逝矣,光阴幸留。在水一方,永言君子之慕;别路千里,不隔美人之思。爰假毫端,各述心曲,吟咏既集,眷记言之。"② 八月上巳,兰亭修禊,同人赋诗,奚铁生为之补图,阮元作序记其事:"在昔典午中移,启江东之云岫;琅琊南徙,持吴会之风流。山林之秘兢呈,觞咏之情咸盛。虽悟老、易之旨,犹切彭殇之悲。岂非神州不复,易兴陆沈之叹,中年已往,莫释哀乐之怀。钟情既深,发笔斯畅。是以林表孤亭,结山阴之幽契;定武片石,传永和之逸轨矣。元以嘉庆二年八月上巳按部于越,嘉宾在座,薄领既彻,游情共迟,再扬曲水之波,展修秋禊之礼。浴沂溯典,本无间于春风;采兰赋诗,实有异于溱水。是时清风未戒,白云午晴,幽谷屡转,重山争峻。发崇岩之桂气,起秀麓之松岚。回溪接步,缅陈迹于古人,爽籁入怀,属高情于天表。夫倦心既往者,抚韶景而亦悲。撰志咏归者,临肃节而弥适。况今朝野殷阗,敬修名教,吾辈游历,皆在壮年。白驹未系,动空谷之雕轮,旅雁群飞,集江湖之素羽。振翰无采,虽愧元长之才,侍宴承恩,曾效广微之对。良会已洽,清吟纷来。内录宾客戚党之诗,外纳僚属生徒所咏。"③ 八月下旬,阮元途经吴兴作《秋桑》四律,和者数十家,《定香亭笔谈》卷二,存录尹汤安、蒋徵蔚、姜振鹍、陆继辂、端木国瑚、童槐、徐熊飞、张鉴、陈鸿寿、陈文杰、陈文湛、胡敬、龚雁、江镠、方芳佩诸人和诗。且以是题课郡中诗士。阮元诗前注曰:"吴兴风土易蚕,桑田之多与稻相半。丁巳八月下旬,按部至此,西风落叶飒飒然,有深秋意矣。因成四律以邀和者,且以课郡中诗士。"其三云:"底须三宿问他乡,谁向花前笑索郎。酿秫时光宜薄醉,调弦情绪动清商。但叫天下轻棉暖,何惜林间坠叶凉。试种东坡三百尺,芟来终

---

① 阮元:《研经室集》,中华书局 2006 年版,第 800 页。

② 吴锡麒:《湖心泛月记》,《有正味斋骈体文集》卷 14,《续修四库全书》第 1469 册,第 36 页。

③ 阮元:《兰亭秋禊诗序》,《研经室集》,中华书局 2006 年版,第 736 页。

比暮春长。"① 胡敬和诗云："微黄比似菊花痕，几树萧疏荫蔽门。材美早需当世用，价高留待异时论。御寒只为苍生计，历久空余直干存。多少绮罗丛里客，何曾根本与酬恩。"钱泳评曰："便尔吐属不凡，颇有霖雨苍生之志。"② 阮元对农业非常重视，诗中"但叫天下轻棉暖，何惜林间坠叶凉"之句，皆颂桑叶，实际上是肯定桑农的贡献。是时孔璐华方为阮元新妇，阮元向其语及蚕业的经济作用，肯定了这一农副业对改善民生的贡献，因而孔璐华回扬州后，曾携带蚕种繁殖，开苏北地区养蚕之先河。嘉庆二年（1797）正月，阮元招鲍廷博、丁杰、朱文藻、钱大昭、陈焯、张若采、许宗彦、臧镛、何梦华、王昶宴于玛瑙寺。王昶作诗云："东南冠盖共趋陪，画舫青帘乐溯洄。门下生徒驱籍湜，卷中文采压邹枚。品题共望三都序，甄录将收一代才。老我齿危兼发秃，谬叨祭酒主樽罍。"③ 九月初九，阮元邀孔广森、陈廷庆、徐大榕、何梦华、陈无轩等集灵隐石笋峰。诸人作九言长歌。

如果说，上述之雅集乃文人集会之常态，是阮元幕府文人消遣娱乐、鼓扬风雅的活动，为阮元幕府带来了雅名的话，那么真正能够代表阮元幕府特点的雅集，是那些带有学术色彩，能够反映阮元等汉学家之学术主张的雅集。阮元之"积古斋""八砖吟馆"等地常常举行这样的聚会，这种雅集学术气氛很浓，或以考订金石为主题，如嘉庆元年（1796）五月初五日，阮元招陈文杰、徐鈇、胡敬等人聚会，阮元出示太平元年铜镜命赋，同人皆有诗奉答。"予藏古镜一，黝然无光，背铭太平元年五月丙午时造；古铜艾虎书镇一，背铭延祐二年四字；琥珀松虎笔筒一，底有宣和内府四篆字，尝于五日邀客赋之。古以太平纪元者，自唐以前凡四，一为吴废帝，一为北燕王冯跋，一为梁敬帝，一为楚帝林世宏。余以为此镜文字为

---

① 阮元：《秋桑四首》，《研经室集》，中华书局 2006 年版，第 803 页。
② 钱泳：《履园丛话》，中华书局 1997 年版，第 217 页。
③ 王昶：《阮伯元招鲍秀才以文廷博、丁教授小山杰、朱秀才映湑、钱贡生晦之大昭、陈训导映之焯、张进士子白若采、许孝廉周生宗彦、臧秀才在东镛、何上舍梦华再集玛瑙寺》，《春融堂集》卷 22，《续修四库全书》第 1437 册，第 588 页。

六朝，定为梁镜，继思梁太平改元在九月，此云五月，则又非矣。"① 陈文述赋《丙辰五月五日琅嬛仙馆赋梁太平元年五月丙午时镜》，同咏者有徐鋐、胡敬、周云炽《宋宣和内府琥珀松虎笔筒》，胡敬、陈文述《元延祐铜艾虎书镇》。嘉庆二年（1797）五月四日，阮元邀幕友及弟子聚斋中赏玩文物，陈文述、胡敬有咏物诗。"夫子遣人招我至，示我古器光陆离。""藏书充栋手自校，金题玉躞红琉璃。"② 嘉庆八年（1804），阮元于"积古斋"出示幕友所藏之古物，与幕宾、文友赋诗研讨，其《积古斋记》记其事云：

> 壬戌腊日，举酒酬宾，且属吴县周子秬卣绘《积古图》。是日案头所积凡钟二、鼎三、敦一、簠一、豆一、匜二、彝一、甂一、卣二、尊一……及刀布印符之属。同积者有五凤、黄龙、天册、兴宁、咸和、永吉、天册、蜀师八甎。谓之"积古"者，元督学山左时，高宗纯皇帝赐御笔《笔误识过文》一卷，此文纪笔误试题积古论为积古论引过一事，元奏折谢恩，奉批答云："文佳非徒颂即规"。臣愚，岂能于圣德规颂万一，而积古一言反有深惬私衷者，因命篆山左金石之斋曰"积古斋"，所以纪恩述事也。③

阮元亦曾集同人于"八砖吟馆"，分咏汉晋八砖。阮亨云："古砖视石易损，故流传尤少，如《水经注》所载吴宝鼎砖之外，颇不多见。家兄在浙江时，曾集所藏八砖，自黄龙以至兴宁，极为修整，因于节署东偏别立'八砖吟馆'，与同人觞其中，迩来续得更多，又不仅于八砖矣。"④ 所咏者翁方纲《西汉五凤砖》、陈鸿寿《西汉黄龙砖》、顾廷纶《汉永吉砖》、阮元《吴蜀师砖》、朱为弼

---

① 阮元：《定香亭笔谈》卷4，《丛书集成新编》第97册，第626页。
② 陈文述：《元延祐铜艾虎书镇》，《定香亭笔谈》卷4，《丛书集成新编》第97册，第626页。
③ 阮元：《积古斋记》，《研经室集》，中华书局2006年版，第649页。
④ 阮亨：《瀛洲笔谈》卷12，嘉庆二十五年扬州阮氏刻本。

《吴天册砖》、王聘珍《东晋大兴砖》、方廷瑚《东晋咸和砖》、张鉴《东晋兴宁砖》。阮元诗云：

> 吾乡平山堂下浚河得古砖，文二，曰"蜀师"，其体在篆、隶间，久载于张燕昌《金石契》中，未知为何代物？近年在吴中屡见"蜀师"古砖，兼有吴永安三年及晋太康三年七月廿日"蜀师"作者，然则"蜀师"为吴中作砖之氏可知。按扬州当三国时多为魏据，惟吴五凤二年孙峻城广陵而功未就，见于《吴志》本传。此年纪与永安、永康相近，然则此砖为孙峻所作广陵城甓无疑矣。

> 吾乡江淮间，崑刚为地轴；井韩列雄堞，如泥塞函谷。汉末之故城，当是濞所筑。孙峻图寿春，将作曾亲督；遗此一尺砖，埋在平山麓。有文曰蜀师，匠者或师蜀。永安及太康，蜀师吴所属。广陵魏久据，不领孙氏牧。惟五凤二年，钦文钦为峻所慂。城城虽未成，一篑已多覆。残甓今尚存，《吴志》朗可读。孙峻竖子耳，杀恪诸葛恪何其酷。恪所不能城，峻也安能续？扬城无降将，婴守每多戮。哀此古瓴砖，屡受石与镞。汪容甫《广陵对》云：广陵一城，历十有八姓，二千余年，而亡城降子，不出于其间。摩挲蜀师文，千年叹何速。晋城久已芜，废池更乔木。宋姜夔词云：自边马窥江去后，废池乔木，犹厌言兵。渐黄昏清角吹寒，都在空城。按刘宋及赵宋南渡时扬州荒芜为尤甚。吾乡少古碑，得此汉砖足。五凤当延熙，称汉遵纲目。朱子《纲目》，吴五凤二年为汉后主延熙十八年。仙馆列八砖，照以雁灯烛。刻烛或联吟，诗成受迫促。清暇想李程，日光照如玉。①

或为论读书、治学之作，如嘉庆二年（1797）春，阮元招同江镠、钱大昭、蒋调、张彦曾、方溥、何孙锦诸友及叔父阮承春、乐清县令竺雯彬游雁荡山，过四十九盘岭，至能仁寺，阮元作诗云：

---

① 阮元：《研经室集》，中华书局 2006 年版，第 843 页。

"晓程将何之？四十九盘岭。岭高盘愈仄，曲折若修绠。肩舆未及上，相顾色已警。陵缅惑回栈，心怯息尤屏。不登丹嶂高，安见海天永。白云翳人目，初阳生树影。度岭入深谷，倏忽辟灵境。譬若读古书，艰辖骤难省；至于入之深，道指乃可领。行行至招提，幽籁泛虚静。中栗既已平，泉石生春冷。"① 将自己读书治学之经验融入游览山水之中。又如，阮元任浙江学政任满回京时，曾作赠别诗，赠自己赏拔诸人，试看：

> 秦家五字剧纵横，曾出偏师陷长卿。
> 寄语苏州漫相许，语儿还有小长城。
>
> ——《赠吴鉴人曾贯》

> 清名即是长年诀，当世应无未见书。
> 何处见君常觅句，小阑干外夕阳疏。
>
> ——《赠鲍以文廷博》

> 雨后清溪绕屋流，藤床着膝看鱼游。
> 先生竟似陶贞白，万卷图书不下楼。
>
> ——《曾朱朗斋文藻》

> 却因风水常多病，不为轻狂始咏诗。
> 一种闲情谁解得，夕阳林外读残碑。
>
> ——《赠何梦华元锡》

> 清声无奈左雄知，老恋林泉未肯离。
> 若论不求闻达好，此人曾赋却征诗。
>
> ——《赠何春渚淇》

---

① 阮元：《研经室集》，中华书局 2006 年版，第 793 页。

白发吟诗独闭关，著书常被八人删。
龙泓未见山人癖，别起书堂又抱山。

———《赠朱青湖彭》

中法原居西法先，何人能测九重天。
谁知处士巾山下，独闭空斋画大圜。

———《赠周朴斋治平》

谁是齐梁作赋才，定香亭上碧莲开。
梧州酒监秦淮海，招得青田白鹤来。

———《赠端木子彝国瑚》①

这几首诗虽是酬赠之作，但却是对众人治学特点与成就的概括，也属于论学之作的范畴。

或为祭祀学人、前贤，邀友人唱和。阮元曾与秦瀛等人捐俸银建苏公祠。阮元书祠中堂匾，并赋诗，秦瀛等和之。阮元诗云：

苏公一生凡九迁，笠屐两到西湖边。
十六年中梦游遍，况今寥落七百年。
西湖之景甲天下，惟公能识西湖全。
公才若用及四海，德寿不驻湖山边。
区区明圣一掌耳，易补缺陷开淤田。
长堤十里老蓂卷，北峰顿与南峰连。
雨云雪月入吟袖，装摸浓淡皆鲜妍。
水枕兢与山俯仰，百吏散后登风船。
可怜纱縠去不得，欲归阳羡愁无田。
江头斑白说学士，碑在口上无劳镌。
前年我来拜公像，聊以山水娱四贤。

---

① 阮元：《研经室集》，中华书局 2006 年版，第 816 页。

柏堂竹阁今尚在，一祠毕竟公当专。

淮海秦公世交后（谓小岘观察），办此酿出清俸钱。

岁寒岩下百弓地，宅有花树池多莲。

读书堂字公手迹，一匾横占屋十橼。

吁嗟乎！公神之来如水仙，灵风拂拂云娟娟。

楼台明灭衣蹁跹，万珠跳雨生白烟。

琉璃十顷清光圆，水乐惊起鱼龙眠。

我歌公句水丝弦，荐秋菊与孤山泉。

神归来兮心超然，望湖楼下湖连天。①

他在诗中高度评价了苏轼之为政，并对苏轼之为人、学识表示钦佩，认为苏轼之人品、学识、为政足以垂范后世，并说苏轼之功绩后人铭记于心，"碑在口上无劳镌"。阮元此举，除了景仰先贤之外，更多的是为了让士子以苏轼为典范，加以学习。谢启昆和诗云：

苏公文如海，元气无定止。

散发骑长鲸，偶落圣湖沚。

先生住西湖，至今三载矣。

爱才复好古，气味与公似。

作祠照秋波，一掬羞明水。

我拜从其后，瓣香企彼美。

公去先生在，选俊式多士。

先生又北行，秩宗荷天旨。

诸生日絷维，先生日无以。

忠孝郁文章，与苏无二轨。

我与先生厚，衙斋况尺咫。

---

① 阮元：《嘉庆三年西湖始建苏公祠志事》，《研经室集》，中华书局 2006 年版，第 815 页。

过从必论文，经术通治理。

冠盖聚湖湑，望云思帝里。

明岁期重来，同荐菊花蕊。①

谢启昆将阮元比作当代苏轼，认为阮元无论是爱才好士，还是文章品行俱有苏公风范，"爱才复好古，气味与公似""忠孝郁文章，与苏无二轨"即是写照。乾嘉诗坛名宿郭麐也对阮元爱才好士、提携寒俊表示了肯定，其诗云："《两浙輶轩录》，千秋文选台。清贫能养士，早达独怜才。只眼看前古，虚心待后来。文星芒角正，遥指近中台。"② 袁钧则认为，阮元是继朱珪之后，起振江浙士气的又一人，他在阮元学政任满回京时作文称赞阮元，其文如下：

> 仪征阮公以内阁学士视学浙江三年……自公在浙，浙人士沐浴教泽，若弟子之于其师，各得随所，分际成学以去。公学无所不通，而尤深于经。其说经也，斤斤守先民故训、旁引曲证，以畅其说。汉学为俗儒所篰者，至公廓然明著。其取士也，不循一格，经生常业外，如天文、律例、步算之术，以及词章书画之伦，苟有一长，无不录也。孝子悌弟、端人洁士，字顺文从无不录也。公职专文衡而尤拳拳，以敦品植行为先，经师人师萃于一身，故士为公所收，即当世咸以为足重。嘉庆元年，诏征孝廉方正，浙士膺荐者十有二人，大半皆出公门。盖浙自尚书大兴朱公视学后得公，而士气又为之一振。③

阮元嘉庆五年（1800）授浙江巡抚，再次回到浙江。在抚浙期间，阮元政事繁忙，然仍不废吟咏，常常与诗友、宾从雅集。由于

---

① 谢启昆：《八月廿八日陪芸台先生祀苏文忠祠。先生将北行，是日饯于湖上》，《树经堂诗续集》卷1，《续修四库全书》第1458册，第200页。

② 郭麐：《宋云台少宗伯入都》，《灵芬馆诗》二集卷3，嘉庆九年刊本。

③ 袁钧：《送举主浙江学使少宗伯阮公还朝叙》，《瞻衮堂文集》卷4，四明丛书本。

阮元执掌一省之政事，这一时期雅集的题材更加广泛，修禊唱和、研讨学术自为应有之义，而政事、兵事等也成为唱和的主题。兹举数例：

如修禊雅集。嘉庆五年（1800）三月初三，阮元侍父阮湘圃，偕陈文述、吴文溥、孙韶、程邦宪、许玡、黄文旸修禊于皋亭山。同游者皆有诗。陈文述《上巳同吴澹川、孙莲水、家曼生奉陪中丞侍湘圃封君皋亭修禊，用昌黎集中寒食出游诗韵》：

> 先生论兵霍去病，著书亦似晋孙盛。
> 马融帐后金钗开，辛渐楼头玉壶映。
> 重来开府湖山美，几听戟门笳鼓竞。
> 屡因筹海话钤鞜，偶向舞雩寄觞咏。
> 文武兼资韩魏公，忧乐同入范文正。
> 西园雅游吴质在，南皮招邀孙绰更。
> 读书各有书等身，抱才始爱才如命。
> 嬉春又见桃千树，消夏记曾荷万柄。
> 一叙风流晋永和，百篇赠答唐长庆。
> 封君矍铄兴颇健，弟子追随心所敬。
> 舟近画桥香渐瀹，山隔花光翠逾琼。
> 吟诗颇爱贾岛佛，酌酒谁为徐邈圣。
> 辰良日吉觐希遇，神恬务闲意相并。
> 食前不疑问民瘼，膝上文度见天性。
> 隔舫有人云勿窥，卓簿莫放风姨横。
> 别港渐通新绿涨，连村远见嫣红迸。
> 前进尚忆人倚玉，后约还期月悬镜。
> 小队祈蚕美风俗，平田问麦纪时政。
> 洛水羽觞对耆贤，会稽兰亭笔谁劲。
> 人诵平泉李赞皇，我思绿野裴中令。①

---

① 陈文述：《颐道堂诗选》卷2，《续修四库全书》第1504册，第532页。

　　此后阮元多次集同人于皋亭山修禊，唱和频仍，所作集为《皋亭唱和集》。

　　如言及时事。嘉庆五年（1800）四月，送赵文楷、李鼎元出使琉球。阮元赋诗记其事，同赋者甚众，阮元为之结集刊行，并寄厦门，由使者带至琉球。阮元诗云："同是中朝第一流，云螺彩蟒拂麟洲。状元风度今庄叔，才子神仙旧邬侯。四月西湖留驻节，万人南海看登舟。翰林盛事知多少，如此乘风乃壮游。"① 同赋诗者有胡敬、钱福林、陈嵩庆、顾廷纶、陈鸿寿、陈文述、蒋炯、李方湛、徐熊飞、汪家禧等人，《诂经精舍文集》卷 12 存录。

　　如涉及兵事。阮元都兵海上，幕中朱为弼、吴文溥、孙韶及阮亨皆有寄怀之作。吴文溥诗云："往时郡盗薮，击没界闽瓯。屡有风烟警，难为仓猝谋。自公来节制，部曲尽才优。持此坐销计，根柱何足忧。"② 是时，陈文述与从兄鸿寿同在阮元幕中，文述留署治文书，鸿寿随军。文述闻鸿寿所言海战事，作《飓风吟》并六百字长序纪事。

　　如考订金石。阮元曾出所藏秦汉十铜印，邀同人分咏。阮亨《瀛洲笔谈》云："积古斋旧藏秦汉铜印十种，在浙抚署时曾邀同人分赋，并作考略。诸人分赋如下：《秦海上嘉月鈇》朱为弼。《汉李广印》陈文述。《汉刘胜印》顾廷纶。《汉薛长卿印》顾廷纶。《汉司马迁印》焦循。《汉王禁印》张鉴。《后汉李忠印》陈鸿寿。《后汉窦武印》蒋徵蔚。《晋刘渊印》阮元。《后汉张成印》方廷瑚。"③

　　如研讨学术、祭祀先贤。阮元建立诂经精舍，奉祀许慎、郑玄木主于诂经精舍中，领众生员礼拜，并撰《西湖诂经精舍记》，生徒多有拟作，洪颐煊作诗云："中丞妙稽古，湖滨敞台榭。诸生竞

---

　　① 阮元：《送赵介山文楷殿撰、李墨庄鼎元舍人奉使册封琉球》，《研经室集》，中华书局 2006 年版，第 825 页。

　　② 吴文溥：《奉寄阮中丞芸台师视兵海上获盗纪事》，《南野堂诗集》卷 7，乾隆五十九年刊本。

　　③ 阮亨：《瀛洲笔谈》，嘉庆二十五年扬州阮氏刻本。

劝学，诵春而弦下。《诗》、《书》既聿陈，俎豆欣荐籍。南阁祭酒君，《说文》光长夜。司农百世师，群经斗牛射。两者家法同，研求类噉蔗。"① 阮元招王昶、孙星衍、林述曾、张鉴、程瑶田、段玉裁等雅集西湖第一楼，作诗云："高楼何处卧元龙，独倚孤山百尺松。人与峰峦争气象，窗收湖海入心胸。经神谁擅无双誉，阚影当凭第一重。却笑扶风空好士，登梯始见郑司农。"② 同行者皆有诗作，对阮元泽溉士林表示赞扬，将阮元比作当代郑玄，如"抡才欲树千秋业，释诂先征六艺功。"③ "他年想象平津馆，第一风流数浙西。"④ "问字渊源尊祭酒，研经根柢拜司农。"⑤ "汉唐绝业千秋定，吴越才人四座收。"⑥

要之，阮元在浙日久，对于两浙人才之陶铸，对杭州人文之营造，皆有莫大功绩。

三 两广总督幕

阮元于嘉庆二十二年（1817）十月调任两广总督，至道光六年（1826）调任云贵总督，共在粤九年。这期间，他六次兼署广东巡抚，一度还兼任广东学政。阮元督粤时，幕府规模较小，然其作用却不容小觑。在广东时，阮元创办学海堂，重修《广东通志》，刊刻《江苏诗征》，汇刻《皇清经解》，为繁荣和发展岭南文化做出了卓越贡献。这一切，都与阮元幕府息息相关。如阮元将《江苏诗征》稿交于馆于其署的江藩、徐珂、凌曙，属其校订，以付梨枣。

嘉庆二十三年（1818）夏，阮元即招同许乃济、刘彬华、谢兰

---

① 洪颐煊：《诂经精舍祀许叔重、郑康成两栗主纪事》，《筠轩诗钞》卷1，嘉庆戊寅刊本。

② 阮元：《题西湖第一楼》，《研经室集》，中华书局2006年版，第826页。

③ 王昶：《西湖第一楼为阮中丞伯元赋》，《春融堂集》卷23，《续修四库全书》第1437册，第601页。

④ 孙星衍：《登第一楼柬阮中丞元》，《芳茂山人诗录》，《丛书集成初编》第2319册，第53页。

⑤ 林述曾：《第一楼》，《梅花屋诗存》，清抄本。

⑥ 孙星衍：《阮中丞五月十二日招同程易畴、段懋堂第一楼雅集》，《芳茂山人诗录》，《丛书集成初编》第2319册，第56页。

生等人集粤督署东斋。席中议及刻《皇清经解》，修《广东通志》，建学海堂课士诸事。张维屏赋诗志其事：

北来旌节斗奎明，南望沧溟水镜清。

武库新临杜元凯，经师兼得郑康成。

千编焕发图书府，十郡欢腾雅颂声。席上话及刻《皇清经解》，修《广东通志》。

学海百川同至海，教思无尽见堂名。公欲建堂，以古学课士，名堂曰学海。①

十月十五日，阮元奏《纂修广东通志折》。阮元任总裁，总纂为陈昌齐、刘彬华、江藩、谢兰生，总校刊为叶梦龙。分纂有吴兰修、曾钊、刘华东、郑颢若、崔弼、吴应逵、李光昭、方东树、马良宇等幕僚，亦皆一时名士。

中国古代广东为蛮荒之地，地处边陲，文化发展落后。唐以后，岭南之文化有所发展，然而与中原差距仍然很大，至清代这一局面仍未改观，尤其是落后于以文人渊薮著称的江浙一带，如岭南士子崔弼所言："本朝广南人士，不如江浙。盖以边省少所师承，制举之外，求其淹通诸经注疏及诸史传者，屈指可数。其藏书至万卷者，更屈指可数。"② 阮元长期驻节浙江，来到广东后对广东文化的落后必然深有感触，于是他对于广东士风之建设格外关注，对于才学之士大力提拔，阮元识拔谭莹即是一例：

仪征阮相国节制两粤，以生辰闭客。屏驺从往来山寺，见谭莹题壁诗文，大奇之。询寺僧，始知南海文童，现赴县考者也。翌日，南海令谒见制府，问曰："汝治下有谭姓文童，诗

---

① 张维屏：《戊寅夏日，制府阮芸台先生招同许青士乃济、刘朴石彬华、谢澧浦兰生三太史集节署东斋》，《松心诗录》卷3，《续修四库全书》第1496册，第17页。

② 崔弼：《新建粤秀山学海堂记》，《学海堂初集》卷16，光绪十二年启秀山房刊本。

文甚佳，能高列否？"令愕然，以为制府欲荐士也，即请文童
名字。制府曰："我以名告汝，是夺令长权，为人关说也，汝
自行扣索可耳。"令乃尽取谭姓诗卷遍阅之，拔其诗文并工者，
莹遂以县考第一入泮。及开学海堂于越秀山，见莹所作《浦涧
修禊序》及《岭南荔枝词》百首，尤为激赏，自此文誉
日噪。①

阮元嘉惠岭南士林之举，功莫大于学海堂之建立，可以说，阮元督
粤幕府与学海堂紧密相连。

嘉庆二十五年（1820），阮元创办学海堂。广东之学海堂乃仿
浙江诂经精舍而建，以经古之学课士子。张鉴《弟子记》云："学
海堂加课仿抚浙时所立诂经精舍之例，专课经史诗文，所有举贡生
员奖给膏火一月者，折给银一两。佳卷渐多，学者奋兴，有佳文一
卷而给膏火数月者。"② 落成时，诸幕宾文友皆有唱和，对阮元此
举有功于士林给予肯定，王衍梅诗云：

> 横空一线路盘斜，岂意奇书列五车。
> 剑气朝腾旸谷晕，珠光夜涌赤城霞。
> 西京锦帐围秋草，南海铜壶插晚花。
> 旧是刘郎歌舞地，可能风景斗清华。③

方东树撰《学海堂铭并序》，在序文中赞颂阮元启迪学风，广集人
才，促进学术研讨的功劳：

> 大司马仪征阮公，以文武光朝，经纶宰世。秉列精之淳
> 耀，降河岳之上灵，海内仪刑，当世冠冕。岁路未强，学优而
> 仕，固以道综天人，理穷坎索。入陪侍从，则严徐东马恧其

---

① 汪兆镛：《碑传集三编》，《清代传记丛刊》第124册，第51页。
② 张鉴等撰：《阮元年谱》，中华书局2006年版，第132页。
③ 王衍梅：《粤秀山新建学海堂题辞》，《绿雪堂遗诗》卷10，道光二十九年刊本。

文；出典圻封，则方召桓文二其迹。乘理照物，抱神研几，凡军国远谟，政刑大典，既道在隆民，则功归辅世，而犹缀讲不倦，述作无疲。陶氏行之贞干，乃惜分阴；王仲宝之升朝，仍成七志。对而为言，孰云不及，况乃钩沉小学，形声必辨，精研篆刻彝碣，广集畴人，谢其算数；羲、献惭其笔札，洵所谓黄中通理，照临知十者矣。而公雅言惟让，未尝显己所长；诠论持平，未尝形人所短。加之以宏长风流，许以气类，善诱极于单门，品题荣于寒俊，虽谢胱齿牙、叔体毛羽，何以尚兹平日所至招揽。秀髦与之述业，含经味道之士，寻声而响臻；雕章缛采之生，希光而景附。英灵辐辏，才俊如林，莫不仰首人宗，北面资敬。督粤之八载，岁躔实沉，月应南召。①

道光二年（1822），又改建广东贡院，祁寯藻作诗赞扬阮元：

> 持节声传五岭间，怜才心苦为毡寒。
> 试看庑下群英集，何止阶前尺地宽。
> 大海鱼龙争鼓舞，高秋风雨总平安。
> 杜陵突兀犹虚愿，广厦如公手辟难。②

学海堂在培养人才和学术发展方面取得了卓著的成就。自从阮元建立学海堂，广东学子"见闻日扩，而其文亦渐近纯熟，岭海人物，蒸蒸日上，不致为风气所囿者，学海堂之力也"。"粤人知博雅，皆自此堂启之"。越华书院山长刘彬华云："我朝百九十年来，名卿宰相帅广之久于其位，而盛名足以压百蛮，明略足以训群吏，慈惠足以洽黎庶，学问足以式秀髦，威令足以整师旅，系人去思不已者，惟宫保大司马阮公为最。"③

---

① 方东树：《学海堂铭并序》，《仪卫轩外集》，同治七年刊本。
② 祁寯藻《芸台制府前辈修拓号舍新成赋诗见示次韵》，《慢九亭集》卷5，《续修四库全书》第1521册，第603页。
③ 张鉴等撰：《阮元年谱》，中华书局2006年版，第154页。

阮元道光六年（1826）调任云贵总督时，幕中诸友与学海堂诸生皆有送别之作，阮元作诗答谢：

> 几年岭表虑先深，得暇才游儒士林。
> 讲学是非须实事，读书愚智在虚心。
> 汲投渊海古修绠，气盛衣冠朋盍簪。
> 此后怀人各所半，半看图咏半登临。①

阮元训子福云，诗中"讲学是非须实事，读书愚智在虚心"二语，乃实学空学之关键，最为要紧。不能实学者，先入之见填满于胸，不虚心求是非，终于愚而已。这是阮元一生之学之原则，也是对儿子与学海堂诸学子的殷切期盼。

第五节　阮元幕府之影响

一　阮元幕府雅集与道咸年间的宗宋诗风

阮元不仅是乾嘉时期的著名学者，也是一位卓有成就的诗人、文学家。众所周知，阮元是乾嘉时期重要的汉学家，学识广博，可算得上是一位通儒，其学问为当世所重。他虽然以余力为诗，不以诗专门名家，但其诗歌创作却也不容小觑，在乾嘉诗坛有着重要的地位。林昌彝《射鹰楼诗话》就给予阮元等学人之诗以高度评价："世谓说经之士多不能诗，以考据之学与词章相妨。余谓不然，近代经学极盛，而奄有经学词章之长者，国初则顾亭林炎武也，朱竹垞彝尊也，毛西河大可也；继之者朱竹君筠也，邵二云晋涵也，孙渊如星衍也，洪稚存亮吉也，阮芸台元也，罗台山有高也，王白田懋竑也，桂未谷馥也，焦里堂循也，叶润臣名沣也，魏默深源也，何子贞师绍基也；吾乡则龚海峰景瀚也，林畅园茂春也，谢甸男震

---

① 阮元：《刘朴石彬华、何湘文南钰、谢里甫兰生、胡香海森、张堂村业南、李绣子鏏平诸书院院长暨学海堂学博、生徒皆有图咏送别，题答一律》，《研经室集》，中华书局2006年版，第1118页。

也，陈恭甫寿祺先生也。诸君经术深湛，其于诗，或追踪汉、魏，
或抗衡宋、唐，谁谓说经之士，必不以诗见乎？"① 朱庭珍《筱园
诗话》有云："本朝汉学最盛，皆经术深湛，考据淹博，宗康成而
不满程、朱，诗文则非所长也。兼能诗者，顾宁人、毛西河、朱竹
垞、阮芸台诸公而已。芸台先生诗，长于古体，近体殊弱，七古似
韦、柳，五古似苏、陆，佳作颇有可传，亦清才也。"② 洪亮吉
《北江诗话》云："阮侍郎元诗如金茎残露，色晃朝阳。"③ 钱仲联
《梦苕盦诗话》云："有清一代，巨公能诗者，首推王文简、阮文
达、祁文端、曾文正、张文襄诸公。"④ 可见，无论当时或是后世
的学者都认为阮元的诗歌创作可算是乾嘉时代的佼佼者。

阮元作为一位学识渊博的学者，他的诗可以说是典型的学人
诗。受考据学风的影响，他的诗歌中有许多的论学之作。但作为清
代中期学人诗的最后一位宗师，阮元论诗却不局限于门户之见、派
系之争，显示出一种兼容并包的广博气象。关于这一点，严迪昌
《清诗史》有一段精辟的论述：

> 清代中期学人诗最后一位宗师是阮元，但阮氏并不标称
> "肌理"之义，而是兼容格调、神韵，甚而不绝对排斥性灵诗。
> 这不仅是因为阮元系历乾隆、嘉庆、道光三朝的名臣，体现出
> 一种"福慧双修阮相公"的气度，而且也是因为到他晚年时，
> 无论格调，抑或肌理，众说均弊病显现，难持宗统。加之阮元
> 自身学术深湛，识人既广，门下称弟子者尤多，时势运转到道
> 光中期，已不是恪守门户所能高踞诗界文苑了。⑤

阮元治学即力持学术之平，主张调和汉宋。嘉道时期，汉学昌盛，

① 林昌彝：《射鹰楼诗话》卷七，上海古籍出版社 1988 年版，第 149 页。
② 钱仲联主编：《清诗纪事》，凤凰出版社 2004 年版，第 1675 页。
③ 同上。
④ 同上。
⑤ 严迪昌：《清诗史》，浙江古籍出版社 2002 年版，第 724 页。

并一步步走向顶峰，此时汉学的弊端却也逐渐显现，即崇汉、佞古、狭隘。阮元恰恰看到了固守门户之见的局限性，力主走通儒的道路。阮元认识到要使乾嘉汉学继续发展，不仅要克服吴、皖两派的弊端，各取所长，融会贯通，还要汉宋兼采。因此，他本人治学，着眼于大端，认为汉学、宋学各有其长短，主张兼采二者之长。嘉庆二十年（1815），阮元、段玉裁分别致函陈寿祺，与之论立身守节、汉宋兼采。"顷仪征阮抚部夫子、金坛段明府若膺寓书来，亦兢兢患风俗之弊。段君曰：'今日大病在弃洛闽关中之学，谓之庸腐，而立身苟简，气节败，政事芜，天下皆君子，而无真君子。故专研汉学，不治宋学，乃真人心世道之忧，而况所谓汉学者，如同画饼乎！'抚部曰：'近之言汉学者，知宋人虚妄之病，而于圣贤修身立行之大节，略而不谈，以遂其不矜细行，乃害于其心、其事'。"① 刘师培曾盛赞阮元关于汉宋之争的通儒之见："自汉学风靡天下，大江以北治经者，以十百计。或守一先生之言，累世不能殚其业；或缘词生训，歧惑学者。唯焦、阮二公，力持学术之平，不主门户之见。"② 阮元亦自云："近人考证经史小学之书则愈精，发明圣贤言行之书甚少否则专以攻驳程朱为事，于颜曾纯笃之学为之深究。……不敢存昔人门户之见，而实以济近时流派之偏也。"③ 正是由于阮元治学有广博的胸襟和眼光，因此他所主张的兼容并包的通儒观自然而然地反映在他的诗歌创作中，使其论诗能不囿于门户、派系之见，加之阮元本人学识渊博，因此其论诗也体现出兼容并包的倾向。

阮元不专力为诗，因此无系统的论诗著作，其诗学观体现在其所作的序跋之中。如《群雅集序》：

---

① 陈寿祺：《孟氏八录跋》，《左海文集》卷7，《续修四库全书》第1496册，第296页。

② 刘师培：《扬州前哲画像记》，《刘师培全集》，中央党校出版社1997年版，第2289页。

③ 张鉴等撰，黄爱平点校：《阮元年谱》，中华书局2006年版，第45页。

昔归愚宗伯订《别裁集》，谓王新城执严沧浪之意，选《唐贤三昧集》，而于少陵"鲸鱼碧海"或未之及，此宗伯独亲风雅之旨。其实新城但于《三昧集》持此论耳。其裁伪体，与宗伯固无歧趣也。近今诗家辈出，选录亦繁，终以宗伯去淫滥以归雅正为宗。与其出奇标异于古人之外，无宁守此近雅者，为不悖于三百篇之旨也。……盖已泛滥于宋、元诸家及明嘉、隆之蹊径门户，而折衷而得所归焉，又何虑近时门径之稍有出入者乎。①

这实际上是调和沈德潜"格调说"与王士禛"神韵说"。阮元出生的年代，适逢乾嘉盛世，清王朝的统治在历经了清初的动乱之后，这一时期政局已趋于稳定，统治者对于思想的控制也逐渐加强，宋明理学重新成为整肃人心的统治教义，清代的诗歌发展到这一时期，已经由明末清初乱世悲歌的"变调"回归到"雅正"上，儒家"温柔敦厚""怨而不怒"的传统诗教再次被确立为"一尊"。阮元早年即受到君主的赏识，"不及十年，督学三齐两浙，遂跻开府"②。因此他对统治者是感恩戴德的，其论诗亦以"真厚和雅"③的儒家诗教为追求。在这篇序言中，阮元即认为诗歌应以"雅正为宗"，因此他认为无论是强调诗歌虚无缥缈的清远境界的"神韵说"，还是主张雄浑宏阔风格的"格调说"，从本质上来看，都"不悖于三百篇之旨"，二者"固无歧趣也"，因而他提出"折衷而得所归"，摒弃门户之见。这确如严迪昌所论，到他晚年时，无论格调，抑或肌理，众说均弊病显现，难持宗统，因此他只能勉强以"雅正"来调和诸说，而无力创新了。

阮元论诗对于诸家理论的调和还体现在他对于"性灵"诗也很宽容上。他的《孙莲水春雨楼诗序》即体现了他对于性灵派的态

① 阮元：《群雅集序》，《研经室集》，中华书局 2006 年版，第 692 页。
② 钱仲联主编：《清诗纪事》，凤凰出版社 2004 年版，第 1675 页。
③ 同上。

度。孙莲水，即孙韶（1752—1811），江苏上元人，是袁枚弟子，他曾在阮元幕中协助阮元处理政事，与阮元及幕友唱和尤多。袁枚论诗，力主将人之真情、个性和诗才熔于一炉。而其所处的时代，文坛领袖沈德潜倡言"诗教"，力主格调，使得模拟复古的风气再次兴起；由于考据之学的兴盛，金石考据浸染诗界，翁方纲倡导"肌理说"，于是"学人之诗"也风靡一时；以厉鹗为首的浙派诗亦钩考隐僻，又趋宋人冷径之风。凡此种种，袁枚都深感不满，尤其对于翁方纲"肌理派"为代表的"学人诗"大加抨击。袁枚对于"肌理说"是全盘否定和蔑视的，他曾说"考据家不可与论诗"①，讥讽考据家论诗是"博士卖驴，书券三纸"，他认为，以肌理派为代表的所谓"学人之诗"，把经史考据和金石版本的勘定也写进诗中，实则使诗歌变成了押韵的考订文字，这就败坏了诗风，践踏了诗学。他指出：

> 人有满腔书卷，无处张皇，当为考据之学，自成一家。其次，则骈体文，尽可铺排，何必借诗为卖弄？自《三百篇》至今日，凡诗之传者，都是性灵，不关堆垛。……近见作诗者，全仗糟粕，琐碎零星，如剃僧发，如拆袜线，句句加注，是将诗当考据作矣。虑吾说之害之也，故续元遗山《论诗》，末一首云："天涯有客号吟痴，误把抄书当作诗。抄到钟嵘《诗品》日，该他知道性灵时。"②

袁枚对这种以金石考据为能的"学人诗"大加讨伐，并且将考据家的诗论看作"糟粕"，这有其合理的一面，但是却难免会伤害阮元等以金石考据为创作内容的诗人的感情。因此，阮元等"学人诗"创作者从内心来讲，也难免会厌恶或排斥袁枚及其"性灵说"。然而，阮元的《孙莲水春雨楼诗序》对于袁枚的评价却是很公允的，

---

① 袁枚：《随园诗话》卷13，凤凰出版社2000年版，第334页。
② 袁枚：《随园诗话》卷5，凤凰出版社2000年版，第110页。

他并没有挟私报复：

> 上元孙君莲水之诗，盖出于随园而善学随园者也。莲水从随园游，奉其所论所授者以为诗，而本之以性情，扩之以游历，以故为随园所深赏，有"一代清才"之目。而莲水亦动必曰"随园吾师也"，不敢少昧所从来。谓莲水之诗非出于随园不可，然随园之才力大矣，门径广矣；有醇而肆者，亦有未醇而肆者，使学之者不善，益其所肆者而肆焉，以为出于随园，而随园不受也。即不敢肆其词，而遗其醇焉，以为出于随园，而随园亦不受也。①

这段论述并没有针锋相对地攻击袁枚与"性灵派"，而是给袁枚一个客观的评价，认为袁枚的创作有佳作，即"醇而肆者"，也有缺点，即"未醇而肆者"，并没有一味地对袁枚进行否定，而是看到其优点、长处。对于阮元的客观评价，袁枚也是十分感激的，对阮元的诗作大加赞赏，其《随园诗话补遗》云：

> 门下孙莲水秀才，自擅左归，为余言学使阮芸台阁学，风雅绝俗，爱才怜士。渠深感栽培之恩。并诵其《小沧浪雅集诗》云："北渚离尘鞅，明湖浸翠微。濠梁宜客性，山水愿人归。乐趣庄兼惠，吟情孟与韦。孤亭复虚榭，徙倚意无违。"《莱阳试院晓寒》云："渤澥阳和犹未回，晓间听鼓发轻雷。山风入院旆初重，潮气满城关未开。昨夜清樽思北海，何人博艺似东莱？此时颇让江南客，官阁春深落古梅。"余为钦迟不已，惜乎未窥全豹。近复持衡两浙，吾乡多士，得一宗主，当如何抃庆耶！②

---

① 阮元：《孙莲水春雨楼诗序》，《研经室集》，中华书局 2006 年版，第 684 页。
② 袁枚：《随园诗话补遗》卷 8，凤凰出版社 2000 年版，第 590 页。

阮元不仅对于"性灵派"颇为宽容,对于清代诗歌分唐宋、讲家数的风气,他也没有门户之见,偏私于某种理论,而是体现出了一种"折衷"的态度。阮元早年曾由翁方纲提拔,并执弟子礼,因此其诗歌创作也受了翁氏一定的影响。由于翁氏主张以理入诗、以学问入诗、讲究诗法,因此他极为推崇宋诗,重宋轻唐。其《石洲诗话》即表现了他重宋轻唐的诗学观:

> 唐诗妙在虚处,宋诗妙在实处。初唐之高者,如陈射洪、张曲江,皆开启盛唐者也。是有唐之作者,总归盛唐。而盛唐诸公,全在境象超诣。所以司空表圣二十四品,及严仪卿以禅喻诗之说,诚为后人读唐诗之准的。若夫宋诗,则迟更二三百年,天地之精英,风月之态度,山川之气象,物类之神致,俱已为唐贤古画。即有能者,不过次第翻新,无中生有。而其精诣,则固别有在者。宋人之学,全在研理日精,观书日富,因而论事日密。如熙宁、元祐一切用人行政,往往有史传所不及载,而于诸公赠答议论之章,略见其概。至如茶马、盐法、河渠、市货,一一皆可推析。南渡而后,如武林之遗事,汴土之旧闻,故老名臣之言行、学术,师承之绪论、渊源,莫不借诗以资考据。而其言之是非得失,与其声之贞淫正变,亦从可互按焉。①

在这段论述中,翁氏对唐诗和宋诗做了比较,他认为,唐诗"妙在虚处"而宋诗"妙在实处",认为宋诗"研理日精,观书日富,因而论事日密",而且还关乎国计民生,对于宋诗是大加赞扬。众所周知,清代诗学的主流是"祧唐祢宋",也就是远唐近宋。关于这一点,清人邵长蘅的一段论述颇具代表性:"杨子之言曰:'今天下称诗虑亡不祧唐祢宋者。'予曰:'然。诗之不得不趋于宋,势也。盖宋人实学唐而能夐逸唐轨,大放厥词。唐人尚蕴藉,宋人喜径露。唐人情与景涵,方为法敛;宋人无不可状之景,无不可状之情。故

---

① 翁方纲:《石洲诗话》卷4,人民文学出版社1981年版,第125页。

负奇之士不趋宋，不足以泄其纵横驰骤之气，而逞其赡博雄悍之才，故曰势也'。"① 从总体上说，唐人重兴会，宋人重才学；唐人重感性，宋人重知性；唐人"以诗为文"，宋人"以文为诗"。在这些方面，清人都很容易与宋人产生共鸣。而且清人不满明人的束书不观，空谈心性，由陆王心学的"尊德性"返向程朱理学的"道问学"，重视知识与学问。清代诗人与宋代一样，大都兼为学人。阮元虽于翁氏执弟子礼，但却不偏激，而是体现出了调和唐、宋之争的态度。阮元的这种态度，可以说也是受到了乾嘉之际求博、求通、求变学风的影响。如当时恽敬在《三代因革论》中指出："彼诸儒博士者，过于尊圣贤而疏于察凡庶，敢于从古昔而怯于赴时势，笃于信专门而薄于考通方，岂足以知圣人哉！是故其为说也，推知一家而通，推之众家而不必通，推之一经而通，推之众经而不必通，且以一家一经亦有不必通而附会穿凿以求其通，则天下之乱言也矣。"② 焦循也明确指出："以己之性灵，合诸古圣之性灵，并贯通于千百家。"③阮元的《灵芬馆二集诗序》正是这样一篇论诗文字：

> 灵均之骚，类性体物，无所不有。唐宋人诗各成流派，即以为同出于《骚》，亦无不可。吾读《灵芬馆二集》，而益有悟于此。吴江郭君频伽，臞而清，如鹤如玉，白一眉，与余相识于定香亭上。其为诗也，自抒其情与事，而灵气满天，奇香扑地，不屑屑求肖于流派，殆深于骚者乎？④

阮元认为，唐、宋诗歌虽然流派纷呈、门户林立，但是就其本体功能来看，诗歌的本质并没有发生变化，不外是"在心为志，发言为诗"，同是源于诗、骚，所谓"诗人温厚骚人怨，一种芳华各自

---

① 邵长蘅：《研堂诗稿序》，《青门全集》卷8，清光绪武进盛氏刊本。
② 恽敬：《三代因革论》，《大云山房文集》卷1，清光绪刊本。
③ 陈居渊：《阮元评传》，南京大学出版社2006年版，第548页。
④ 阮元：《灵芬馆二集诗序》，《研经室集》，中华书局2006年版，第690页。

情"①，因此，唐、宋诗的区别也就不存在了。他确实认识到了"凡人各有得力处，各有乖谬处，总要平心静气，存其是而去其非"②。其幕宾徐嵩也认同其说，尝云："有数人论诗，争唐、宋为优劣者，几至攘臂。乃援嵩以定其说。嵩乃仰天而叹，良久不言，众问何叹。曰：吾恨李氏不及姬家耳！倘唐朝亦如周家八百年，则宋、元、明三朝诗，俱号称唐诗，诸公何用争哉？须知：论诗只论工拙，不论朝代。譬如金玉，出于今之土中，不可谓非宝也。败石瓦砾，传自洪荒，不可谓之宝也。众人闻之，乃闭口散。余谓：诗称唐，犹称宋之斤、鲁之削也，取其工者而言，非谓宋外无斤，鲁外无削也。"③ 可见，阮元确是一个"欲和衷共济而又不失所持的封建末世的诗文学术总持人"④。正因为如此，其幕府才体现出了广博的气象。

然阮元毕竟乃一汉学家，他有很多以考据入诗之作，并且始终认为学问为作诗之第一要义，其门人幕僚众多，加之年又老寿，因此幕府的雅集唱和也潜移默化地影响着诗风之变迁。道咸年间，诗坛兴起了一股宗宋的诗风，阮元与此亦有很大关系。陈衍《石遗室诗话》就曾描述了这一诗坛风气之转变：

> 道咸以来，何子贞、祁春圃、魏默深、曾涤生、欧阳涧东、郑子贞、莫子偲诸老，始喜言宋诗。……都下亦变其宗尚张船山、黄仲则之风，潘伯寅、李莼客诸公，稍为翁覃溪。⑤

此段论述提到了促成这一风气转变的几个关键人物，其中祁寯藻、何绍基，以及程恩泽，此数人在道光年间即有诗坛领袖之目，对于此种风气转变，实乃中流砥柱。而阮元与上述几人皆有往来，尤其

---

① 阮元：《研经室集》，中华书局 2006 年版，第 872 页。
② 袁枚：《随园诗话》卷 1，凤凰出版社 2000 年版，第 2 页。
③ 袁枚：《随园诗话》卷 16，凤凰出版社 2000 年版，第 402 页。
④ 严迪昌：《清诗史》，浙江古籍出版社 2002 年版，第 726 页。
⑤ 陈衍：《石遗室诗话》卷 1，辽宁教育出版社 1998 年版，第 1 页。

是诗坛领袖程恩泽于阮元例称门人，与阮元多有交流。阮元晚年入京任体仁阁大学士，此时，阮元周围凝聚了一批后起之秀：户部侍郎程恩泽、直隶布政使梁章钜、御史吴荣光、国史馆总纂何绍基、内阁中书龚自珍、内阁学士吴式芬、礼部侍郎陈用光、御史徐宝善、员外郎汪喜孙、御史陈庆镛、汉学家刘宝楠、举人俞正燮、许瀚等人。阮元时常和他们聚会，研讨金石，切磋文字，诗酒唱和。而阮元入京后与程恩泽比邻相居，切磋文字，交游甚密。"元入京与公居相近，尚以暇相讲习"①。程恩泽卒后，阮元率同人集龙泉寺，检程恩泽遗稿，编辑成书。又嘱人绘《龙泉寺检书图》，何绍基、许瀚等人皆有记。何绍基《龙泉寺检书图记》云：

> 仪征少年通籍，早负隆誉。由乾隆至道光六十年间，海内覃经讲学之儒，皆其先后所师友，或其门下士，又或其再传弟子。司农之起，后二十余年，乾隆时老师宿儒，未及见者以多矣。然基久处京师，所及交若刘丈申甫、潘丈少白、陈丈硕士、陈秋舫、龚璱人、魏默深、陈硕甫、江铁君、徐廉峰、管异之、陈东之、徐君青、郑芝香、俞理初、罗香茗、汪孟慈、陈颂南、张彦远、许印林、张石州、沈子敦、黄蓉石诸君，大抵皆两公所识习而矜赏者也。基自为弟子员，出司农之门。及成进士，改庶常，仪征公实为馆师。两公居相邻，基与璱人、孟慈、颂南诸君，过从游侍，踪迹辄相属。②

《清史稿》亦载："时乾嘉宿儒多殂谢，惟大学士阮元为士林尊仰。恩泽名位亚于元，为足继之。"③ 恩泽于阮元例称门人。道光十六年，阮元入京，与恩泽为邻，过从甚密。程恩泽故后，阮元为之整理遗稿，并为之撰神道碑铭，可见对其器重及相互间友谊。由何绍基的论述可以看出，阮元至京师以后，相与交游之人也多为汉学

---

① 王章涛：《阮元年谱》，黄山书社 2003 年版，第 915 页。
② 何绍基：《龙泉寺检图书记》，《东洲草堂文钞》卷 4，清同治刻本。
③ 赵尔巽等：《清史稿》，中华书局 1976 年版，第 11577 页。

家，而其中多人即为宋诗派之核心人物，何绍基也以阮元弟子自居，可见阮元之影响。再如祁寯藻，阮元任两广总督时即时常与祁寯藻谈诗论道。翻检祁寯藻诗集，道光二年（1822），祁寯藻有次阮元韵《赠旷元上人次芸台前辈韵》（《幔九亭集》卷5），此后祁寯藻与阮元交流甚密。

当时的京师俨然成了文学风气转变之关键地区，可称为"才士之薮""究朴学能文章者，辐辏鳞比，日至与闻"，然而能"网罗六艺，贯穿百家，又巍然有声名位业，使天下士归之，如星戴斗，如水赴壑"的学者，只有程恩泽和阮元二人而已。而这个交游圈内多于阮元执弟子礼，而且以兼采汉宋为风尚，可见对阮元之学术去向之继承。因此可以说，道咸年间宗宋诗风之勃兴，与阮元幕府潜移默化之影响密不可分。

二 阮元幕府雅集与经世意识之觉醒

乾嘉时期，治汉学者所大力推进、扩展的是许慎、郑玄等开启的文字、音韵、训诂、名物制度等研究，发挥大义者不多，联系时势之风亦不多。嘉庆以后，清王朝之社会矛盾加剧，统治者疲于应付内忧外患，因此文化政策亦有所放松。士人们一方面感觉到世风之变迁，需要正视这种现实；另一方面也感觉到评论时事的时机已来临，于是经世之学又开始复兴。但是这种经世意识的觉醒与发展并不是一蹴而就的，阮元幕府于嘉道之际经世思想的觉醒与鼓扬，甚有关系。一开始，士人们于改革是不敢直接谈论的，虽然感觉到了这种变风变雅时代的来临，然不敢明言变革，于是士人们再度将眼光放在了清初的经世之学上，想从古书中寻找济世之法，于是在实证基础上的义理之风才开始兴起。而其表现有两点，当代学者马积高总结为："其一，是提倡融合汉、宋，其二，就是上溯今文经学的传统。二者其实是相通的，只是侧重点不同：前者比较侧重整顿纲常伦理，后者比较侧重儒书的微言大义。"① 王国维在《沈乙

① 马积高：《清代学术思想的变迁与文学》，湖南人民出版社2002年版，第255页。

庵先生七十寿序》中也谈到了清代学术思想之流变：

> 我朝三百年间，学术三变：国初一变也，乾嘉一变也，道
> 咸以降一变也。顺康之世，天造草昧，学者多胜国遗老。离丧
> 乱之后，志在经世，故多为致用之学，求之经史，得其本原，
> 一扫明代苟且破碎之习，而实学以兴。雍乾以后，纪纲既张，
> 天下大定，士大夫得肆意稽古，不复视为经世之具，而经史小
> 学专门之业兴焉。道咸以降，途辙稍变，言经者及今文，考史
> 者兼辽、金、元，治地理者逮四裔，务为前人所不为，虽承乾
> 嘉专门之学，然亦逆睹世变，有国初诸老经世之志。故国初之
> 学大，乾嘉之学精，而道咸以来之学新。①

王国维所谓"道咸以来之学新"，主要是指经世致用学风的兴起。
阮元历身乾隆、嘉庆、道光三朝，人们目之以通儒，其幕府对于弘
扬经世之学，厥功甚伟。然观其思想之变化，可以看到其经世意识
之觉醒过程。嘉庆六年阮元任浙江巡抚时，立诂经精舍，舍有第一
楼，在西湖行宫之东，关帝庙照胆台之西。先是阮元督学浙江时，
曾集诸生集《经籍纂诂》一书，至此遂以其地立精舍。选两浙诸生
学古者读书其中，题曰"诂经精舍"。奉祀许叔重、郑康成两先
生。并延青浦王述庵司寇、阳湖孙渊如观察先后主讲其中……只课
经解、史策、古今题诗，不用八股文、八韵诗。② 阮元作《西湖诂
经精舍记》云："圣贤之道存于经，经非诂不明。汉人之诂，去圣
贤为尤近，譬之越人之语言，吴人能辨之，楚人则否，高、曾之容
体，祖、父及见之，云、仍则否，盖远者见闻终不若近者之实也。
元少为学，自宋人始。由宋而求唐，求晋、魏，求汉，乃愈得其
实。"③ 这时阮元所言，完全是推尊汉儒，墨守汉儒家法的论调，
其于诂经精舍中祭祀许慎、郑玄即表明了其学术取向。后阮元作

---

① 傅杰编校：《王国维论学集》，中国社会科学出版社1997年版，第401页。
② 张鉴等撰：《阮元年谱》，中华书局2006年版，第41页。
③ 阮元：《研经室集》，中华书局2006年版，第547页。

《拟国史儒林传序》云："两汉得儒经之功，宋、明讲学得师道之益，皆于周孔之道得其分合，未可偏讥而互诮也。我朝列圣，道德纯备，包涵前古，崇宋学之性道，而以汉儒经义实之，圣学所指，海内响风。御纂诸经，兼收历代之说，四库馆开，风气益精博矣。……且我朝诸儒，好古敏求，各造其域，不立门户，不相党阀，束身践行，暗然自修。"① 这时阮元开始提出汉宋兼采的理论，但因是官样文章，不免有些言不由衷，有为圣朝粉饰之嫌，然亦可见其思想之变化。至道光六年（1826），阮元督粤，建立学海堂时，其思想已彻底转变，此时阮元作《学海堂集序》云："粤秀山峙广州城北……多士或习经传，寻义疏于宋、齐；或解文字，考故训于《仓》《雅》；或析道理，守晦庵（朱熹）之正传；或讨史志，求深宁（王应麟）之家法；或且规矩汉、晋，熟精萧《选》，师法唐宋，各得诗笔。虽性之所近，业有殊功；而力有可兼，事亦并擅。"② 这时，宋学已经能够和汉学分庭抗礼，成为学术之一端，阮元着眼于"大义""日用"，已是向经世致用靠拢了。

阮元任国史馆总纂时，创设《儒林传》，并且将顾炎武列为清代第一学人，实际上就是为顾氏之经世学风张目，阮元认为，治学应当以顾炎武为榜样，博学于文，"留心于经世之务"，主张"世之习科条而无学术，守章句而无经世之具者，皆未足于此也"③。

其实，贯穿阮元一生的即是实学思想，他是将经世致用贯穿于自己的学术与为政之中的。

如嘉庆四年（1799），阮元奉旨充会试副总裁，多得积学之士。《清史稿》评价为"一时朴学高材，收罗殆尽""人咸以元为知人"，如"陈寿祺……会试闱中，其卷为人所遏，元言于朱文正公……于是朱文正公由后场力拔出之……在都下以经术文章与同年武进张惠言、全椒吴鼒、歙县鲍桂星、高邮王引之齐名"④。而阮

---

① 阮元：《揅经室集》，中华书局 2006 年版，第 36 页。
② 阮元：《学海堂集序》，《学海堂集》，道光五年启秀山房刊本。
③ 阮元：《顾亭林先生肇城志跋》，《揅经室集》，中华书局 2006 年版，第 673 页。
④ 阮元：《隐屏山人陈编修传》，《揅经室集》，中华书局 2006 年版，第 1025 页。

元于浙江、广东幕府当中识拔与培养之士，日后也成为经世学风兴起的核心力量。

其总督两广时，两广本地产米不多，所产不够本地食用，常常需要从外省调运粮食，因此粮价很高，而且如遇荒年，米价更是暴涨，贫民的生活很艰难。当时有一些外商因有利可图，便运洋米来卖，因其价格只有内地平价之半，很受粤民欢迎。后来，因外来船放空回国时不准装货出口，米商因无多利可图，便不再运洋米来卖，粤民又只能买高价的内地米。阮元看到这一情况，便上奏朝廷，提出将成例变通，奏折云：

> 如有夷船专运米谷并无夹带别项货物者，进口时照旧免其丈输船钞，所运米谷由洋商报明起贮，洋行按照市价卖出。卖完准其原船装载货物出口，与别项夷船一体照例征收货税，汇册报部。如此明定章程，则夷船米谷可以源源贩运，似于便民海运均有裨益。①

道光皇帝看到奏折后准奏，在阮元公布新政策后不久，即有西洋米船来粤。阮元看到自己的利民之策奏效十分高兴，赋诗以记其事：

> 西洋夷船米，毡旄可衣服。
> 其余多奇巧，价贵胜珠玉。
> 持货示贫民，其货非所欲。
> 田少粤民多，价贵在稻谷。
> 西洋米颇贱，何不运连轴。
> 夷曰船税多，不赢利反缩。
> 免税乞帝恩，米船来颇速。
> 以我茶树枝，易彼岛中粟。
> 彼价本平常，我岁或少熟。

---

① 张鉴等撰：《阮元年谱》，中华书局 2006 年版，第 145 页。

米贵彼更来，政岂在督促。

苟能常使通，民足税亦足。①

阮元立足于为民造福，想尽办法解决粤民的温饱问题，两广的百姓非常感激。此后，凡遇米价激增之时，西洋米船即鳞集，粤民大受其益，而且使得广西的米价亦不至昂贵。两广的百姓认为，这是阮元所施德政中之最大者，金武祥《粟香随笔》云："粤中请阮文达公如名宦祠。公呈有云：'许洋米之船以载货，民食开不匮之源；取学海之义以名堂，士林获稽古之益。'此指公创学海堂以振文教，及奏免米船入口之税，实教养之大者也。阮文达公有《西洋米船初到纪事诗》云云。粤东田少人多，由粤西运米而来，犹不足食。有洋米而可水旱无忧。阮公之泽长矣。"②

正是因为如此，阮元在其咏史诗中也表达了对于边境安定的思考，试读以下两首：

木棉林外鹧鸪声，人与青山相抱行。

三面翠屏方罨画，一行白鹭更分明。

烟清斥堠郊军射，水满畬田獞妇耕。

自古百蛮骄远徼，莫将容易说升平。

——《上林道中》③

万里哀牢外，高秋驻马时。

彩云连百濮，黑水下三危。

元老曾经略，神功屡创垂。

漫言平定易，轻视此西陲。

——《古哀牢》④

① 阮元：《研经室集》，中华书局 2006 年版，第 1100 页。
② 钱仲联主编：《清诗纪事》，凤凰出版社 2004 年版，第 1677 页。
③ 阮元：《研经室集》，中华书局 2006 年版，第 960 页。
④ 同上书，第 1143 页。

这两首诗是阮元任两广总督和云贵总督时所作，安定边陲，维持治平局面是封疆大吏的首要政务。阮元在任上也是兢兢业业，恪尽职守，所谓"为官一任，造福一方"，他不敢有丝毫的懈怠，生怕辜负了皇恩和当地的百姓。对于边境的安宁和国家的主权，阮元也时刻关注，其诗歌也体现了他在这方面的思考和见解。梁九园《十二石山斋诗话》云："阮仪征相国总督两粤时，惠民之事不一而足，《途中小雨》诗云云。仁爱之心自然流露。又有《上林道中》云云。想见驭边之慎，不愧封疆重任也。"① 阮元在广东时为了维护国家利益和边境的安宁，严禁鸦片，抗御外辱，在沿海添置了炮台，对外国兵船起到了震慑作用。郭则沄《十朝诗乘》载："文达在粤，首禁鸦片，务严驭洋商，遇事裁抑之。有护商兵舰毙华民二命，公勒令交犯，洋商以停止互市为要挟，官民咸惴惴，公不顾，力持，久之，终就范。自公去粤，而西舰踵至，海疆遂多故矣。"② 在云南时，对少数民族恩威并施，对于越南的挑衅坚决予以回击，维护了社会的稳定和国土的完整。即便如此，阮元还是深感忧虑，他希望统治者不要掉以轻心，"莫将容易说升平""漫言平定易，轻视此西陲"，这样的诗句正是给统治者敲响的警钟。阮元还分别在广东、云南任上主持幕宾修了《广东通志》《云南通志稿》，目的就是了解边疆之风土人情，沿流变革，引起人们对边疆史地与边陲安危的重视。

在对待西学的问题上，阮元也是别具眼光，道咸之际林则徐、魏源等人开眼看世界，主张"师夷长技"，阮元实肇其端。如阮元幕府编纂的《畴人传》问世后，影响极大。诸可宝曾云："上下两千年来，网罗将三百家，勒成一编，传诸永久，是故勿庵兴，而算学之术显；东原起，而算学之道尊；仪征阮太傅出，而算学之源流传习，始得专书……言不朽之盛业，孰有大于《畴人传》者乎？"③ 阮元在《畴人传》中为37位西方科学家立传，首次系统地介绍了

---

① 钱仲联主编：《清诗纪事》，凤凰出版社2004年版，第1681页。
② 同上书，第1682页。
③ 诸可宝：《畴人传三编》卷3，《续修四库全书》第516册，第546页。

西方科学家及其贡献，并且想通过此书，使国人了解中国古代和清代天算学的辉煌成就，以树立学术上的自尊。阮元还在诗作中多次描述西方器具之精巧和实用。如《御制赋得眼镜诗》称赞了眼镜能够明眼、障尘；《望远镜中望月歌》赞叹望远镜之神奇，同时也提出了自己对月球的认识："吾思此一地球耳，暗者为山明为水。"①《大西洋铜灯》赞扬其精巧与卫生："无烟不剪剔，其光静且清。"②凡此种种都说明阮元能够虚心接受新奇事物，并且能够思考，这和当时许多保守的官僚畏惧洋器，不肯虚心接受，视其为"奇技淫巧"，形成了鲜明的对比，也体现了阮元能够睁眼看世界，主张"洋为中用"的经世思想。

瞿宣颖在《道光学术》③一文中，提出了道光以来学术之四变：一是汉宋调和的风气；二是掌故经济之学的讲求；三是边疆舆地研究的兴起；四是西学之昌。阮元幕府的活动集中体现了这些特点。在嘉道年间士人经世意识的觉醒过程中，阮元幕府发挥了先导和推动作用，而阮元思想的不断成熟和幕府文人修禊雅集活动的发展，其经世意识逐渐在其弟子、幕宾群体中广泛传衍，至道咸之际终成气候，成为清代学术转变之一大关捩。

---

① 阮元：《研经室集》，中华书局 2006 年版，第 971 页。
② 同上书，第 968 页。
③ 转引自沈云龙辑《中和月刊史料选集》，《近代中国史料丛刊》第 60 辑，台湾文海出版社，第 260 页。

结语　乾嘉幕府对清代文学之影响

乾嘉时期，在帝王提倡稽古右文的大风气影响下，文人学士皆以崇尚风雅、爱才好士为荣。这一时期出现的众多以文事为主的幕府，府主广纳贤才，结交文士，幕府中学术活动与诗文唱和活动频繁，使幕府文学成为这一时期值得注意的现象，尤其是卢见曾、毕沅、曾燠、阮元等人的幕府，俨然成为此时期重要的学术文化的交流中心，其影响值得关注。乾嘉幕府对于文学的影响具体体现为积极和消极的两个方面。

从积极的方面来看，乾嘉幕府促进了清代诗文创作的繁荣。

第一，这些学人幕府吸纳了大批文人学士，为诗人、作家提供了栖身之所和文学交流的平台。王文治曾言及诗文创作之经验，他认为创作要出类拔萃，"必得古人之书以培养之，又必得名山大川及世间可喜、可怖、可爱、可恶之事以淬历之，又得良师友相与讨论而辩难之"①。这是他罢官游幕后对创作经验的总结。幕府经历不但能够广其见识，增长其人生经验，也使他能够和诸多师友切磋、研讨。再如阮元幕宾陈寿祺也对幕府这一交流平台表示认可。嘉庆八年（1803），陈寿祺应阮元之邀，掌教杭州敷文书院，兼课诂经精舍生徒，并主持编校《说郛》数百卷。陈寿祺《西湖讲舍校经图记》云：

---

① 王文治：《梦楼诗集自序》，《梦楼诗集》卷首，《续修四库全书》第1450册，第401页。

  师（阮元）为假馆于孤山之椒、西湖之漘，所谓诂经精舍者，于月课精舍生。宜西百余步为文澜阁，得借读所未见书。其夏，师选校官十有六人，采唐以前说经文字，亲授义例，纂为《说郛》数百卷。属稿具，寿祺与编校焉，辄稽合同异，以俟吾师之审定。日寝馈六艺中，弗暇游，亦弗暇吟咏也。时座主文侍郎师为学使者，寿祺亦恒以闲请业。绵力薄材，闻见黯浅，幸乃亲经师、人师，陶化染学。复因与邦之贤俊往来论辩，非古不述，盖所以长神智者多矣。不越游，余何以得此哉！①

陈寿祺正因入阮元之幕府，才得以与"邦之贤俊往来论辩"，增益其学识，正如其所说"不越游，余何以得此哉"。而且，由于乾嘉时期的幕主大都经济实力雄厚，亦有丰富的藏书，如毕沅幕府即如同一小型图书馆，孙星衍就曾于毕沅幕府中得见丰富的藏书，而学问精进，他说："逾二崤而西，著述于关中节署，毕督部藏书甲海内，资给予，使得竟其学"②，幕宾们于幕府中能够广泛阅读，丰富其知识，这也有益于他们的创作。

  第二，幕府中频繁的诗酒唱和与诗艺竞赛活动直接刺激了文人的创作，形成了一定的创作氛围和风尚。而且，在一些具有诗艺竞赛性质的文学雅集活动中，一些幕宾能够凭借自己的创作为府主所欣赏，幕主进而加以提倡，如钱泳所言："诗人之出，总要名公卿提倡，不提倡则不出也。如王文简之与朱检讨，国初之提倡也。沈文悫之与袁太史，乾隆中叶之提倡也。曾中丞之与阮宫保，又近时之提倡也。中丞官两淮运使，刻《邗上题襟集》，东南之士，群然向风，唯恐不及。宫保为浙江学政，刻《两浙輶轩录》，东南之

---

  ① 陈寿祺：《西湖讲舍校经图记》，《左海文集》卷8，《续修四库全书》第1496册，第318页。

  ② 孙星衍：《孙忠愍侯祠堂藏书记》，《五松园文稿》卷1，《丛书集成续编》第192册，台北新文丰出版公司1989年版，第694页。

士，亦群然向风，唯恐不及。"① 可见，幕府主人的识拔使诗人得以扬名，因此幕府的文学创作也成为文人扬名立万的绝佳机会，乾嘉时期重要的艺文幕府主人，几乎都以识拔寒俊而得名，而众多名士，也是借助幕府这个平台而蜚声海内。兹举几例：

> 卢雅雨培植后进。李葂以诸生善诗，为先生所赏，延至署中。及葂卒，先生归其丧于家，为置千金产，以育其妻子焉。后沈归愚宗伯选葂诗入《别裁集》，皆先生之力也。
>
> ——赵慎畛《榆巢杂识》②

> 戊戌九月，余寓吴中。有嘉禾少年吴君文溥来访，袖中出诗稿见示，云将就陕西毕抚军之聘，匆匆别去。予读其诗，深喜吾浙后起有人，而叹毕公之能怜才也。
>
> ——袁枚《随园诗话》③

> 稚存与邵二云、孙季述咸受知门下，吴企晋、严冬友、程鱼门皆招至幕府。读黄仲则《都门秋感》诗，谓可值千金，先赍五百金劝之入关。其余籍奖借以成名者甚多。
>
> ——杨钟羲《雪桥诗话余集》④

> 阮文达视学浙西，赏石门吴曾屮之才，为易名曾贯。吴善五言长律，时修表忠观新俶成，命之赋诗，吴用八庚全韵，为五排，不遗一字，于工稳中，时露神韵。公因称之曰吴八庚。试杭州时，新制团扇适成，纨素画笔，颇极雅丽，遂以仿宋画院制团扇命题诗，佳者许以扇赠。钱唐陈云伯大令文杰，才为诸生，赋诗最佳，即以扇与之，人称为陈团扇。文达久官吾

---

① 钱泳：《履园丛话》，中华书局1997年版，第206页。
② 赵慎畛：《榆巢杂识》，中华书局2001年版，第30页。
③ 袁枚：《随园诗话》卷5，凤凰出版社2000年版，第108页。
④ 杨钟羲：《雪桥诗话余集》，北京古籍出版社1992年版，第248页。

浙，其识拔寒□，怜才雅举，不胜书，此二事绝相似，且并纪
《定香亭笔谈》，爰类次之。

——陈康祺《郎潜纪闻二笔》①

可见，才华出众但名位不显或出身寒门的士子，往往要借助高官显
宦为其张帜，方能博取声望，而幕府就是极好的平台。

第三，文人游幕的经历，使其能够广泛接触社会，增长阅历，
开阔眼界，扩大其创作题材。而游幕对文学创作的影响，古人亦早
有认识，如姚椿就说："古之人才居于幕府者为多，而于诗人尤为
盛。盖其见闻繁富，阅历广博，凡欣愉忧愤之情，身世家国之故，
其于人己晋接，皆征性情、抒才藻。自《风》、《雅》以来，行旅
篇什，唐、宋以降，幕府征辟之士班班，著见载籍者大抵其客游之
作居多也。"② 在游幕过程中，士人创作了大量的山水诗，促成了
清代山水诗的兴盛。文人游幕，东西南北，水陆兼程，游山玩水，
得江山之助，如凌廷堪所云：

> 仆少生海澨，长游水乡，未睹中原之胸阔与夫高山大川之
> 形势，譬鸡栖于埘，燕巢于屋。比因饥寒所驱，获此壮观。携
> 史而访苟晞之屯，载酒而问侯嬴之里，其方寸之盘纡，陈偏所
> 触发，盖不仅如前所云云也。而或者搜断碑半通，刺佚书数
> 简，为之考异同，校偏旁，而语以古今成败……此风会之
> 所趋。③

严冬友亦云："少时奇服是好，从事远游，九州历其八，五岳
登其四，举凡幽遐穷伟之观，皆有诗以纪其梗概。"④ 诗人们在游

---

① 陈康祺：《郎潜纪闻二笔》，中华书局 1984 年版，第 620 页。
② 姚椿：《史赤霞遗集序》，《晚学斋文集》卷 4，清道光刊本。
③ 凌廷堪：《大梁与牛次原书》，《校礼堂文集》卷 23，《续修四库全书》第 1480
册，第 258 页。
④ 毕沅：《金阙攀松集序》，《严冬友诗集》，《续修四库全书》第 1450 册，第 652 页。

幕的过程中得见自然的广袤与雄奇，为文章增加壮美之气，诗人们面对所见之奇景，不由得诗兴大发，以诗文记其所见所感，山水诗即大量的产生。同时诗人们因自身之遭际，往往将游历所感与生活实际相结合，有感而发，不仅是单纯模山范水，杨芳灿就曾言："览山川之雄奇，睹云物之瑰丽，悲英豪之芜没，慨陵谷之迁贸，思托诗歌，以放怀抱。"① 而黄景仁出游湖南等地以后，诗风即有所转变，所谓"先生自湖南归而诗益奇肆……其雄宕之气，有若鼓怒于海涛者，先生诗境，至此而锐变"②，由此可见，游幕经历丰富了文人创作的内涵，也对作家文风的转变起到了一定的影响。

第四，幕府为文人作品的刊行和传播提供了帮助。卢见曾、毕沅等人的幕府，不但诗文创作形成风气，而且他们凭借自身的地位与财力，刊刻了众多诗集，如卢见曾于乾隆二十三年（1758）辑刻《国朝山左诗钞》60 卷；毕沅于乾隆五十七年（1785）编刻以其幕宾为主的诗歌选集《吴会英才集》20 卷，又将陕西巡抚幕府宾主唱和之诗结为《乐游联唱集》刊行；曾燠任两淮盐运使时于乾隆五十八年（1793）陆续刊刻其与幕宾文友的唱和之作《邗上题襟集》及续集、后续集，又于嘉庆九年（1804）刻成《江西诗征》95 卷，本朝占 20 卷，共选入诗人 220 余家；阮元于嘉庆六年（1801）编刻成《两浙𬨎轩录》40 卷，又辑刻扬州一郡之诗为《淮海英灵集》，共 22 卷。这为士人们作品的流传和获得声誉提供了契机，也使得幕主本人获得了高名，且将"化导士子"的职责落到了实处，正如严迪昌所言："编刻诗集或操主选政，既获高誉，广通声气，更能获诗人才士的向慕，具有特殊的凝聚力。"③ 而且，许多默默无闻的诗人的作品得以广泛流传，有些人还因此为君王所赏，获得升迁，如袁枚论沈德潜之受乾隆赏识，即得力于此："西林鄂公为江苏布政使，刻《南邦黎献集》，沈归愚尚书时为秀才，

---

① 杨芳灿：《寄方子云书》，《芙蓉山馆文钞》卷 2，《续修四库全书》第 1477 册，第 171 页。

② 黄逸之：《黄仲则年谱》，商务印书馆民国二十三年印行，第 16 页。

③ 严迪昌：《清诗史》，浙江古籍出版社 2002 年版，第 663 页。

得与其选。后此本进呈御览，沈之受知，从此始也。"① 又如阮元
任漕运总督时，江藩向阮元推荐萧令裕弟兄所著《永慕庐文集》
《寄生馆文集》，同观者有阮亨、王豫、王实斋、阮琴士、阮小云
等人。阮亨、王豫分别作序云：

> 顷读梅江先生（萧文业）大作，其气之壮，其才之横，足
> 征学养之深，使坡翁见之，定当把臂。同读者为丹徒王君柳
> 村、舍侄琴士、小云也。甲戌春，扬州阮亨梅叔识于淮阴
> 节署。②

> 吾友江先生郑堂，词坛领袖，于流辈不轻许，可及见梅生
> （萧令裕）昆仲文，独啧啧称羡不去口。豫携归"春草轩"，
> 剪烛同南城家实斋明经，阮梅叔、琴士两上舍，小云刺吏畅读
> 一过，口角流芳，益叹郑堂老眼无花也。时嘉庆甲戌又二月，
> 丹徒王豫记于淮阴节院。③

由于幕府文人的品评、鉴赏，加上幕府主人的肯定，萧氏兄弟的文
集得以为世人所知，并流传开去。

第五，幕府文人雅集活动促进了诗学风气的转变。乾嘉幕府对
于推动诗文创作，引领诗学风气和审美风尚有着不可忽视的作用。
如幕府文人雅集的唱和诗往往同题，或者分韵、步韵，又或同咏一
物一事，这就使得幕府诗歌的创作在发挥交际应酬的功能之外，对
于诗歌艺术的切磋、诗歌格律的细密、诗歌风气的转变都起到了极
大的影响作用。如乾嘉时期联句、次韵、迭韵之作大量涌现，正如
陈衍所言：

---

① 袁枚：《随园诗话》卷5，凤凰出版社2000年版，第101页。
② 阮亨：《永慕庐文集评跋》，见王章涛《阮元年谱》，黄山书社2003年版，第
581页。
③ 王豫：《寄生馆文集评跋》，见王章涛《阮元年谱》，黄山书社2003年版，第
581页。

次韵迭韵之诗，一盛于元、白，再盛于皮、陆，三盛于苏、黄，四盛于乾、嘉间。王兰泉、吴白华、王凤喈、曹来殷、吴企晋诸人，大抵承平无事，居台省清班，日以文酒过从，相聚不过此数人，出游不过此数处，或即景，或咏物，或展观书画，考订金石版本，摩挲古器物，于是争奇斗巧，竟委穷源，而次韵迭韵之作夥矣。①

其实，这种次韵之创作也与统治者的引导有关，徐世昌曾言："康熙壬戌元夕前一日，乾清宫宴群臣，圣祖首唱丽日和风之句，大学士勒德洪、明珠皆以不通汉文辞，圣祖连代二句且曰：'二卿当各醨一觞。'二臣捧觞叩首谢。君臣相悦，喜起庚歌。乾嘉间每于初春曲宴命题联句，盖始于此。"② 而幕府主人既为臣子，作为文学侍从参与了皇家所举行的这些文学活动，必然将这种风气带入幕府之中，以此作为与幕宾、文友雅集的形式，因此次韵的创作很大一部分是在幕府举行雅集的过程中产生的，虽然这样的作品往往限制了诗人的才情，多数都有斧凿、雕琢的痕迹，难称佳作，但其在乾嘉时期几成风气，这是无法否认的，也可见幕府雅集对诗学风气转变的影响。此外，幕府中的一些偶然因素，在幕府的倡导下，也对文学风尚的转变起了作用，如毕沅因自幼熟读东坡诗，开府西安后，每岁之十二月十九日必召集幕宾、文友为苏公作寿，饮宴赋诗，这对于以苏轼为代表的宋诗的再度被认识起到了推动作用，为嘉道之际宗宋诗风的形成起了先导，同时也带动了其他幕府对于欧、苏等先贤的祭祀活动。再如阮元因与白居易同天生日，其任职浙江之时，祭祀白居易的活动开始兴盛，并成为风气，白居易的诗歌再度成为众人模仿的对象，《鸥陂渔话》记载云：

---

① 陈衍：《石遗室诗话》卷16，辽宁教育出版社1998年版，第219页。
② 徐世昌：《晚晴簃诗话》卷1，傅卜棠编校，华东师范大学出版社2009年版，第2页。

杭州旧有白香山生日会。嘉庆中阮文达先督浙学，继任浙抚。杭人因文达诞辰与香山同日，咸颂为白傅后身，故厥会弥盛，至今相沿弗替。①

幕主的文学主张也直接影响了诗学风气，如阮元编刻《淮海英灵集》时，即主张调和汉宋、不囿于门户之见，他说："各家之诗，皆就其所擅长者录之，庶各体皆备，不敢存选家唐宋流派门户之见。"② 这对于嘉道之际诗风的转变功不可没。

再来看消极的影响。

第一，幕府作为帝王敷治的补充，在某种程度上充当了统治者提倡文治、控制思想的工具，因而有时也会制约文学、学术的发展。尤其是幕府直接引导、干预着文学学术活动，幕府主人往往凭借其高位，直接引导着一方风气，如鲁嗣光所云：

天下豪杰奇俊之士代不乏人，要必有一二巨儒以为一时之宗。夫奇杰之士材艺角出，行能殊别，各不相下，各不相能。岂其性情之有异欤？抑其材力之有偏欤？盖勤心学问，殚精毕虑而卒专门名家。以其业自见于天下，固亦卓然自立，不随流俗之人也。而所谓一二巨儒者，包孕富有，博大醇懿，恢恢然莫窥其涯涘，混混然莫穷其底蕴也。海内一材一艺之士，欲仿佛其形似而卒不能得，即出生平憔悴专一之业以相较，而亦不能逮也。③

其实，鲁嗣光所言之一二巨儒，往往就是这种学人幕府府主。他们凭借高位，能够广通声气获得高誉，鲁嗣光说得比较含蓄，这

---

① 叶廷琯：《鸥陂渔话》，大达图书供应社 1942 年刊行，第 45 页。

② 阮元：《淮海英灵集》凡例，《续修四库全书》第 1682 册，第 1 页。

③ 鲁嗣光：《春融堂集序》，《春融堂集》卷首，《续修四库全书》第 1437 册，第 330 页。

些达官们纵然经术深湛、富有才情，但亦不至于无人可及，其所"不能逮"者，恐怕更多的是其官位。不可否认，乾嘉时期艺文幕府的出现，促进了文化的繁荣，对于学术、文学的大发展起到了推动作用，但同时也应该看到，幕府作为文人聚集的中心，作为学术文化交流的中心，它实际上是作为帝王敷治的一种补充而存在的，是帝王监控、引导士人的文化掌控网络的重要组成部分，因此，作为传达统治者思想的媒介，幕府也潜移默化地对士人进行着约束，这无疑会使文学、学术的发展受到制约，这种影响也是不容忽视的。

第二，幕宾们寄人篱下、仰人鼻息，其心理在某种程度上受到了创伤，对现实的不满又使他们在心中保持着对统治者的离心力。幕宾们大多为仕途不得意者，进入幕府使他们足以维持生计，又能广泛接触社会，甚至能佐理政事，这都使他们得到了实现自我价值的心理满足，如魏际端云：

> 吾既有贤主人，而日供我以粱肉，衣我以缯帛，我乃自究夫兴革损益经世之务，知刑名钱谷之政，寄平日好善恶恶、利物济民之心，闻朝廷四方之政。及其巡历，则又资舟车，具干粮，而我乃悉览名山大川、城郭都市、土俗民情，不费一物，所得已多。则岂惟不厌，且甚喜；岂惟不苦，且甚乐。喜而乐故吾心尽，而与主人相得而益彰。①

他的这段言论代表了一部分游幕文人的心声，当然，幕府主人的爱才好士也使士人们感到了别样的温馨，吴照"我居宾馆近半载，朝吟暮吟得自由。有时独酌一斗酒，感激泪为知己流"②之句是真实的写照，这也是幕府对士人起到怀柔效果的体现。然而长期无法进入仕途，又靠仰人鼻息而活，这使幕府文人感到委屈和压抑，不惟

---

① 魏际端：《家书》，《魏伯子文集》卷2，清初刻本。
② 吴照：《奉呈弇山尚书长歌一首》，《听雨斋诗集》补编，嘉庆刻本。

普通游幕文人如此，即便是那些受到幕主赏识，名重当时的游幕文人，其生活境况也是差强人意，如洪亮吉虽然受到朱筠、毕沅等人的礼遇，但长期做幕僚，寄人篱下也让其苦不堪言，刘声木云："阳湖洪稚存太史亮吉诗有句'做客二十年，衣食知其难。卑身与周旋，不敢忤世颜'云云，以太史之宏识博学，惊才艳艳，又生当我朝极盛之世，历主爱才如渴之贤主人，如毕秋帆制府沅等皆宾至如归，士大欢乐。今读其诗，乃知谋生之难，周旋之苦，虽贤者不免，诚可叹也。"① 黄景仁名重一时，却也不得不做幕宾为生，寄居的酸楚、世道的不公也让他发出了"长铗依人游未已，短衣射虎气难平"② 的感慨。其他如郭麐"应俗文章游子泪，及时虾菜异乡春"，彭兆荪"随例盘餐回味少，代人文字惬心无"，王汝玉认为二人诗句"真写出了才人乞食、名士卖文之感"③，吴照亦有诗云："骞驴彳亍二十载，未敢谈笑干诸侯。岂无泛爱辱下问，当面欢笑背面羞"④ 之句，寄人篱下之苦痛溢于言表。杨钟羲《雪桥诗话余集》更是记载了文人游幕的艰辛与辛酸：

> 袁爽秋谓曾宾谷开校刻全唐文馆，吴山尊荐江子屏入馆书云："无论郑堂经史之学，足备顾问。即下至吹竹弹棋，评古董，品瓷器，煎胡桃油，作鲜卑语，无不色色精妙，足以娱贵人之耳目。"然南城卒不见收录。时严铁桥亦以不得入馆，负气去，撰《全上古三代汉魏六朝文钞》，目录收罗极富，欲以压倒唐文馆，其傲兀之气不可及也。而南城之好士，盖可见矣。羲案郑堂故善剑舞击鼓诸技，山尊所言犹未尽也。余观《尺五楼集》，《幕客行》穷神尽相，自国初以来，其风气已自如此。其诗云："秦时一坑坑不尽，汉时屡锢锢何忍。元祐党

---

① 刘声木：《苌楚斋随笔、续笔、三笔、四笔、五笔》，《续笔》卷1，中华书局1998年版，第234页。
② 黄景仁：《杂感四首》，《两当轩集》卷6，上海古籍出版社1998年版，第158页。
③ 王汝玉：《梵麓山房笔记》卷6，清抄本。
④ 吴照：《奉呈弇山尚书长歌一首》，《听雨斋诗集》补编，嘉庆刻本。

籍半升沉，斗牛之星万里陨。塞门岭表任逍遥，长铗归来吹短箫。青衫书生悴敲扑，紫骝儿郎傲渔樵。黄金已尽头未白，匍匐长安为幕客。城外南音辄笑嘲，城中卷舌难翻译。尘土栖迟年复年，孔光潦倒就相怜。八旗子弟怕行走，识字来寻老伏虔。登坛依然设几杖，爱士非徒二簋享。介弟昂藏已赐貂，亲儿荫袭应披蟒。折节身依砚席间，东西指授不辞艰。孔壁旧文多脱简，宋儒余唾半经删。主人不得常谋面，书札无情驱使便。台厮席地问之无，俯首扶秦教片片。欲出城南访旧游，乡书不见使人愁。鲜衣美食夸自得，跨马扬鞭任意投。客子襟怀迈流俗，得陇何须望得蜀。键关忽已厌金门，走币还思向牙纛。一朝开府领黄麻，帐下才人遄顾家。未读申商买条例，不知勾股漫量沙。亦从宰牧方城去，尺素全凭四六语。对偶初调启事中，四声莫辨题诗处。遇主诙谐任尔为，片言不投何所之。栈豆能损惭伯乐，贤路何妨悔叔疑。巡行鹄立堂皇侧，跪拜龙钟仆隶色。此时退食废陈荆，此时进身困闱棘。不如归去山之隅，斋盐粗给骄妻孥。蛇行蒲伏免荼苦，俯仰悠悠一丈夫。"

杜少陵云：束缚酬知己，蹉跎效小忠。秦士之贱，岂自今始。①

吴蒿推荐江藩入曾燠幕府，竟然在信中提及江藩"吹竹弹棋，评古董，品瓷器，煎胡桃油，作鲜卑语"，以此来娱贵人之耳目，而希望曾燠能够让江藩入其幕府，此番表白，完全丢弃了士人的自尊，为求一馆竟然自贬至此，可悲之极。然而，这种情形在当时却是很普遍的，士人为了谋生，不得不放下自尊，类似杂耍之人，袁枚也记录了这种情况："当明公（卢见曾）未来时，其所谓士者，或以势干，或以事干，或以歌舞、卜筮、星巫、烧炼之杂技干。"② "秦

---

① 杨钟羲：《雪桥诗话余集》，北京古籍出版社 1992 年版，第 379 页。
② 袁枚：《与卢转运书》，《小仓山房诗文集》，上海古籍出版社 1988 年版，第 1508 页。

士"之贱，乃至于此，幕府文人生活之窘况，于此也可见一斑。在这种环境之下，文人的创作自然会受到干涉，如卢见曾的幕宾金兆燕就表达了对此的不满："兆燕不知自耻，为新声，作浑剧，依阿俳谐，以适主人意。主人意所不可，虽缪宫商，紾拍度以顺之不恤。甚则主人奋笔涂抹，自为创语，亦委曲迁就。盖是时老亲在堂，瓶无储粟，非是则无以为生，故泱涩含垢，强为人欢。"① 如其所言，自己创作的戏剧，幕主可随意篡改，而幕宾为了生计，只好忍辱负重，以顺主人之意。而更多的幕宾也只好积极地去迎合幕主之好尚，所谓"有爵位者，稍知文学，即易成名，是犹顺风而呼也。其他则捐金结纳，曳居侯门，交游众而标榜兴，亦足以致声誉。若闭门却扫，贫窭自甘，复不工于奔走伺候，其寂寂也顾宜"②。清人石韫玉亦云：

> 士之遇不遇，盖亦有命哉。自唐宋以科举取士，士虽茂才异等，不得不俯首而就有司之绳尺。所谓有司者，未必皆蓄道德能文章也，偶奉朝廷之命，遂坐皋比，操不律以进退一时之士。有司以为可，其人即致身青云之上，以为不可，其人即沉沦于草泽而不敢怨。不惟不敢怨，又且从而摹拟之，以求其合。③

幕府文人的创作在这种情况下直接受制于幕府主人，而且诸多的文人在幕主的指导下，一味"摹拟"、迎合，这样必然会损害文学的生气，这种负面影响不可不注意到。

---

① 金兆燕：《程绵庄先生莲花岛传奇序》，《棕亭古文钞》卷6，《续修四库全书》第1442册，第336页。

② 吴雷发：《说诗菅蒯》，王夫之等：《清诗话》，上海古籍出版社1978年版，第904页。

③ 石韫玉：《独学庐稿·四稿》，乾隆六十年至嘉庆间刻本。

参考文献

（一）史志、年谱

中华书局影印：《清实录》，中华书局1985年版。

赵尔巽等：《清史稿》，中华书局1977年版。

（清）钱仪吉：《碑传集》，中华书局1993年版。

王钟翰点校：《清史列传》，中华书局1987年版。

周骏富辑：《清代传记丛刊》，台北明文书局1985年版。

（清）李桓：《国朝耆献类征初编》，台北明文书局1985年版。

（清）张维屏：《国朝耆献类征》，台北明文书局1985年版。

缪荃孙：《续碑传集》，台北明文书局1985年版。

闵尔昌：《碑传集补》，台北明文书局1985年版。

汪兆镛：《碑传集三编》，台北明文书局1985年版。

李濬之：《清画家诗史》，台北明文书局1985年版。

胡奇光：《中国文祸史》，上海人民出版社2006年版。

辜鸿铭、孟森等：《清代野史》，巴蜀书社1987年版。

孟森：《明清史讲义》，中华书局1981年版。

小横香室主人编：《清朝野史大观》，上海文艺出版社1990年版。

（清）钱振伦等：《续纂扬州府志》，同治十三年刻本。

（嘉庆）《重修扬州府志》，嘉庆十五年刻本。

（同治）《南城县志》，同治刊本。

（清）江藩：《国朝汉学师承记》，钟哲整理，中华书局1983年版。

（清）张鉴：《阮元年谱》，黄爱平点校，中华书局2006年版。

（清）史善长：《弇山毕公年谱》，《北京图书馆藏珍本年谱丛刊》

第 106 册，北京图书馆出版社 1999 年版。

（清）张绍南：《孙渊如先生年谱》，《北京图书馆藏珍本年谱丛刊》
　　第 106 册，北京图书馆出版社 1999 年版。

（清）吕培：《洪北江年谱》，《北京图书馆藏珍本年谱丛刊》第
　　116 册，北京图书馆出版社 1999 年版。

（清）胡源、褚逢春：《梅溪先生年谱》，《北京图书馆藏珍本年谱
　　丛刊》第 122 册，北京图书馆出版社 1999 年版。

赵誉船：《章实斋年谱》，《北京图书馆藏珍本年谱丛刊》第 109
　　册，北京图书馆出版社 1999 年版。

黄逸之：《黄仲则年谱》，商务印书馆民国二十三年刊行。

王章涛：《阮元年谱》，黄山书社 2003 年版。

郑晓霞、吴平：《扬州学派年谱合刊》，广陵书社 2008 年版。

黄葆树等：《黄仲则研究资料》，上海古籍出版社 1986 年版。

郭明道：《阮元评传》，社会科学文献出版社 2005 年版。

陈居渊：《阮元评传》，南京大学出版社 2006 年版。

穆孝天、许佳琼：《邓石如研究资料》，人民美术出版社 1988 年版。

沈云龙：《中和月刊史料选集》，《近代中国史料丛刊》第 60 辑，
　　台湾文海出版社 1966 年版。

南京师大古文献整理研究所编：《江苏艺文志》，江苏人民出版社
　　1995 年版。

（二）笔记、诗文评

（五代）王仁裕：《开元天宝遗事》，上海古籍出版社 1985 年版。

（清）徐锡龄、钱泳：《熙朝新语》，上海书店出版社 2008 年版。

（清）赵慎畛：《榆巢杂识》，中华书局 2001 年版。

（清）叶廷琯：《鸥陂渔话》，大达图书供应社 1942 年版。

（清）刘声木：《苌楚斋随笔、续笔、二笔、三笔、四笔、五笔》，
　　中华书局 1998 年版。

（清）王汝玉：《梵麓山房笔记》，清抄本。

（清）朱彭寿：《旧典备征》，中华书局 1982 年版。

（清）徐珂：《清稗类钞》，中华书局 1984 年版。

（清）陈其元：《庸闲斋笔记》，中华书局 1989 年版。

（清）王培荀：《乡园忆旧录》，《续修四库全书》第 1180 册。

（清）李斗：《扬州画舫录》，中华书局 1960 年版。

（清）汪应庚：《平山揽胜志》，广陵书社 2004 年版。

（清）赵之璧：《平山堂图志》，广陵书社 2004 年版。

（清）易宗夔：《新世说》，上海古籍出版社 1982 年版。

（清）陈康祺：《郎潜纪闻初笔、二笔、三笔》，中华书局 1984 年版。

（清）方浚颐：《梦园琐记》，同治十三年刊本。

（清）阙名：《燕京杂记》，北京古籍出版社 1986 年版。

（清）蔡显：《闲渔闲闲录》，民国嘉业堂刊本。

（清）郭麐：《樗园销夏录》，《续修四库全书》第 1179 册。

（清）阮亨：《瀛洲笔谈》，嘉庆二十五年扬州阮氏刻本。

（清）阮元：《小沧浪笔谈》，《丛书集成新编》第 79 册。

（清）阮元：《定香亭笔谈》，《丛书集成新编》第 79 册。

（清）王端履：《重论文斋笔录》，光绪十五年徐氏铸学斋刊本。

（清）钱泳：《履园丛话》，中华书局 1997 年版。

（清）袁枚：《随园诗话》，凤凰出版社 2000 年版。

（清）杨钟羲：《雪桥诗话初集、续集、三集、余集》，北京古籍出版社 1992 年版。

（清）王夫之等：《清诗话》，上海古籍出版社 1978 年版。

（清）王昶：《蒲褐山房诗话新编》，周维德辑校，齐鲁书社 1988 年版。

（清）法式善：《梧门诗话合校》，张寅彭、强迪艺编校，凤凰出版社 2005 年版。

（清）李慈铭：《越缦堂日记说诗全编》，张彭寅、周容编校，凤凰出版社 2010 年版。

（清）舒位：《乾嘉诗坛点将录》，光绪丁未九月长沙叶氏刊本。

（清）沈德潜：《说诗晬语》，人民文学出版社 1979 年版。

（清）郭麐：《灵芬馆诗话》，《续修四库全书》第 1705 册。

（清）林昌彝：《射鹰楼诗话》，上海古籍出版社 1988 年版。

（清）翁方纲：《石洲诗话》，人民文学出版社 1981 年版。

黄濬：《花随人圣庵摭忆》，中华书局 2008 年版。

雷瑨：《清人说荟》，民国十七年扫叶山房石印本。

陈衍：《石遗室诗话》，辽宁教育出版社 1998 年版。

徐世昌：《晚晴簃诗话》，傅卜棠编校，华东师范大学出版社 2009
　年版。

郭绍虞编：《清诗话续编》，上海古籍出版社 1983 年版。

钱仲联主编：《清诗纪事》，凤凰出版社 2004 年版。

张彭寅编：《民国诗话丛编》，上海书店出版社 2002 年版。

（三）诗文集

陈传席主编：《扬州八怪诗文集》，江苏美术出版社 1987 年版。

李坦主编：《历代扬州诗词》，人民文学出版社 1998 年版。

（清）沈粹芬、黄人：《国朝文汇》，《续修四库全书》第 1672 册。

（清）曾燠：《邗上题襟集》，嘉庆二年两淮盐署刻本。

（清）阮元：《淮海英灵集》，《续修四库全书》第 1682 册。

（清）阮元编：《学海堂初集》，光绪十二年启秀山房刊本。

（清）王先谦：《骈文类纂》，吉林人民出版社 1998 年版。

（清）洪亮吉：《洪亮吉集》，中华书局 2001 年版。

（清）杜贵墀：《桐华阁文集》，清光绪刻本。

（清）章学诚：《文史通义》，中华书局 1956 年版。

（清）戴震：《戴震全书》，黄山书社 2010 年版。

（清）沈大成：《学福斋诗集》，《续修四库全书》第 1428 册。

（清）刘寿曾：《刘寿曾文集》，台湾中研院中国文史哲研究所筹备
　处 2001 年版。

（清）焦循：《焦循诗文集》，广陵书社 2009 年版。

（清）臧庸：《拜经堂文集》，《续修四库全书》第 1491 册。

（清）刘开：《孟涂文集》，《续修四库全书》第 1510 册。

（清）王文治：《梦楼诗集》，《续修四库全书》第 1450 册。

（清）陈寿祺：《左海文集》，《续修四库全书》第 1496 册。

（清）孙星衍：《五松园文稿》，《丛书集成续编》第 192 册。

（清）姚椿：《晚学斋文集》，清道光刊本。

（清）凌廷堪：《校礼堂文集》，《续修四库全书》第 1480 册。

（清）严长明：《严冬有诗集》，《续修四库全书》第 1450 册。

（清）杨芳灿：《芙蓉山馆全集》，《续修四库全书》第 1477 册。

（清）毕沅：《灵岩山人诗集》，《续修四库全书》第 1450 册。

（清）王昶：《春融堂集》，《续修四库全书》第 1437 册。

（清）魏际端：《魏伯子文集》，清初刻本。

（清）吴照：《听雨斋诗集》，清嘉庆刻本。

（清）黄景仁：《两当轩集》，上海古籍出版社 1998 年版。

（清）袁枚：《小仓山房诗文集》，上海古籍出版社 1988 年版。

（清）金兆燕：《棕亭古文钞》，《续修四库全书》第 1442 册。

（清）卢见曾：《雅雨堂诗集》，《续修四库全书》第 1423 册。

（清）卢见曾：《雅雨堂文集》，《续修四库全书》第 1423 册。

（清）石韫玉：《独学庐稿》，乾隆六十年至嘉庆间刻本。

（清）葛士浚：《皇朝经世文续编》，上海久敬斋光绪二十七年铅
　　印本。

（清）朱彝尊：《曝书亭集》，世界书局 1937 年版。

（清）程晋芳：《勉行堂文集》，《续修四库全书》第 1433 册。

（清）张元：《绿筠轩诗》，《四库存目丛书》第 280 册。

（清）钱大昕：《嘉定钱大昕全集》，江苏古籍出版社 1997 年版。

（清）厉鹗：《樊榭山房集》，上海古籍出版社 1992 年版。

（清）孔尚任：《孔尚任诗文集》，中华书局 1962 年版。

（清）沈起元：《敬亭文稿》，《四库未收书辑刊》第 8 辑第 26 册。

（清）吴敬梓：《吴敬梓诗文集》，人民文学出版社 2002 年版。

（清）郑燮：《郑板桥全集》，卞孝萱编，齐鲁书社 1985 年版。

（清）张世进：《著老书堂集》，《四库禁毁书丛刊》第 168 册。

（清）杭世骏：《道古堂诗集》，《续修四库全书》第 1427 册。

（清）董元度：《旧雨草堂诗》，《四库未收书辑刊》第 10 辑第 13 册。

（清）赵翼：《瓯北集》，上海古籍出版社 1997 年版。

（清）马曰琯：《韩江雅集》，乾隆十二年刊本。

（清）全祖望：《全祖望集汇校集注》，朱铸禹校注，上海古籍出版社 2000 年版。

（清）陈文述：《碧城仙馆诗钞》，嘉庆十年刻本。

（清）方正澍：《子云诗集》，清乾隆刻本。

（清）冯敏昌：《冯敏昌集》，广西民族出版社 2010 年版。

（清）章学诚：《章氏遗书》，清道光刻本。

（清）李祖陶：《迈堂文略》，《续修四库全书》第 1672 册。

（清）邵晋涵：《南江诗钞》，《续修四库全书》第 1463 册。

（清）张埙：《竹叶庵文集》，《续修四库全书》第 1449 册。

（清）王芑孙：《愓甫未定稿》，《续修四库全书》第 1481 册。

（清）法式善：《存素堂诗集》，《续修四库全书》第 1476 册。

（清）吴鼐：《吴学士文集》，《续修四库全书》第 1487 册。

（清）曾燠：《赏雨茅屋集》，《续修四库全书》第 1484 册。

（清）薛寿：《学诂斋文集》，光绪十五年广雅书局刻本。

（清）刘嗣绾：《尚䌹堂集》，《续修四库全书》第 1485 册。

（清）陆继辂：《崇百药斋文集》，《续修四库全书》第 1497 册。

（清）乐钧：《青芝山馆诗集》，《续修四库全书》第 1490 册。

（清）王芑孙：《渊雅堂编年诗稿》，《续修四库全书》第 1480 册。

（清）彭兆荪：《小谟觞馆诗集》，《续修四库全书》第 1492 册。

（清）邓显鹤：《南村草堂文钞》，咸丰元年刻本。

（清）李兆洛：《养一斋文集》，咸丰二年初刻本。

（清）吴嵩梁：《香苏山馆诗集》，《续修四库全书》第 1489 册。

（清）阮元：《研经室集》，中华书局 2006 年版。

（清）翁方纲：《复初斋文集》，《续修四库全书》第 1455 册。

（清）龚自珍：《龚自珍全集》，上海古籍出版社 1999 年版。

（清）武亿：《授堂诗钞》，《续修四库全书》第 1466 册。

（清）李详：《李审言文集》，江苏古籍出版社 1989 年版。

（清）吴锡麒：《有正味斋骈体文集》，《续修四库全书》第 1469 册。

（清）谢启昆：《树经堂诗集》，《续修四库全书》第 1458 册。

（清）郭麐：《灵芬馆诗》，嘉庆九年刊本。

（清）袁钧：《瞻衮堂文集》，四明丛书本。

（清）严元照：《柯家山馆遗稿》，《续修四库全书》第 1507 册。

（清）童槐：《今白华堂文集、诗录、诗集、诗录补》，《续修四库全书》第 1498 册。

（清）董士锡：《齐物论斋文集》，《续修四库全书》第 1507 册。

（清）夏炘：《景紫堂文集》，《丛书集成三编》第 58 册。

（清）夏炘：《息游咏歌》，《丛书集成三编》第 100 册。

（清）陈鳣：《简庄文钞》《河庄诗钞》，《续修四库全书》第 1487 册。

（清）江声：《江声草堂诗集》，《四库存目丛书》第 274 册。

（清）陈章：《于湘遗稿》，《四库未收书辑刊》第 10 辑。

（清）吴兰庭：《胥石诗存》《胥石文存》，《续修四库全书》第 1447 册。

（清）张杓：《磨甋斋文存》，《丛书集成三编》第 58 册。

（清）洪颐煊：《筠轩文钞》，《续修四库全书》第 1489 册。

（清）洪颐煊：《筠轩诗钞》，嘉庆戊寅刊本。

（清）洪震煊：《杉堂诗钞》，《丛书集成三编》第 44 册。

（清）顾廷纶：《玉笥山房要集》，《丛书集成三编》第 40 册。

（清）周中孚：《郑堂札记》，《续修四库全书》第 1158 册。

（清）张鉴：《冬青馆甲集、乙集》，《续修四库全书》第 1492 册。

（清）陈文述：《颐道堂诗选》，《续修四库全书》第 1504 册。

（清）吴文溥：《南野堂诗集》，乾隆五十九年刊本。

（清）孙星衍：《芳茂山人诗集》，《丛书集成初编》第 2319 册。

（清）林述曾：《梅花屋诗存》，清抄本。

（清）张维屏：《松心诗录》，《续修四库全书》第 1496 册。

（清）王衍梅：《绿雪堂遗诗》，道光二十九年刊本。

（清）方东树：《仪卫轩集》，同治七年刊本。

（清）祁寯藻：《幐九亭集》，《续修四库全书》第 1521 册。

（清）刘师培：《刘师培全集》，中央党校出版社 1997 年版。

（清）邵长蘅：《青门全集》，光绪武进盛氏刊本。

（清）何绍基：《东洲草堂文钞》，同治刻本。

（四）研究专著

（清）皮锡瑞：《经学历史》，中华书局 1959 年版。

严迪昌：《清诗史》，浙江古籍出版社 2002 年版。

钱锺书：《管锥编》，中华书局 1979 年版。

钱锺书：《谈艺录》，中华书局 1984 年版。

钱穆：《中国近三百年学术史》，商务印书馆 1997 年版。

张舜徽：《清代扬州学记》，华中师范大学出版社 2005 年版。

马积高：《清代学术变迁与文学》，湖南人民出版社 2002 年版。

尚小明：《学人游幕与清代学术》，社会科学文献出版社 1999 年版。

尚小明：《清代士人游幕表》，中华书局 2005 年版。

李世愉：《清代科举制度考辨》，中央广播电视大学出版社 1999 年版。

商衍鎏：《清代科举考试述录》，三联书店 1958 年版。

黄爱平：《四库全书纂修研究》，中国人民大学出版社 1989 年版。

漆永祥：《乾嘉考据学研究》，中国社会科学出版社 1998 年版。

谢国桢：《明末清初的学风》，人民出版社 1993 年版。

梁启超：《中国近三百年学术史》，中华书局 1989 年版。

梁启超：《清代学术概论》，东方出版社 1996 年版。

郭伯恭：《四库全书纂修考》，上海书店 1992 年影印本。

侯外庐：《中国思想史纲》，中国青年出版社 1981 年版。

葛兆光：《中国思想史》，复旦大学出版社 1998 年版。

刘世南：《清诗流派史》，人民文学出版社 2004 年版。

陈其泰、李廷勇：《中国学术通史》（清代卷），人民出版社 2004
年版。

韩进廉：《无奈的追寻：清代文人心理透视》，河北大学出版社
　2001 年版。

萧华荣：《中国诗学思想史》，华东师范大学出版社 1996 年版。

张仲谋：《清代文化与浙派诗》，东方出版社 1997 年版。

陈居渊：《清代文学与中国文学》，百花洲文艺出版社 2000 年版。

陈祖武、朱彤窗：《乾嘉学派研究》，河北人民出版社 2005 年版。

龚书铎主编：《清代理学史》，广东教育出版社 2007 年版。

艾永明：《清代文官制度》，商务印书馆 2003 年版。

蒋寅：《清代文学论稿》，凤凰出版社 2009 年版。

彭林：《清代经学与文化》，北京大学出版社 2005 年版。

刘墨：《乾嘉学术十论》，三联书店 2006 年版。

李申：《简明儒学史》，中国人民大学出版社 2006 年版。

孙之梅：《中国文学精神》（明清卷），山东教育出版社 2003 年版。

吴仁安：《明清江南著姓望族史》，上海人民出版社 2009 年版。

张仲礼：《中国绅士研究》，上海人民出版社 2008 年版。

陈文新：《中国文学流派意识的发生和发展》，武汉大学出版社
　2003 年版。

司马云杰：《文艺社会学》，山西教育出版社 2007 年版。

朱丽霞：《明清之交文人游幕与文学生态》，上海古籍出版社 2008
　年版。

戴伟华：《唐代幕府与文学》，现代出版社 1990 年版。

戴伟华：《唐代使府与文学研究》，广西师范大学出版社 1998 年版。

戴伟华：《唐方镇文职僚佐考》，广西师范大学出版社 2007 年版。

高浣月：《清代刑名幕友研究》，中国政法大学出版社 2000 年版。

郭润涛：《官府、幕友与书生》，中国社会科学出版社 1996 年版。

郭英德：《中国古代文人集团与文学风貌》，北京师范大学出版社
　1998 年版。

石云涛：《唐代幕府制度研究》，中国社会科学出版社 2003 年版。

李志茗：《晚清四大幕府》，上海人民出版社 2002 年版。

刘玉才：《清代书院与学术变迁研究》，北京大学出版社 2008 年版。

王瑶：《中古文学史论》，北京大学出版社 1986 年版。

魏泉：《士林交游与风气变迁——19 世纪宣南的文人群体研究》，
　　北京大学出版社 2008 年版。

张慧剑：《明清江苏文人年表》，上海古籍出版社 1986 年版。

李灵年主编：《清人别集总目》，安徽教育出版社 2000 年版。

柯愈春：《清人诗文集总目提要》，北京古籍出版社 2001 年版。

袁行云：《清人诗集叙录》，文化艺术出版社 1994 年版。

（五）研究论文

吴景贤：《紫阳书院沿革考》，《学风》1934 年第 4 卷第 7 期。

严迪昌：《往事惊心叫断鸿——扬州马氏小玲珑山馆与雍乾之际广
　　陵文学群体》，《文学遗产》2002 年第 4 期。

杨萌芽：《张之洞幕府与清末民初的宋诗运动》，《齐鲁学刊》2007
　　年第 2 期。

倪惠颖：《毕沅幕宾应酬文刍议》，《清代文学研究集刊》第 1 辑，
　　人民文学出版社 2008 年版。

鲍开恺：《卢见曾幕府戏曲活动考述》，《江苏教育学院学报》2008
　　年第 2 期。

倪惠颖：《论乾隆时期不同文章流派的冲突与互动——以毕沅幕府
　　为中心》，《南昌大学学报》2008 年第 3 期。

李瑞豪：《乾嘉时期幕主的欧、苏情结与幕府文学》，《北方论丛》
　　2008 年第 5 期。

李瑞豪：《曾燠幕府与清中期的骈文复兴》，《中国韵文学刊》2009
　　年第 3 期。

倪惠颖：《从〈吴会英才集〉的编选看乾隆中后期的诗史景观》，
　　《苏州大学学报》（哲学社会科学版）2009 年第 4 期。

金敬娥：《清代游幕与小说家的视野》，《四川师范大学学报》（社
　　会科学版）2010 年第 2 期。

曹之：《清代幕府著书述略》，《山东图书馆学刊》2011 年第 1 期。

倪惠颖：《清代中期游幕背景下文人的戏剧活动和小说创作初

探——以毕沅幕府为个案》,《明清小说研究》2011 年第 3 期。

刁美林:《乾嘉学术幕府中的文人宴集现象》,《宁夏大学学报》
（人文社会科学版）2011 年第 5 期。

杨飞:《曾燠扬州幕府戏曲活动叙论》,《求是学刊》2011 年第
6 期。

后　记

　　本书是在我的博士学位论文基础上修改而成的。2006 年的秋天，我有幸考入西北师范大学张兵教授门下攻读硕士学位，时至今日，已经整整 12 年了。记得刚入学时，我面对浩瀚的学术海洋，一筹莫展，在导师张兵教授的悉心指导和启发下，我才得以稍窥学术门径。在确定毕业论文选题时，导师以敏锐的学术眼光，建议我以清代大儒阮元的幕府文学活动作为研究对象，但当时的我由于畏难心理和缺乏自信，并没有深入研究这一选题，而仅仅对阮元的诗歌创作进行了研究。2009 年硕士毕业后，蒙导师不弃，我得以跟随他攻读博士学位。读博期间，导师多次与我讨论学位论文的选题，他仍然建议我研究当时还少有人关注的清代幕府文人群体的文学创作活动。在导师的帮助和指导下，我最终确定了以清代中期的幕府作为研究对象，并以此获得了教育部课题。导师张兵先生深厚的学养、独到的学术眼光以及高尚的人品，皆令我深感钦佩。在博士学位论文答辩中暨南大学邓乔彬教授，兰州大学张崇琛教授，西北师范大学赵奎夫教授、尹占华教授、伏俊琏教授、李占鹏教授、郝润华教授和韩高年教授对论文都提出了令我受益匪浅的意见和建议，对书稿的修改有很大的帮助，在这里对诸位先生的指导表示感谢。

　　在书稿付梓之际，回顾自己这十多年来的经历，不由得感慨万千，个中滋味，如鱼饮水。对我来说，这期间最大的收获就是一双儿女，祝愿惟熙和一一健康、快乐的成长！感谢我的爱人，在生活和工作中所给予我的支持，感谢我的父母，他们一直默默地付出，竭尽全力地支持我，祝愿他们健康长寿！

感谢这些年来帮助过我的师长和亲朋好友们，点滴之情，我都将铭记于心。

本书的出版得到了西北师范大学中文优势学科建设经费的资助，在出版过程中，韩高年院长、韩伟教授给予了很大的支持，在这里一并表示感谢。

侯 冬

2018 年重九日草于金城兰州